Michael Weers

# Wohin der Wind mich trägt...

## Ein Ostfriese macht 'ne Weltreise

## Zu diesem Buch

Ein kleiner Ostfriese entflieht dem winterlichen Mistwetter und macht sich mit seinem Rucksack auf die große Reise. Das Ziel ist klar: Es soll einmal um den Erdball gehen. Chronisch klamm bucht er spontan Flüge bei Billig-Airlines, schläft zu häufig in Zügen, Autos und auf Flughäfen, mampft zu viel Dosenfutter und duscht wahrscheinlich zu selten.

Aber er kommt voran. Dabei kauft er in Istanbul fast einen handgeknüpften Teppich, steht in Indien knapp vor einer Karriere als Bollywood-Star, macht annähernd ein Vermögen als Hehler in Singapur, trampt durch beinahe ganz Neuseeland, heiratet um ein Haar ein australisches Supermodel und bestaunt Naturschönheiten auf Hawaii, Snowboarder in Kanada und Vollidioten in den USA.

Mal verzweifelt und wütend, mal tiefenentspannt und glücklich, aber immer mit viel Witz und einem scharfen Blick auf die wichtigen und auch unwichtigen Dinge im Leben, erzählt er von diesen Erlebnissen und zieht dabei den einen oder anderen Vergleich zu seiner ostfriesischen Heimat.

## Über den Autor

Michael Weers wurde in einer kalten Winternacht des Jahres 1976 in Leer/Ostfriesland geboren. Seine Kindheit und Jugend verbrachte er im beschaulichen Remels. Wahrscheinlich war es ein wenig zu beschaulich, denn schon bald zog es ihn in die weite Welt hinaus.

Spätestens seit einer längeren Reise durch Südamerika ist er von diesem ominösen Reisevirus befallen und kann ihn bis heute einfach nicht abschütteln. So hat er inzwischen schon um die hundert Länder bereist.

Wenn er nicht gerade in der Weltgeschichte rumreist, lebt er in Osnabrück und verdient seine Brötchen als Berufsschullehrer in Ibbenbüren.

# Impressum


Michael Weers,
Spindelstraße 37, 49074 Osnabrück
michaweers@hotmail.com
www.WieWeers.de

ISBN-13: 9781729164426

Travel is never a matter of money but of courage

*Paulo Coelho*

# Inhalt

# Wohin der Wind

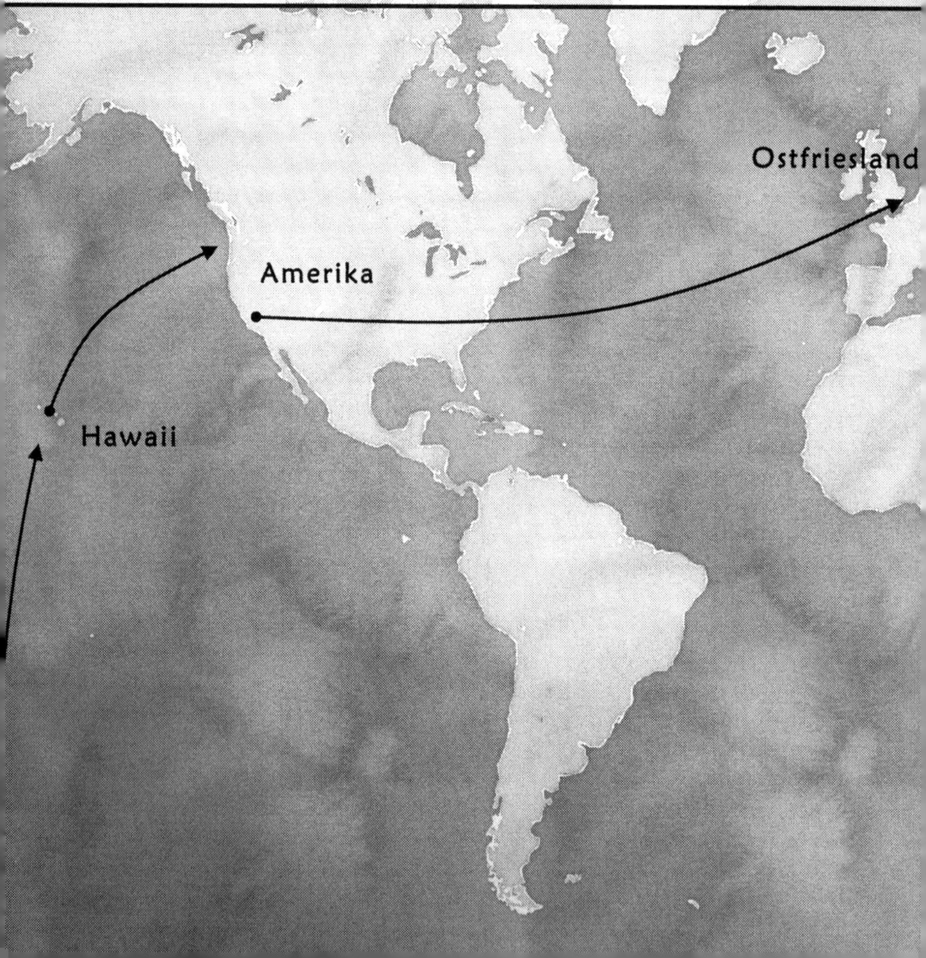

mich trägt...

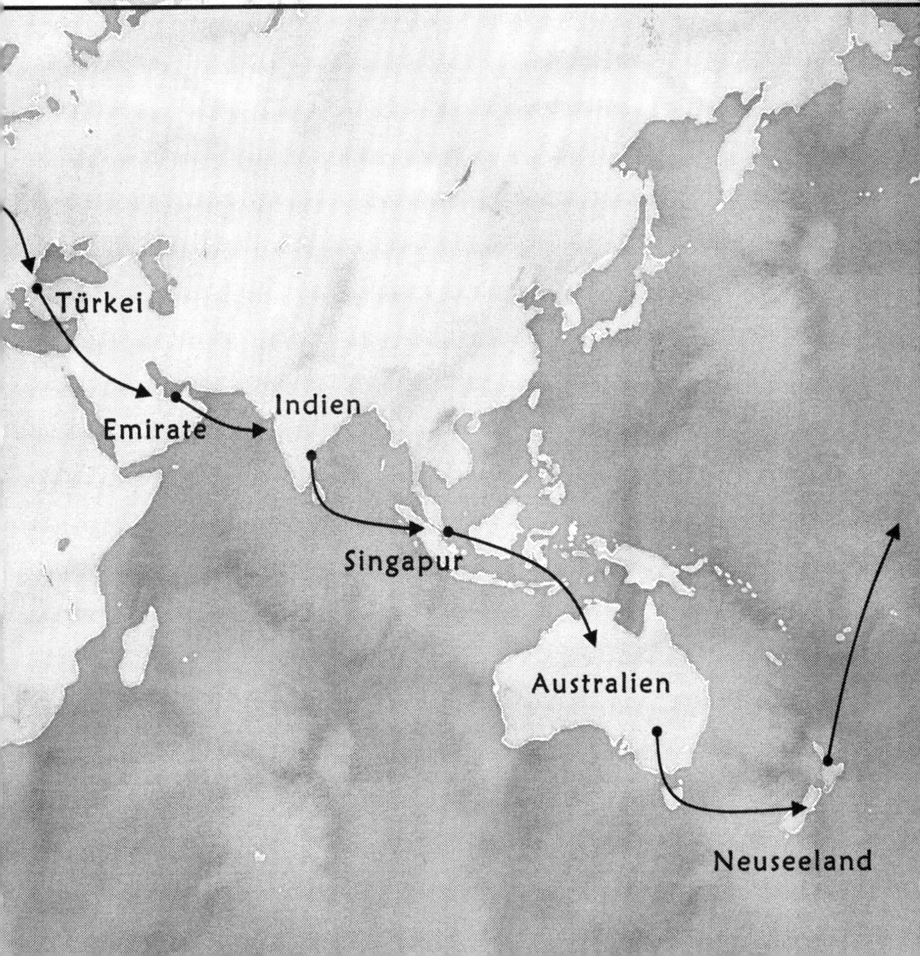

# Beim dritten Apfeltee

Istanbul, Türkei.

Es ist Januar und der ist auch in Istanbul kalt. Ich sitze in einem dieser typischen Straßencafés, irgendwie ein wenig schmierig, aber irgendwie auch mit viel Charme. Um mich herum sitzen Männer in schweren Lederjacken, die filterlose Zigaretten rauchen, schwarzen Tee trinken und Karten oder Domino spielen. Der verschmitzte Kellner stellt mir augenzwinkernd ein Glas dampfenden Tee auf den Tisch. Ich werfe einen Würfelzucker in den Tee und atme tief durch. Endlich, endlich bin ich wieder unterwegs. Ich rühre mit einem Stäbchen den heißen Tee um und beobachte, wie sich der Würfelzucker langsam darin auflöst. Endlich... das fühlt sich so gut an!

So sitze ich kleiner Ostfriese also in dieser riesigen Stadt und genieße einfach den Moment. Dieses besondere Gefühl zu Beginn einer jeden langen Reise. Alle Vorbereitungen sind abgeschlossen und die frei werdenden Gedanken spielen voller Vorfreude mit dem, was denn nun kommen mag. Das Ziel ist klar: Ich will irgendwie einmal um den Globus und habe dazu etwa vier Monate Zeit. Und wenn möglich soll das ein oder andere Land dabei sein, das im Vergleich zur ostfriesischen Heimat ein paar Sonnenstunden mehr aufweist. Okay, das sollte nicht so schwer sein, welchen Weg ich auch immer wählen werde. Die dicken Winterklamotten hab ich jedenfalls extra zu Hause gelassen.

Etwas anspruchsvoller ist dagegen die zu lösende Aufgabe, eine solche Reise mit meinem schmalen Geldbeutel in Einklang zu bringen. Ich mein, es ist ja nicht so, dass ich nichts beiseitegelegt habe, aber große Sprünge sind definitiv nicht drin. Letztlich bleibt mir nun mal keine andere Wahl: Entweder ich langweile mich vier Monate zu Hause oder ich mach eben eine »Low-Budget-Tour«. Die wird vielleicht nicht immer einfach, aber bestimmt aufregend und unvergesslich.

Immerhin hab ich auf vielen anderen Reisen gelernt, mit wenig Geld über die Runden zu kommen. Allerdings benötige ich bei einer Weltreise etliche Flüge und da habe ich so meine Bedenken. Schließlich brauche ich die Flüge relativ kurzfristig und das wird sicher mein knappes Reisebudget gehörig strapazieren. So hab ich mir überlegt, es mit Billig-Airlines zu versuchen. Zumindest hat eine kurze Recherche im Internet gezeigt, dass diese Billig-Airlines in fast allen Erdteilen dieser Welt zu finden sind. Außerdem gibt's bei den Billig-Airlines die besten Preise häufig erst vier bis acht Wochen vor dem tatsächlichen Flug. Das wiederum bedeutet, dass ich die meisten Flüge erst während dieser Reise buchen kann – was ja eigentlich auch nicht so schlimm ist. Schließlich habe ich Zeit und außerdem hat es den Reiz, dass ich nicht jetzt schon den genauen Verlauf dieser Reise kenne. Aber du kannst dir sicher vorstellen, dass trotzdem Restzweifel bleiben. Finde ich tatsächlich immer die passenden Flüge zu akzeptablen Preisen?

Mit einem Billigflug nach Istanbul hat es jedenfalls schon mal hervorragend geklappt. Ganze 38 Euro hab ich für das Ticket ab Köln/Bonn hingelegt. Und auch die nächsten beiden Flüge hab ich bereits ergattert: Mit »Air Arabia« geht's zunächst in das Emirat Schardscha und einen Tag später nach Mumbai in Indien. Von da an muss ich dann mal sehen...

Ich trinke den letzten Schluck Tee und will jetzt Istanbul entdecken, ein Gespür für diese Stadt entwickeln. Ohne Plan lauf ich durch die Straßen und folge einfach meiner Nase. Schon bald lande ich im Großen Basar, der seinen Namen wahrlich zu Recht trägt. Immerhin sind ca. 4.000 Geschäfte in diesem riesigen Gebäudekomplex untergebracht. Also in etwa so viele Geschäfte wie mein Heimatort Remels Einwohner hat. Natürlich sind es eher kleinere Läden, waren es früher doch Pferdeställe. Aber Geld machen will trotzdem jeder. Nur das Verlaufen ist umsonst.

So viele Läden, so viele Waren, so viele Menschen. Irgendwann stolper ich mehr oder weniger zufällig in Erhans Teppichladen. Und der lässt mich erst mal nicht wieder gehen. Dabei hab ich ihm gleich gesagt, dass ich sicher nichts kaufen werde. Aber er wolle ja nur mit mir reden und Tee trinken. Während unseres Gesprächs über die drei F (Familie, Fußball, Frauen) schafft es Erhan allerdings immer wieder gekonnt, die Vorzüge seines halben Sortiments in das Gespräch einzubeziehen. Ich lass mir daraufhin nicht weniger fantasievolle Antworten einfallen. Fragt er mich z. B. ganz unauffällig nach meiner Lieblingsfarbe, antworte ich »Pink«, weil ich sehe, dass er nichts in Pink hat. Trotzdem lässt er es sich nicht nehmen, mehr als zehn Teppiche vor mir auszubreiten. Sie sehen wirklich schön aus, aber ich muss ihm langsam – wir sind inzwischen beim dritten Apfeltee – klarmachen, dass sie nicht für mich geknüpft sind. So verspreche ich ihm, beim nächsten Istanbul-Besuch wieder bei ihm vorbeizukommen. Dann hätte ich mehr Platz im Rucksack und wahrscheinlich auch mehr Geld. Damit gibt er sich natürlich nicht zufrieden und antwortet: »Meine Oma hat immer gesagt, man muss die Suppe immer solange essen, wie sie heiß ist«. Ich konter: »Meine Oma hat immer gesagt, dass ich immer viel sparen muss, damit ich später nicht nur Suppe löffeln muss, sondern auch mal ein Steak essen kann«. Mit einem Zwinkern lässt er mich gehen und wir beide wissen, dass die Sprüche unserer Omas nur Erfindungen sind...

Istanbul ist ohne Zweifel eine aufregende Stadt. Mit 14 Millionen Einwohnern ist sie ungefähr doppelt so groß wie Berlin, Hamburg, München und Köln zusammen. Oder anders: 38-mal die Bevölkerung Ostfrieslands. Schon Napoleon soll gesagt haben: »Wenn es auf der Welt nur ein Land geben würde, dann wäre Istanbul wohl die Hauptstadt.« Allein die Tatsache, dass Istanbul die einzige Stadt ist, die auf zwei Kontinente verteilt ist, ist einmalig. Diese strategisch günstige Lage am Bosporus, der das Schwarze Meer mit dem Marmarameer und damit dem Mittelmeer verbindet, ist die Grundlage der beeindruckenden Geschichte dieser Stadt. Ob als Byzanz der Griechen, als Konstantinopel der Römer oder als Istanbul der Osmanen, überall in der Stadt tauchen Spuren der Vergangenheit auf. Kein Wunder also, dass Istanbul mit über zehn Millionen Touristen zu den fünf meistbesuchten Städten der Welt gehören soll.

Diese Stadt schafft es tatsächlich, Gegensätze zu vereinen und doch eine eigene Identität zu finden. Am trefflichsten gelungen scheint dies in der berühmten Hagia Sophia, die durch ihre lange Geschichte sowohl christliche als auch muslimische Elemente verbindet. Das wahrscheinlich bekannteste Wahrzeichen Istanbuls wurde innerhalb von nur fünf Jahren erbaut (532-537 n. Chr.) und war anschließend für über tausend Jahre die größte Kirche der Christenheit. Da ist es schon irgendwie ein komisches Gefühl, auf dem Weg zur knapp 60 Meter hohen Kuppelhalle durch das gewaltige Eingangstor zu laufen, was früher nur den Kaisern und Sultanen erlaubt war.

Der in der Nähe gelegene Topkapi Palast kann zwar rein äußerlich nicht mit der Hagia Sophia oder der noch hübscheren Blauen Moschee mithalten, an Ausstellungstücken übertrifft er alles aber bei weitem. Neben einer bemerkenswerten Waffensammlung lassen sich unzählige Kunstgegenstände bewundern, die aus der ganzen Welt zusammengetragen wurden: Silberschmuck aus England, Porzellan aus China, grüne Jade aus dem Orient und riesige Diamanten aus Afrika. Außerdem werden der Schädel und Unterarm von Johannes dem Täufer sowie Zähne, Haare und ein Fußabdruck des Propheten Mohammed ausgestellt.

Nach dem Besuch dieser Istanbul-Klassiker lass ich mich wieder durch diese abwechslungsreiche Stadt treiben. Zu sehen gibt's dabei an jeder Ecke was. Ich bin schwer beeindruckt vom gewaltigen Valens-Aquädukt aus der Römerzeit und einem 3.500 Jahre alten ägyptischen Obelisken. Dazu wunderschön dekorierte Moscheen, kleinere Basare und viele interessante und interessierte Menschen. So treff ich ganz unerwartet einen Türken wieder, mit dem ich schon gestern in einem ganz anderen Viertel geschnackt habe. Ein anderes Mal fahre ich bis zur Endstation der Metro. Von dort aus noch ein paar Stationen mit dem Zug, bis ich absolut nicht mehr weiß, wo ich bin. Hier erlebe ich ein völlig anderes Istanbul. Nicht das geschäftige, sondern mehr die normalen Wohngegenden.

Nach ein paar Stunden will ich wieder zurück, aber in dieser Gegend scheint keiner mehr Englisch zu sprechen. Ich lande in einem kleinen Shopping-Center und trinke da einen Kaffee. Zufällig lern ich zwei türkische Studenten kennen, die ganz passabel Englisch sprechen. Wir reden über Gott und die Welt und irgendwann frag ich sie, wie ich denn wieder zurück in die Innenstadt komme. Da dies scheinbar zu weit und zu kompliziert zu erklären ist, wollen sie mich mit ihrem Auto zurückbringen. Es ist schon ziemlich spät und ich nehme dankend an. Wir laufen zum Parkhaus und ich seh einen ferrariroten, aufgemotzten Sportflitzer. Zum Spaß sag ich: »Ah, da ist ja dein Wagen!« Darauf er: »Ja, woher weißt du das?«, und wir brausen davon...

Tja, ohne Türkisch ist man außerhalb des Zentrums ziemlich aufgeschmissen. Vom Türkischen kann ich nicht wirklich viel verstehen. Viel zu viele Üs. Aber der Einfluss anderer Sprachen geht auch am Türkischen nicht vorbei. Auf der Straße sieht man die »Polis« und das »Taksi«, die durch einen »Tünel« fahren. Und bei einem Fußballspiel im Fernsehen lerne ich: »Abseits« heißt auf Türkisch »Ofsayt«.

In meinem Hostel wird logischerweise fast nur Englisch gesprochen. Kein Wunder, die Zimmerbesatzung ist so multikulturell wie die ganze Stadt: Ein Chilene, ein Japaner, ein Franzose, der von Paris nach Kambodscha über Land reisen will, und ein etwa 40-jähriger Deutscher, der aber schon seit Jahren in Schottland lebt. Letzterem tut man sicher nicht unrecht, wenn man ihn als leichten Freak bezeichnet. Er redet nahezu ununterbrochen und wechselt mit jedem Wimpernschlag die Sprache, damit auch alle im Zimmer ihn verstehen. Dabei bin ich mir ziemlich sicher, dass er sich selber nicht versteht. Am besten ist aber seine Sehschwäche. Gestern Nacht kam er mir dreimal innerhalb von fünf Minuten entgegen – komischerweise ohne Brille. Natürlich hat er mich dreimal mit Handschlag begrüßt...

Die Tage in Istanbul sind nur so verflogen und ich hätte nie gedacht, dass mir diese Stadt so gut gefallen wird. Von Stromberg hatte ich gelernt, der Türke könne nur Döner, Bauchtanz und Kaffee. Es fällt mir echt nicht leicht, aber ich muss ihm widersprechen – der Kaffee war nicht so meins: zu viel Bodensatz. Okay, mal im Ernst, ich habe ein offenes, lebensfrohes Istanbul kennengelernt. Es ist und bleibt das Tor zur östlichen Welt, eine Stadt mit unglaublich viel Geschichte und wahrscheinlich auch großer Zukunft.

Dazu sind die Aussichten vom Galataturm über die Stadt und den Bosporus auf das Umland phänomenal. Und irgendwie mag ich die türkische Mentalität. Diese liebenswerte, leicht verschlagene Art. Natürlich ist die für einen »reinrassigen« Ostfriesen etwas gewöhnungsbedürftig, dem ja nachgesagt wird, eher abwartend und in sich gekehrt zu sein. Sobald man es aber schafft, sich ein wenig zu öffnen, erlebt man fast automatisch eine aufregende Zeit.

Die Zeit in Istanbul hat mich jedenfalls neugierig auf dieses Land gemacht und ich werde sicher noch mal zurückkehren, um auch andere Seiten der Türkei kennenzulernen. Aber heute Nacht geht's erst mal weiter nach Schardscha in die Vereinigten Arabischen Emirate. Endlich in die Wärme. Hier im winterlichen Istanbul war es trotz Sonnenschein empfindlich frisch. Zumindest an den letzten beiden Tagen, an denen teilweise Bodennebel durch die Stadt zog. Und das ist nicht wirklich angenehm, wenn man keine Jacke dabei hat. So herrscht auch auf dem Weg zum Flughafen von Istanbul eine Sichtweite von vielleicht 20 Metern. Ich denk an meinen Flug und befürchte Schlimmes. Am Flughafen wird dies bestätigt: Mein

Flieger kann wegen des Nebels nicht mal landen. Es wird sogar spekuliert, ob wir zum anderen Flughafen von Istanbul müssen. So warte ich neben einer kleinen Gruppe älterer Türken. Die sprechen zwar so gut wie kein Englisch, aber es ist trotzdem ganz nett. Außerdem versorgen sie mich mit irgendwelchen getrockneten Früchten. Und plötzlich – von einer Sekunde zur anderen – kommt die Durchsage, dass wir doch noch starten können, da sich der Nebel aufgelöst hätte. Auf dem Weg zum Flugzeug merke ich davon nicht viel; für mich ist das immer noch eine richtig graue Suppe. Später im Flugzeug lässt sich aber gut sehen, wie sich der Nebel langsam verzieht.

# Vorstoß zum Pool

Schardscha, Vereinigte Arabische Emirate.

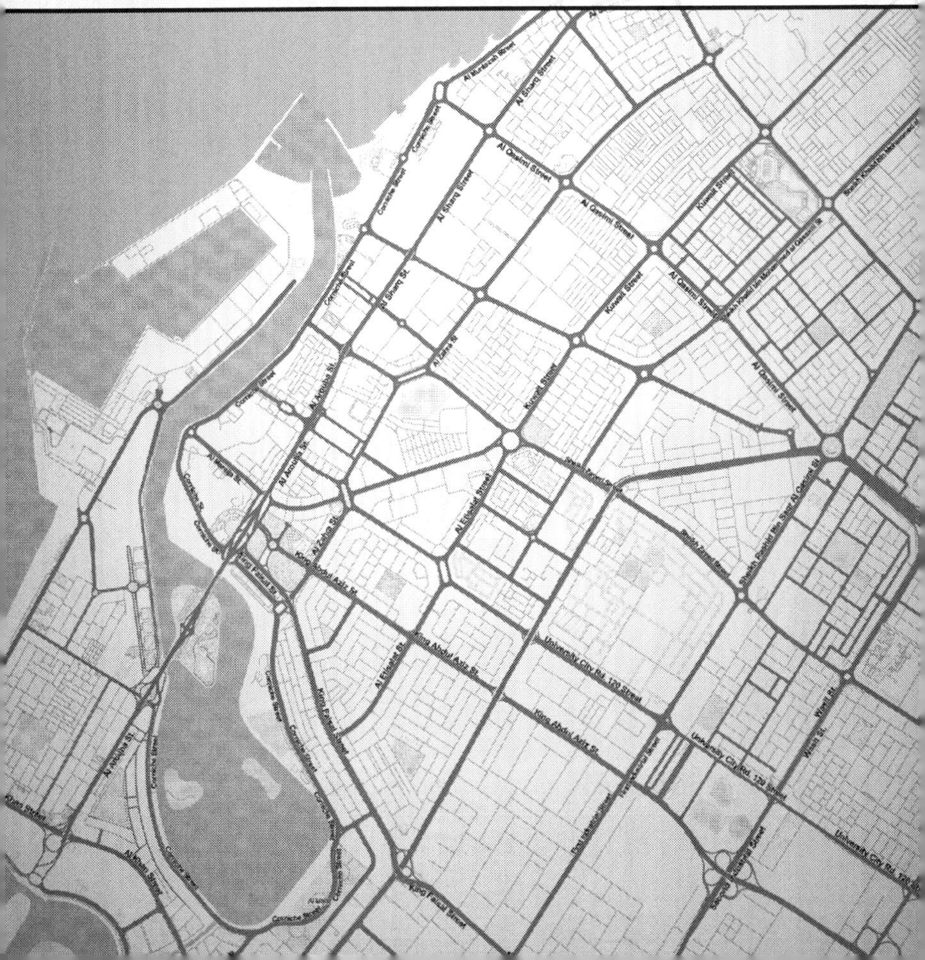

Ein nicht unerheblicher Nachteil der Billigflieger ist, dass diese häufig schon sehr früh morgens oder erst sehr spät abends abheben. So wie dieser Flug der »Air Arabia«, der um kurz nach Mitternacht startet. Aber im Gegensatz zu einigen europäischen Billigfliegern bietet dieser hier die besten Voraussetzungen für ein entspanntes Schläfchen. Und dennoch kann ich irgendwie überhaupt nicht pennen. Keine Ahnung warum. Neben mir sitzt Thomas, der ebenfalls nur einen Tag Aufenthalt in Schardscha hat und dann weiter nach Mumbai fliegt. Übrigens, Schardscha ist eines der sieben Emirate und gleich nebenan von Dubai.

Als wir auf dem Flughafen von Schardscha ankommen, lern ich ein weiteres Mal die Vorzüge eines deutschen Passes kennen. Sobald der rotbraune Umschlag erkannt wird, wird man automatisch durchgewunken. Normalerweise. Bei Thomas schauen sie dann aber doch mal genauer hin. Er hat nämlich einige Stempel aus Syrien, Jordanien und Israel im Pass, und das ist ihnen nicht ganz geheuer. Andere werden allerdings noch viel strenger kontrolliert. Bei einigen wird sogar die Iris gescannt.

Für den knapp 20-stündigen Aufenthalt habe ich kein Zimmer gebucht. Thomas genauso wenig und so beschließen wir, gemeinsam durch die Stadt zu laufen. Am Vormittag schauen wir uns zuerst die Altstadt an. Wobei von Altstadt nicht wirklich die Rede sein kann. Außer einer alten Burganlage sieht alles recht frisch aus. Dieses Fort ist sogar ein Weltkulturerbe, aber so richtig vom Hocker haut uns das nicht. Mag vielleicht auch an der immer stärker werdenden Hitze liegen. Na ja, vielleicht finden wir ja eine frische Brise am Hafen. Als wir da ankommen, werden gerade uralte Holzschiffe beladen. Jeder ostfriesische Fischkutter würde es mit diesen Dingern aufnehmen, aber diese Nussschalen fahren bis in den Iran. Viel angenehmer ist es temperaturtechnisch am Hafen nicht. Im Gegenteil, auch hier ist es furchtbar heiß und staubig. Wir laufen seit Stunden durch die Gegend und träumen von einem Luxuspool. So einigen wir uns relativ schnell, dass wir uns in das gleich in der Nähe gelegene, fette Radisson Hotel einschleichen müssen.

Leichten Schrittes kommen wir locker am Türsteher vorbei. Ja, er hält uns sogar die Tür auf. Und auch die Rezeption lassen wir frech links liegen. Auch wenn sie rechts ist. Nicht schlecht, so landen wir schon mal in der klimatisierten Lounge und setzen uns möglichst unauffällig in die tiefen Sofas. Wir müssen ja erst mal die Lage checken und das weitere Vorgehen ausklüngeln. Denn es ist nicht zu bestreiten, dass wir in diesem Hotel auffallen. Wir sehen zwar europäisch aus, aber im Gegensatz zu den anderen hier sind wir ziemlich schmutzig und unrasiert. Und kein Touri rennt hier in langen Hosen rum. Wir dagegen tragen noch unsere langen

Hosen aus Istanbul und ich hab sogar noch meinen dicken Fleecepulli unterm Arm. Den braucht hier wirklich kein Mensch. Und keine Ahnung warum, aber Thomas trägt sogar 'ne uralte Matte mit sich herum. Kein Wunder also, dass einige uns komisch anschauen.

Na ja, nach einer Weile wagen wir unseren Vorstoß zum Pool. Wir haben entsprechende Schilder entdeckt und folgen diesen einen langen Gang runter. Am Ende des Ganges sehen wir schon den hellblau leuchtenden Pool hinter einer riesigen Glastür. Dummerweise ist die scheiß Glastür abgeschlossen. Mist! Wir improvisieren einen Umweg über die Beauty Lounge, wo wir nun zweifellos auffallen. Zwei Damen grüßen noch freundlich, aber der große schwarze Mann an der letzten Tür will dann doch unsere Zimmerkarte sehen. »Ach, man muss hier im Hotel wohnen?« Mit gesenktem Kopf schleichen wir aus dem Hotel.

Wir laufen weiter zum nächsten Strand. Der ist ausnahmsweise mal kostenlos. Übermüdet, wie wir sind, pennen wir blitzartig im Schatten einer Palme ein. An anderen Orten wäre das wohl keine so gute Idee, mit seinem gesamten Hab und Gut am Strand einzuschlafen. Hier ist es aber harmlos. Zuerst hab ich gedacht, dass hier jeder genug Geld hat, aber wahrscheinlicher sind es eher die drakonischen Strafen, die so abschrecken. Und da wirklich überall Kameras installiert sind, ist die Gefahr offensichtlich zu groß.

Nach dem kurzen Schläfchen latschen wir weiter zu einer Tanke und hängen da 'ne Weile ab. Es gibt billigen und sehr guten Kaffee und billige, aber weniger gute Burger. Nebenbei bestaunen wir die dicken Autos der Einheimischen. Ich versuche krampfhaft, einen Scheich kennenzulernen. Klappt ungefähr so gut wie unser Vorstoß zum Pool im Radisson. Außerdem gibt's hier zwar einige mit ganz gut Kohle, aber die richtigen Scheiche treiben sich wahrscheinlich eher in Dubai oder Abu Dhabi rum. Schardscha scheint eher das Arbeiterviertel von Dubai zu sein. Zumindest gibt's hier ohne Ende Inder und Pakistani.

Dieses Gefühl wird auch durch einen Blick in die Statistik bestätigt. In den letzten 40 Jahren hat sich – dem Ölboom sei Dank – die Bevölkerung der Vereinigten Arabischen Emirate vervierzigfacht. Dabei ist nur ein Prozent der Landesfläche dieses Wüstenstaates überhaupt besiedelt. Vor allem die unglaubliche Ausländerquote von inzwischen fast 90 Prozent hat dafür gesorgt, dass aus einfachen Nomadenzelten die luxuriösesten Bauwerke der Welt wurden. Etwa 60 Prozent aller Menschen in den Emiraten stammen aus Südasien, worunter allein 3,5 Millionen Inder sind. Und da für die meisten der anfallenden Arbeiten Männer benötigt werden, gibt es in den Emiraten mehr als doppelt so viele Männer wie Frauen.

Zurück am Flughafen: Ich verabschiede mich von Thomas, dessen Flieger schon knapp zwei Stunden vor meinem abhebt. Mach's gut, vielleicht sehen wir uns ja noch mal in Mumbai. Hier am Flughafen in Schardscha herrscht das reinste Chaos mit viel zu vielen Menschen, die hektisch durcheinanderlaufen. Dazu ist meine Laune im Keller, weil ich meine EC-Karte nicht finden kann. So 'ne Scheiße! Das fängt ja gut an. Hoffentlich finde ich sie noch irgendwo. Na ja, erst mal einchecken. Aber nicht mal das soll klappen. Erst steh ich in der langen Schlange und warte ewig. Da tut sich aber mal so gar nichts. Nach einer gefühlten Ewigkeit macht endlich ein zweiter Schalter auf. Ich hetz rüber und jetzt sind nur etwa zehn Leute vor mir. Die Schlange wird sogar schnell kürzer, aber als nur noch zwei vor mir sind, macht der Schalter auf einmal wieder zu. Ich schau zum anderen Schalter rüber und natürlich ist da die Schlange jetzt noch länger. Ich dreh langsam durch, setz mich schmollend in eine Ecke und will warten, bis alle durch sind. Aber die Hektik auf dem Flughafen macht mich wahnsinnig. Irgendwann seh ich eine kleine Lücke am Schalter. Ich vergesse meine ostfriesische Zurückhaltung, flitz schnell und dreist an allen anderen vorbei und checke ein.

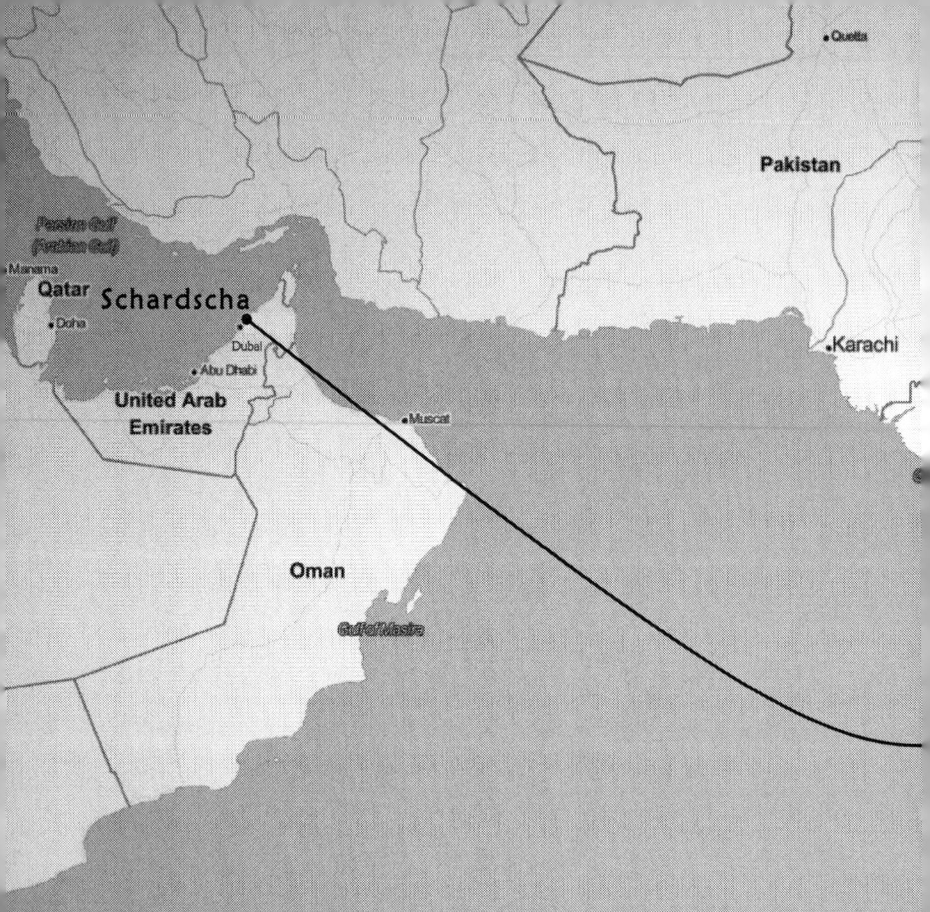
Quetta
Pakistan
Manama
Qatar
Schardscha
Doha
Dubai
Abu Dhabi
Karachi
United Arab
Emirates
Muscat
Oman
Gulf of Masira

# Indien

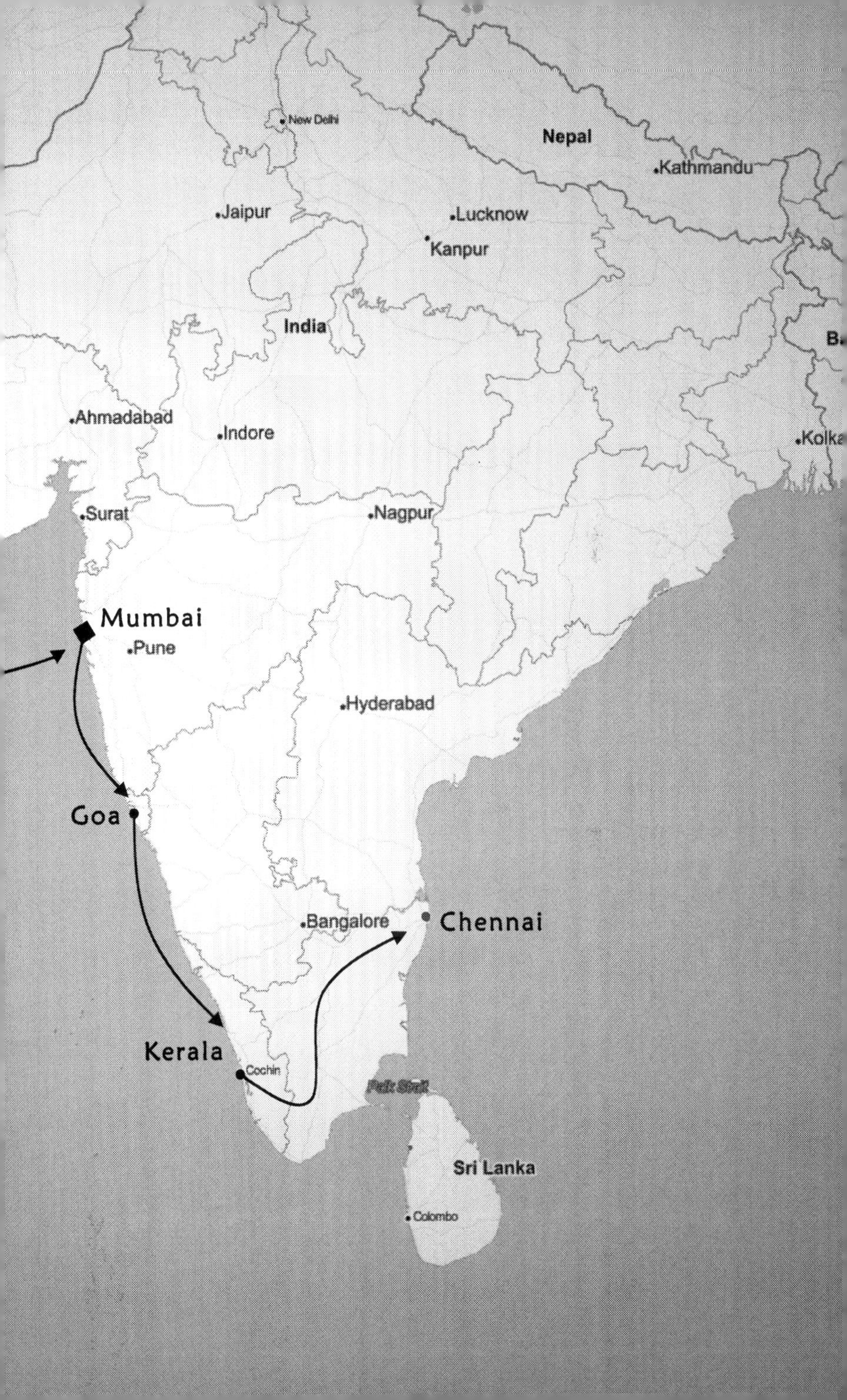
New Delhi
Nepal
Kathmandu
Jaipur
Lucknow
Kanpur
India
Ahmadabad
Indore
Surat
Nagpur
Mumbai
Pune
Hyderabad
Goa
Bangalore
Chennai
Kerala
Cochin
Sri Lanka
Colombo

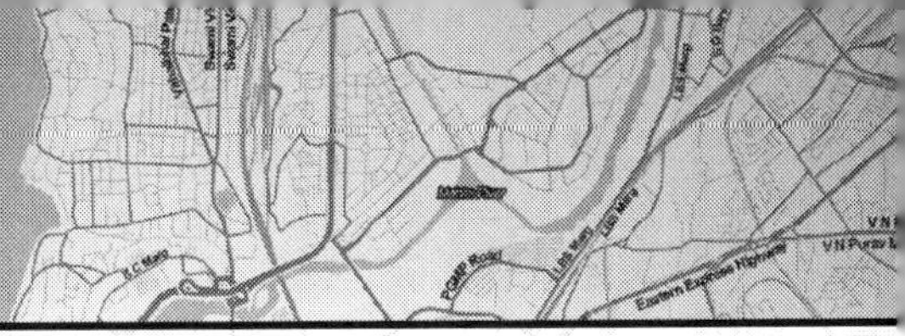

# Und alle hupen!

## Mumbai, Indien.

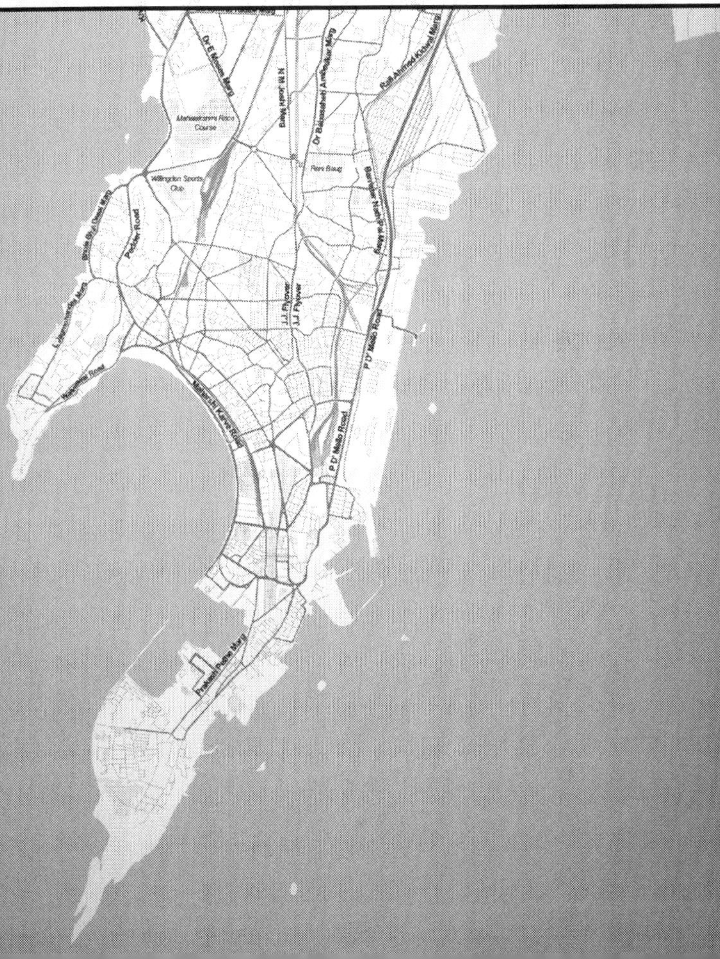

Der Flug ist die reinste Katastrophe. Mir wurde leider ein Platz in der Reihenmitte zugewiesen. Ich hasse das. Zum einen kann man nicht aus dem Fenster sehen und zum anderen kann man nachts nicht die Beine in den Flur stellen oder entspannt zur Toilette, ohne jemanden wecken zu müssen. Außerdem gibt's gleich zwei direkte Sitznachbarn, auf die ich keinen Einfluss habe. In diesem Fall sitzt zu meiner Rechten ein offensichtlich ebenso müder Geschäftsmann, der in Sekundenbruchteilen einschläft und mit offenem Mund schnarcht. In meinem ganzen Leben hab ich noch nie einen so weit aufgerissenen Mund gesehen. Man könnte locker einen Tennisball reinwerfen. Ehrlich. Das sieht zwar zugegebenermaßen sehr lustig aus, aber das dazugehörige Geräusch ist weit weniger spaßig. Zu meiner Linken sitzt ein Inder, der – wie soll ich sagen – geruchsmäßig mindestens im unteren Achtel anzusiedeln ist. Nase und Ohren werden also auf diesem Flug empfindlich gestört. Ich bin zwar hundemüde, aber so wird das mit dem Pennen auch in dieser Nacht nichts.

Als der Flieger am frühen Morgen in Mumbai aufsetzt, bin ich völlig im Arsch. Die zwei schlaflosen Nächte haben eine spürbare Wirkung hinterlassen. Ich fühle mich wie ein Betrunkener, kann keinen klaren Gedanken fassen und will nur noch meine Ruhe. Da wunder ich mich nicht mehr, dass Schlafentzug als wirkungsvolle Foltermethode gilt. Ich torkel am Flughafen zu einem Geldautomaten, um mir indische Rupien zu ziehen. Da fällt mir ein, dass ich meine EC-Karte ja immer noch nicht wiedergefunden hab. Okay, dann eben mit der Kreditkarte. Wie war noch gleich die PIN? Verdammt, ich kann mich beim besten Willen nicht erinnern. Nicht mal, wo ich sie mir für den Notfall notiert haben könnte. Mann, ich bin so schweinemüde, ich muss jetzt dringend pennen. Ich verschiebe das Problem und kram einige Dollar von meiner letzten Reise hervor. Damit komme ich wenigstens ins Zentrum. So sitz ich vollkommen fertig im Taxi und nehme alles um mich herum nur noch schemenhaft wahr: hupende Automassen, grauenvolle Slums, verstümmelte Bettler. Was um alles in dieser Welt habe ich nur in diesem Moloch verloren!?

Ich hab ja gedacht, es geht nicht schlimmer, aber als ich mein Hostel erreiche, verschlechtert sich meine Laune tatsächlich noch mal. Angeblich sei nämlich kein Zimmer mehr frei. Ich frage noch mal nach, will schließlich nur ein Bett in einem Schlafsaal. Offen gibt der Manager zu, dass es zwar einige freie Betten gebe, die aber voll mit »bed bugs« (Bettwanzen) wären, so dass einige Backpacker davon krank geworden seien. Mir ist in diesem Moment alles scheißegal und ich bettel ihn an, mir doch bitte das Bett zu geben. Gott sei Dank stimmt er zu und ich schlurfe schlaftrunken in das Zimmer. Als ich die Matratzen seh, wird mir einiges klar. Es ist einfach widerlich. Nur gut, dass ich einen kleinen Seidenschlafsack dabei habe. Ich kriech so tief wie möglich rein und schlaf augenblicklich ein.

Als ich einige Stunden später aufwache, finde ich mein Gesicht direkt auf der Matratze wieder. Hmm, lecker. Hastig stehe ich auf und lerne meine durchgeknallten Bettnachbarn kennen. Zwei Amerikaner, die ganz offensichtlich zu viele Drogen nehmen, ein Ire, der vom Aussehen her in jedem biblischen Epos mitspielen könnte, ein Franzose, der mit seinem Fahrrad gekommen ist und dann noch zwei ältere Typen. Der eine meditiert ständig und pfeift zu jeder Tageszeit, also auch wenn ich schlafen will. Und ein anderer, der sich dauernd die Füße eincremt. Die haben es allerdings auch nötig. Ich habe noch nie ekligere Füße gesehen. Nur mit Z, einem Südafrikaner, kann man normal reden. Mit ihm gehe ich abends zum ersten Mal indisch essen. Joah, scharf!

Am nächsten Morgen werde ich vor dem Hostel angesprochen. Ob ich nicht Lust hätte, als Statist in einem Bollywood-Film mitzuspielen. Das wurde aber auch mal Zeit! Endlich erkennt mal einer mein Talent zum Filmstar. Vor meinem inneren Auge seh ich schon, wie ich mit meinen kürzlich auf der Scheunenfete in Filsum ausgefeilten Tanzkünsten das seltsame indische Gehoppel aufwerten kann. Also frag ich ihn, ob das denn jetzt gleich losgehen würde und er wackelt ganz komisch mit seinem Kopf. So 'ne Mischung aus Nicken und Verneinen. Ich bin verwirrt und frag ihn noch mal. Da kreist der

Gute wieder mit seinem Kopf. Dieses Mal allerdings mit einem »Yes« untermalt. Komisches Kopfkreisen heißt also »Ja«. Wenn du mal einen Inder triffst, dann frag ihn mal nach dieser Ja-Bewegung. Sieht echt lustig aus. Letztlich stellt sich allerdings heraus, dass die Bezahlung schlecht ist – es gibt nämlich keine. Dazu ist der Aufwand groß und ich sage ihm ab. Ich hoffe, Bollywood verkraftet diese Abfuhr und findet andere Wege, einen neuen Boom auszulösen.

An diesem Tag ist meine Laune aber schon deutlich besser. Zum einen, weil ich endlich mal vernünftig auspennen konnte. Ich war so müde, dass ich nicht mal mehr den Pfeifer gehört hab. Und zum anderen, weil ich am Vortag doch noch Geld ergattern konnte. Zwar ist meine EC-Karte wohl endgültig verschollen und auch an die PIN der Kreditkarte kann ich mich beim besten Willen nicht erinnern, aber gegen eine unverschämte Auszahlungsgebühr konnte ich wenigstens mit der Kreditkarte am Schalter indische Rupien bekommen. Parallel habe ich schon mal eine neue EC-Karte in der Heimat bestellt, die mir dann hoffentlich bald zugeschickt wird.

Ausgeschlafen wirkt Mumbai jedenfalls gar nicht mehr so erschreckend auf mich. Das chaotische Chaos von gestern wirkt heute eher auf mich wie ein organisiertes Chaos. Natürlich sind die Straßen immer noch rappelvoll und der Verkehr in dieser Megacity mit ihren 20 Millionen Einwohnern ist völlig wahnsinnig. Am Anfang hab ich ostfriesisches Landei mich noch bei jeder Hupe umgedreht. Will da etwa jemand was von mir? Ach nee, dieses Mal wohl nicht. Außerdem wird das Umdrehen schon nach einigen Minuten zu anstrengend, da hier wirklich jeder hupt! Jeder! Ich würde wetten, dass auf Mumbais Straßen keine zehn Sekunden vergehen, in denen keiner hupt. Wahrscheinlich muss auch jeder hupen, da keiner irgendwelche Regeln befolgt. Fahrspuren sind hier genauso überflüssig wie Ampeln oder Blinker. Jeder drängelt und schiebt im höchstmöglichen Tempo. So ist es kein Wunder, dass mehr als jeder Zehnte aller Verkehrstoten weltweit ein Inder ist.

Doch meistens finden die unzähligen Autos, Fahrräder, Rikschas und völlig überladenen LKWs irgendwie ihren Weg. Und das, obwohl durch die wenigen verbleibenden Lücken schnell indische Fußgänger hasten. Und wenn dann immer noch irgendwo Platz ist, steht da eine tiefenentspannte Kuh. Die Kühe sind den Hindus ja heilig und dementsprechend haben sie absolute Narrenfreiheit. Sie laufen, wo sie nur wollen, und wenn sie spontan beschließen, sich mitten auf die vollbefahrene Kreuzung hinzulegen, dann machen sie es einfach und der ganze Verkehr fährt eben drum herum. Oft durchstöbern die Kühe auf der Suche nach Nahrung die Abfälle, aber ich hab auch hin und wieder gesehen, dass sie gefüttert werden.

Irgendwie scheint sich das ganze Leben in Mumbai auf der Straße abzuspielen. So viele Menschen sind ständig unterwegs, und so viele versuchen ihren Lebensstandard mit dem Verkauf von irgendwelchen Dingen aufzubessern. Sie sitzen am Straßenrand und verkaufen Kaugummis, Zeitschriften oder Gewürze. Bei einem Mann kann man sich für eine Münze wiegen lassen. Und bei anderen kannst du dir direkt auf der Straße die Haare schneiden oder dich rasieren lassen. Ja, ich hab sogar einen Open-Air-Zahnarzt entdeckt. Der sitzt direkt an einer viel befahrenen Straße und präsentiert stolz auf einem ausgebreiteten Tuch seine Zangen und Zahnprothesen. Die darauf tanzenden Fliegen vermitteln nicht gerade einen klinisch reinen Eindruck, aber wenn einer armen Seele dann mit viel Schmackes und ohne Betäubung der Zahn gezogen wird, ist der Andrang trotzdem groß. Sensationsgeilheit ist eben kein rein deutsches Phänomen.

So schlender ich mit großen Augen durch die Stadt und werde dabei alle naselang angesprochen, ob ich denn nicht irgendwas kaufen oder geben will. Einer fragt mich, ob ich ihm meine Kamera schenke. »Nee, lass mal, heute nicht.«

Trotzdem fühle ich mich langsam besser und gewöhne mich von Stunde zu Stunde mehr an diesen Trubel. Aber natürlich ist die Umstellung von Ostfriesland auf Mumbai nicht ganz ohne. Wenn in Ostfriesland etwa 150 Menschen auf den Quadratkilometer kommen, sind es hier nahezu 30.000 Menschen. Oder anders: Steht auf einem ostfriesischen Bolzplatz ein Mensch, so tummeln sich in Mumbai fast 200 Menschen auf einem Feld gleicher Größe. Und alle hupen. Aber es geht noch heftiger. Denn in Mumbai gibt es sogar Stadtteile, in denen sagenhafte 300.000 Menschen auf dem Quadratkilometer wohnen. Das wären dann schon 2.000 Menschen auf dem Fußballplatz. Vielleicht ist das auch der Grund, warum sich hier ein anderes Nähe-/Distanz-Gefühl entwickelt hat. Der Abstand zwischen zwei fremden Menschen, der hier in Mumbai als noch normal gilt, ist bei uns definitiv zu nah. Meistens gehe ich dann einfach einen kleinen Schritt zurück und es passt. Anders ist es, wenn ich irgendwo anstehe. Da muss ich eher einen Schritt vorgehen und aufpassen, dass ich nicht die kleinste Lücke lasse. Sonst huscht immer einer dazwischen und ich stehe tagelang für ein Eis an.

Neben der Enge muss man sich auch an einige andere Gepflogenheiten gewöhnen. So findet man auf den Toiletten weder Toilettenpapier noch Spülung. Da man aber auch mit den Händen isst, werden die Aufgaben geteilt. Die rechte ist fürs Essen und Grüßen, die linke für die Schmutzarbeit. Also bloß nicht verwechseln!

Natürlich herrscht in Indien – als ehemalige britische Kolonie – auch Linksverkehr. Also lieber zweimal gucken, bevor man über eine Straße läuft. Und offensichtlich hat der Linksverkehr auch seinen Einfluss auf die Gehsteige, denn auch hier läuft man links aneinander vorbei. Nicht selten spuckt mir irgendjemand dabei vor die Füße. Das sollte man aber nicht persönlich nehmen, die Inder rotzen halt überall hin. Und zwar nicht nur die Männer. Im Zusammenspiel mit dem vorherigen Hochziehen, das scheinbar möglichst auffällig vollzogen werden soll, eine wenig appetitliche Angelegenheit. Besonders unappetitlich ist es immer in Unterführungen. Da kann der gewöhnliche Inder nicht mal für hundert Meter auf diese Unart verzichten und spuckt einfach an die Wand.

So ist nicht selten alles bis auf eine Höhe von 1,50 Meter in den Unterführungen schon braun von alter Rotze. So, genug Ekliges für heute.

Am Abend gehe ich ins Kino. Ich glaube, ich war das ganze letzte Jahr nicht im Kino. Bevor es losgeht, wird erst mal geschlossen die Nationalhymne geträllert. Neben mir sitzt eine hübsche Brasilianerin. Dunkle Haare und grüne Augen, da werde ich schwach. Dazu ein Lächeln, das mir die Knie weich werden lässt. Wie gut, dass ich schon sitze. Die muss doch der liebe Herrgott oder Krishna oder wer auch immer geschickt haben. Vor dem Film erfahre ich noch, dass sie Cintia Külzer heißt. Deutsche Vorfahren eben. Ich bringe ihr freundlicherweise bei, wie man ihren Nachnamen wirklich ausspricht. Aber eigentlich klingt der Name mit ihrem portugiesischen Akzent viel schöner. Während des Films geht meine Fantasie mit mir durch. Da sehe ich uns schon am Abend gemeinsam am Strand spazieren. Später küssen wir uns im schwachen Mondlicht und beschließen gemeinsam die Welt zu bereisen. Und nicht nur schlappe vier Monate, warum nicht gleich vier Jahre!? Noch später sehe ich, wie wir von der Terrasse unseres Hauses in Ostfriesland unsere zwei süßen Kinder beim Spielen beobachten. Hach...

Nach dem Film laufen wir durch eine ziemlich dunkle Straße. Da gibt's mehr Ratten, als ich in meinem ganzen Leben gesehen habe. Einige sind so fett wie Katzen. Keine Angst, Cintia, ich bin ja bei dir. Cintia will mir die Hälfte ihres Indien-

Reiseführers schenken. Sie reist bald ab und hat die Hälfte über den Norden Indiens jemand anderem versprochen. Ich brauche nur den Süden und nehme ihr Angebot dankend an. Vor allem hat das den nicht unangenehmen Nebeneffekt, dass ich sie so nach Hause begleiten muss. Auf dem Weg dahin reden wir über unsere bisherigen Indienerlebnisse. Weil die sich bei mir noch in Grenzen halten, redet Cintia deutlich mehr. Aber das macht nichts, denn so kann ich mir leichter den weiteren Verlauf des Abends im Hinterstübchen ausmalen. Ich nehme ja mal stark an, dass das mit dem Reiseführer mit an Sicherheit grenzender Wahrscheinlichkeit nur ein vorgeschobener Grund war, um mich in ihre Bleibe zu locken. Von Brasilianerinnen hört man ja so einiges. Ich kann mir sehr gut vorstellen, dass wir, sobald wir bei ihr ankommen, sofort wild übereinander herfallen und eine nicht enden wollende hemmungslose Nacht erleben. Du weißt schon: gemeinsame Weiterreise, zuckersüße Kinder, Gemüsegarten.

Nun gut, ich muss gestehen, dass der tatsächliche Verlauf in klitzekleinen Details von meiner Fantasie abweicht. Kaum sind wir nämlich bei ihr angekommen, da schneidet sie mit einem großen Messer den Reiseführer in zwei Teile. Im nächsten Moment erwähnt sie auch schon, dass sie ja morgen sooo früh raus muss. Dabei wedelt sie so seltsam mit dem Messer in der Hand. Okay, okay, ich versteh ja schon...

An klassische Sehenswürdigkeiten gibt's in Mumbai nicht so viel zu sehen. Zu den bekanntesten gehören das »Gateway of

India«, das Taj Mahal-Hotel oder die Victoria Station. Letztere ist ein riesiger Bahnhof im viktorianischen Stil. Im Bahnhof selbst rennen gefühlt vierhundert Millionen Menschen durch die Gegend. Jeder Ameisenhaufen ist deutlich organisierter. Ich habe irgendwo gelesen, dass nur in Mumbai etwa sieben Millionen Menschen jeden Tag mit dem Zug fahren. Echt unglaublich. Das ist zum Beispiel deutlich mehr als die gesamte dänische Bevölkerung von 5,5 Millionen.

In Mumbai gibt es viele ältere Gebäude, die wirklich aufwendig gestaltet wurden. Es ist nicht zu übersehen, dass diese Stadt mal richtig reich gewesen sein muss. Leider ist das nun schon ein paar Jährchen her und die meisten Gebäude haben eine Renovierung mehr als nötig. Die Uni ist jedoch auch heute noch gut in Schuss und mit den reichen Verzierungen recht hübsch anzuschauen. Draußen auf dem Campus werden gerade Fotos von einer Diplomverleihung gemacht. Dazu müssen jedes Mal ein besonderer Umhang und die Kopfbedeckung ausgetauscht werden. Geht aber zack, zack. Vor der Uni ist ein riesiges Cricket Feld. Ich verfolge das Treiben und werde schon bald aufgefordert, es auch mal zu versuchen. Ich treff das Ding nicht einmal und alle freuen sich...

Manchmal wird einem in dieser Stadt aber auch ein bisschen anders. Jetzt weiß ich zwischen Armut und Elend zu unterscheiden. Es macht mich traurig, wenn ich kleine Kinder oder sehr alte Menschen hart arbeiten sehe. Ich bin erschüttert, dass verkrüppelte Menschen völlig sich selbst überlassen werden und nur so dahin vegetieren. Und es bricht mir das

Herz, wenn ich völlig verwahrloste Babys seh, deren desillusionierte Eltern das markerschütternde Geschrei schon gar nicht mehr hören. Hier ist das alles Normalität. Natürlich nicht an jeder Ecke, aber übersehen kann man es auch nicht. Einmal bin ich in meinen halben Reiseführer vertieft, als ich von einem Bettler angesprochen werde. Normalerweise reagiere ich gar nicht darauf, aber dieser lässt nicht locker und macht außerdem komische Geräusche. Als ich aufsehe, bin ich völlig schockiert und muss mich fast übergeben. Der Mann ist am ganzen Körper und auch im Gesicht von übelst wuchernden Hautlappen übersät. Einfach schrecklich. Noch Stunden später habe ich dieses entsetzliche Bild vor Augen. Trotzdem gibt es – abgesehen von den Slums – nur wenige richtig krass Arme in der Stadt. Die meisten scheinen ihr Geld auf mehr oder weniger ehrliche Art und Weise zu verdienen. Touristen bescheißen ist dabei ehrliche Arbeit. Aber es gibt in Mumbai auch einige, die richtig Schotter haben. Manchmal seh ich so dicke Protzautos wie in den Emiraten.

Viele Inder machen sogar Urlaub in Mumbai. Ich habe mit einer Familie gesprochen, die drei Tage gefahren ist, um nach Mumbai zu kommen. Sie haben noch nie einen Ausländer gesehen und ich muss für einige Fotos herhalten. Ich leg dabei meinen Arm um den 17-jährigen Sohnemann, der allerdings aussieht, als sei er gerade zwölf geworden und vielleicht 40 Kilo wiegt. 'Ne richtige halbe Schulter ist das. Dass ich der erste Ausländer für sie war, muss ein großer Zufall gewesen sein, da es hier eigentlich verhältnismäßig viele westliche Touristen gibt. Gerade in Colaba, das nicht nur als reicheres Viertel der Einheimischen, sondern auch als Touristenviertel gilt, läuft einem wirklich alle paar Meter eine »Weißhaut« über den Weg – wenn auch vielleicht nicht ganz so weiß wie ich.

Es gibt Neuigkeiten an der Flugfront. In einem Internetcafé finde ich relativ schnell einen Flug der »Air India Express«, der mich in vier Wochen von Chennai an der Ostküste Indiens nach Singapur bringt. Kostet nur knapp über 100 Euro. Und zwei Tage später geht's für etwa das gleiche Geld mit »Tiger Airways« von Singapur nach Darwin im Norden Australiens. Dahin lass ich mir jetzt auch die neue EC-Karte schicken. Vom hektischen Treiben Mumbais habe ich inzwischen auch genug und in mir schreit es nach Ruhe und Erholung. Die soll es in Goa geben. Also nix wie hin...

# Zittern der Palmenblätter

Goa, Indien.

Auf der Toilette eines Restaurants sehe ich mich mal wieder im Spiegel und kann mich kaum wiedererkennen. Seit Wochen hab ich mich nicht rasiert, seit Tagen nicht mehr richtig gewaschen. Die Haare sind zerzaust und das Gesicht ist braun gebrannt (wenigstens das Gesicht!). Welch ein Unterschied zu der Zeit vor einem Monat, als ich frisch rasiert, mit gegelten Haaren und im schicken Anzug meine Diplomurkunde erhalten habe! Wenn ich die Zeit noch ein wenig weiter zurückdrehe und meinen immerzu gleichen Tagesablauf zur Examenszeit mit dem in dieser Woche vergleiche, so bleibt nicht viel Gemeinsames. Das pflichtbewusste Studieren unendlicher Fachartikel wurde abgelöst vom lustvollen Lesen eines Romans. Unzählige Gespräche mit Freunden und Kommilitonen, die fast ausschließlich der Verbesserung des Prüfungsergebnisses dienten, sind durch ein einfaches Schweigen ersetzt worden. Ostfriesen geben sich ja ganz gern mal wortkarg, aber im Moment genieße ich es einfach, mit niemandem sprechen zu müssen. An einigen Tagen verlassen nicht mehr als zehn Wörter meinen Mund.

Wenn du mich fragst, was ich den ganzen Tag so mache – ich kann's dir nicht genau sagen. Oft liege ich nur am Strand und lasse einfach meine Augen wandern. Stundenlang schau ich auf das Zittern der Palmenblätter oder auf das Kreisen der Adler am Himmel. Ja, ich verfolge sogar den Lauf der Sonne und das sich verändernde Wolkenbild. Manchmal lasse ich endlos Sand durch meine Finger rieseln. Und im Hintergrund das ewige Rauschen des Meeres. Wie herrlich, mal nichts »Sinnvolles« tun zu müssen!

Mein Tagesrhythmus wird dabei von meiner inneren Uhr bestimmt, nicht von der tickenden. Die hab ich gleich zu Hause gelassen. So geh ich z. B. schlafen, wann immer mir danach ist. Oder wie mein alter Kumpel Schubi zu Studizeiten zu sagen pflegte: »Ich schlaf immer so lange, wie mein Körper sich den Schlaf nimmt« (Schubi: Psalm 1, Vers 1). Jetzt verstehe ich ihn endlich. Mal geh ich also früh abends, mal mitten in der Nacht ins Bett. Manchmal schlaf ich tagsüber so viel, dass ich mitten in der Nacht meine kleine Strandhütte verlasse und am Strand spazieren geh. Diese Ruhe! Einfach herrlich.

Einmal steh ich frühmorgens auf und will schwimmen gehen. Es ist keine Menschenseele am Strand. Ich geh ins Wasser und sehe massenhaft Krebse, die ihre Heimat gleich mitgebracht haben: 15 cm große Spiralmuscheln. Faszinierend. Aber scheinbar bin ich nicht der Einzige, der sie entdeckt hat. Nur zehn Meter vor mir taucht auf einmal ein Delfin auf und ich glaube, wir erschrecken uns beide ein bisschen.

Der Schreck sitzt aber nicht so tief und ich will mehr von den Delfinen. So arrangiere ich mit einem schwedischen Paar einen Fischer, der uns aufs offene Meer fährt, wo es mehr Delfine geben soll. Und tatsächlich, überall tauchen diese eleganten Burschen plötzlich auf. Einige machen sogar ein paar Kunststücke, Salti inklusive. Leider schwer zu fotografieren. Sind sie oben, sind sie auch schon wieder weg. Trotzdem sehr beeindruckend. Ich habe bei dem Ausflug übrigens auch ein schwedisches Wort gelernt: »Besserwisser«. Bleibt nur die Frage: Warum nehmen die gerade so ein Wort von uns Deutschen!?

Goa ist vielen ja als Hippie-Paradies bekannt. Aber das war früher vielleicht so. Jetzt sind hier Touris aus der ganzen Welt. Zumindest an diesem Strand von Palolem, wo ich so viele verschiedene Sprachen höre: Englisch, Spanisch, Hebräisch, Portugiesisch, Holländisch, Russisch, Chinesisch und noch viele mehr. Einige Sprachen, wie z. B. die skandinavischen, kann ich auch nicht wirklich unterscheiden.

Wo sich viele Touristen rumtreiben, gibt's auch ein breites Angebot. Und hier in Goa findet der Touri sicher alles, was er so angeblich braucht. Ich brauche eigentlich nur Ruhe. Hier ist aber schon recht viel Trubel, so dass ich überlegt hatte, an einen anderen Strand zu ziehen. Hab ich dann aber doch nicht gemacht. Erstens war ich zu faul, meine Sachen zusammenzupacken und an den nächsten Strand zu watscheln. Und zweitens ist es natürlich auch bequem, dass man hier alles serviert bekommt. So gibt's z. B. Restaurants, die sich auf die mexikanische oder auf die italienische Küche spezialisiert haben. Ein Restaurant um die Ecke ist gleich besonders versiert: »Specialised in Chinese, Italian, Israeli, Continental, Indian and seafood«. Spezialisten für alles also. Es gibt sogar eine »German bakery«. Ich geh rein und finde nur Chinesen und labbriges Weißbrot.

Für die Hippies war das alles wohl ein bisschen viel. Viele sind nicht geblieben. Vielleicht 'ne Handvoll. Einer rennt jeden Abend nur mit einem String bekleidet den Strand hoch und runter. Weiße Haare bis zum Arsch und einen Rauschebart, der jeden Weihnachtsmann erblassen lassen würde. Außerdem patrouillieren hier den ganzen Tag drei Polizisten. Allerdings sehen sie in dem grünen Tarnanzug eher wie Elite-Soldaten aus. So ein Tarnanzug macht ja auch richtig Sinn am schneeweißen Strand. Nichtsdestotrotz scheinen die Jungs offensichtlich ziemlichen Spaß an ihrem Job zu haben. Hier und da mal nett grüßen und immer brav lächeln. Dabei tragen die drei übrigens 1,50 Meter lange, uralte Gewehre auf dem Rücken. Vorne smile, hinten peng. Für mich hört sich das jedenfalls nach einem Traumjob an. Da hätte ich auch ein Dauergrinsen im Gesicht. Nur bei einer Sache verstehen die Burschen keinen Spaß: Man darf sie unter keinen Umständen fotografieren. Wahrscheinlich, damit ihre grandiose Tarnung nicht auffliegt. Ich tu's trotzdem und werde dummerweise von einem erwischt. Das gibt Schimpfe und ich soll den Film rausgeben. Ich sag: »Geht nicht, das ist 'ne digitale Kamera.« »Dann lösch das Foto!« »Okay, okay, kein Problem.« Nur gut, dass ich gleich zwei Fotos gemacht hab.

Außerdem laufen hier noch andere komische Gestalten rum. Eines Tages läuft mir der Claude Oliver Rudolph übern

Weg. Ich bin mir zumindest ziemlich sicher. Gefragt hab ich ihn nicht. Hab 'nen Heidenrespekt vor dem Typen. Dann gibt's hier einen, der wohl mal ordentlich Probleme mit seinem Oberschenkel hatte. Der Oberschenkel ist jedenfalls nicht mehr da und jetzt haben sie dem armen Kerl den Unterschenkel an die Hüfte genäht. Somit hängt der eine Fuß auf Höhe des anderen Knies. Ich weiß echt nicht, was das bringen soll und spar mir den Witz mit dem Deich... An einem anderen Morgen kommt einer, der ist so weiß wie ich vor vier Wochen. Beim Rücken eincremen verrenkt er sich ordentlich. Schon das ist ein Bild für die Götter. Und am Ende hat es doch nicht geholfen. Abends hat er in der Mitte seines Rückens einen roten Fleck, wie er roter nicht sein kann. Du siehst, richtige Action hier.

Und es kommt noch besser: Als Nachbarn hab ich 'ne schwedische Familie. Vater, Mutter, drei süße Kinder. Für das perfekte Familienbild fehlt nur noch der Hund. Zum Glück gibt's davon am Strand 'ne ganze Menge. Leider sind die nicht so, wie man sich einen kuscheligen Familienhund vorstellt. Nee, die hier am Strand haben ein hartes Leben. Tagtäglich sind sie in Revierkämpfe verstrickt und so hat jeder der Hunde einen Haufen Narben. Je älter, desto mehr. Na ja, die Kinder haben sich trotzdem in die Hunde verliebt. Vielleicht aus Mitleid. So versorgen sie diese, wie sie nur können. Richtig mit drei festen Mahlzeiten und Limo aus der Flasche. Laufen brauchen die Hunde auch nicht mehr. Sie werden nur noch getragen.

Nach ein paar Tagen wollen die Schweden-Kinder ihren Eltern sogar Medizin für die Hunde abquatschen. »Lucky«, der kleine Lieblingshund der Kinder, hat's am besten. Er bekommt einfach alles und darf sogar mit in der Hütte schlafen. Schlaraffenland für Lucky. Für die Inder ist das alles nur schwer nachzuvollziehen. Bei ihnen stehen die Hunde nicht wirklich weit oben auf der Beliebtheitsskala. Eher im Minusbereich. Am Ende des Urlaubs der Schweden kommt die große Verabschiedungsszene. Das etwa 15-jährige Mädel muss dem Hund und ihrem indischen Freund »Tschüss« sagen. Der Hund kriegt zehn Küsse – der Freund nur einen. Ich seh ihm an, dass er es lieber anders herum hätte. Als die Familie weg ist und die Putzfrau kommt, ist Lucky noch in der Hütte. Sie gibt ihm einen Tritt, dass er zwei Meter durch die Luft fliegt. Dream is over...

Für die Inder nicht weniger unverständlich ist der Anblick der fast nackten Menschen am Strand. Klar, wer hier arbeitet, hat sich mehr oder weniger daran gewöhnt. Aber für die, die hier nur zu Besuch sind, ist es ein regelrechter Schock. Sie können nicht verstehen, wie man nur mit Bikini oder in Shorts am Strand liegen kann. Und dann auch noch in der Sonne, wo es im Schatten doch viel angenehmer ist. Sie dagegen kommen bei 35 Grad in langen Hosen und Pullovern. Natürlich nicht die Frauen, die tragen alle lange farbenfrohe Saris. Ins Wasser gehen sie nicht. Ein paar ganz Wagemutige ziehen vielleicht die Schuhe aus und gehen ins Knöcheltiefe.

Hier in Goa lern ich die indische Küche so richtig kennen. Manchmal lasse ich mir Gerichte erklären und bekomme dann doch was ganz anderes. Dann bestelle ich mal irgendwas aus der Karte und es schmeckt vorzüglich. Auch wenn ich überhaupt nicht weiß, was ich da esse. Übrigens, ich hab mir inzwischen angewöhnt, alle Gerichte als »not spicy« zu bestellen. Ich frage mich allerdings häufiger, ob diese für mich nicht unerhebliche Information auch immer bis in die Küche vordringt. Einmal bestell ich das klassische »Chicken Curry« und denk, da kann man ja nichts falsch machen. Ich also wieder: »Please, not spicy!«, untermalt mit einem eindringlichen Blick. Wenige Minuten später steht ein Topf mit einer Currysauce vor mir. Ein vorsichtiger Test verrät sofort, dass das hart wird. Ich order sicherheitshalber schon mal was Feuchtes nach. Der Hunger ist jedoch groß und ich begebe mich auf die Suche nach dem Hühnchen. Tief in der Sauce finde ich vier Gelenke (frag mich nicht welche), die ich auf den Reisteller hieve. Ich ziehe die Gelenke mehrfach durch den Reis und versuche so, die feurige Sauce abzuschütteln. Dabei bin ich allerdings nur mäßig erfolgreich und nach wenigen Minuten laufen mir Augen und Nase wie bei einem Heulkrampf.

Nach zwei Stunden und zwei weiteren Litern Wasser kann ich mich einigermaßen beruhigen. Dass aber noch nicht alles in Ordnung ist, merke ich am nächsten Tag. Mein Magen gluckert wie eine Altbau-Heizung, die seit ein paar Jährchen nicht entlüftet wurde. Am Abend dann Durchfall. Und die nächsten zwei Tage fällt wirklich alles nur so durch. Ich habe mal gehört, dass 80 Prozent aller Indienbesucher von Durchfall geplagt werden. Da bin ich also dabei. Ich fühle mich schwach ohne Ende, aber trotzdem beschließe ich, nichts mehr zu essen. Wo nichts reinkommt, kann auch nichts mehr rauskommen. Zwei weitere Tage später ist es zwar besser, aber immer noch weit entfernt von tiefenentspannt. Außerdem hab ich inzwischen einen so tierischen Kohldampf, dass ich meinen Hungerstreik kurzerhand beende und sieben Bananen und ein halbes labbriges Toastbrot aus der »deutschen« Bäckerei futtere. Und genau das scheint das Patentrezept zu sein, denn am nächsten Tag ist alles wieder gut. Ein herrliches Gefühl.

Am Abend lerne ich dann Bingo kennen, einen etwa 45-jährigen Töpfermeister aus der Nähe von Hamburg. Der hat schon vor 20 Jahren die Hippie-Szene in Goa aufgemischt. Letztes Jahr hat er ein paar Fotos von Goa gesehen und »Heimweh« bekommen. Jetzt reist er für zwei Monate durchs Land. Früher war das ein richtiger Chaot. Hat immer nur sechs Monate gearbeitet und ist dann die restlichen sechs Monate des Jahres durch die Weltgeschichte gereist. Dann kam was Neunmonatiges dazwischen und er musste diesen Rhythmus aufgeben. Wenn seine Kinder erwachsen sind, will er um die Welt segeln. Sein Boot wartet schon auf ihn.

Etwas später sitze ich in einem Pub und schau Arsenal gegen Manchester United. Am Nachbartisch sitzt Amie, eine Engländerin und gleichzeitig fanatischer Arsenalfan. Das Spiel läuft aus ihrer Sicht nicht besonders und sie sagt öfter

»Fuck«, als so manch anderer Engländer in diesem Pub an seinem Bier nuckelt. Und das ist schon 'ne Leistung. Dabei meint sie, sie sei gar nicht so schlimm. Ich solle mal ihren Vater sehen. Am Ende gewinnt dann doch Arsenal. Sie ist froh und ich brauch mein Bier nicht zu bezahlen.

So, eine Woche Faulenzen in Goa ist vorbei. Und trotz der kurzen Schwächeperiode habe ich das Gefühl, dass meine Akkus wieder schön voll sind. Zumindest die mentalen Akkus. Die Strände dieser ehemaligen portugiesischen Kolonie sind wahrlich ein Traum. Dazu wunderschöne Sonnenuntergänge, die jeden Tag anders, aber immer wunderschön sind. Und all das bekommt man für echt kleines Geld. An den meisten Tagen hab ich nicht mehr als sechs Euro ausgegeben. Und da sind drei Euro für meine Strandhütte schon mit drin. Natürlich gibt's dafür keinen großen Luxus. Eigentlich nur ein klappriges Bett (welches immer umkippt, wenn ich mich auf die Seite setze) und einen Stuhl. Das Klo ist außerhalb und für alle. An dessen Tür hängt übrigens ein Schild:

- Please use trash bin for tissue
- Please use flush
- Please help us make clean

Okay, Mülleimer und Spülung hab ich gern benutzt, aber sauber machen könnt ihr allein! Na ja, jetzt geht's nach Kerala in den Süden. In einer Stunde geht mein Zug. 15 Stunden Fahrt stehen an. Mal schauen, wie ich die übersteh.

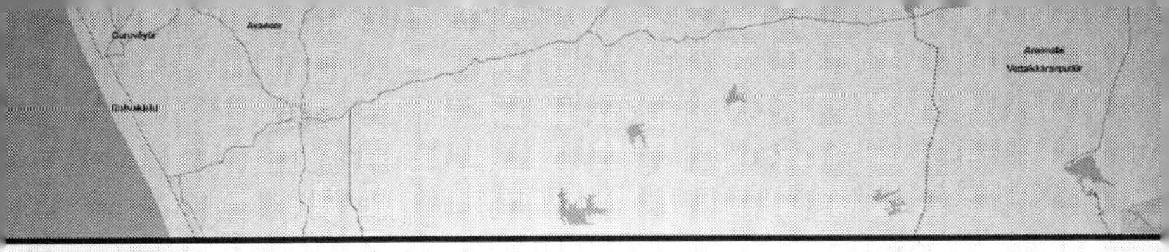

# Land der Kokospalmen

## Kerala, Indien.

Mit dem Nachtzug geht's von Goa aus nach Kerala. Ich freue mich auf diesen Bundesstaat tief im Süden des indischen Subkontinents. Hier soll es die höchste Alphabetisierungsquote und gleichzeitig die zweitgeringste Armutsrate ganz Indiens geben. Dabei besteht ein bunter Mix aus Religionen: 55 % Hindus, 27 % Muslime und 18 % Christen, die weitestgehend friedlich miteinander leben.

Im Prinzip sind diese Nachtzüge eine prima Sache. Je nach Geldbeutel kann man sich eine Klasse aussuchen: von der recht schicken »First Class« mit Klima und allem, über »Sleeper«, bis hin zur Holzklasse, wobei Holz ruhig wörtlich genommen werden kann. Ich hab absolut keine Lust, die ganze Nacht auf einer Holzbank zu sitzen und wähle den Sleeper. Preislich ist es auch nicht wirklich dramatisch: Für die 16 Stunden dauernde Fahrt zahl ich nur etwas mehr als sechs Euro. Da könnte sich die Deutsche Bahn mal 'ne Scheibe abschneiden. Leider hat aber auch die indische Bahn ein paar Nachteile. Bei diesem ersten Trip trifft sie jedoch keine Schuld. Die ist mehr bei einer Horde Engländer zu suchen, die sich für eine spontane Party in meinem Abteil entscheiden. Nicht zu stoppen die Brüder – als hätte England ein Elfmeterschießen gewonnen.

Während der Zugfahrt sammel ich im Übrigen brav den von mir verursachten Müll in einer Plastiktüte. Wenn ich aber aus dem Fenster schaue, kommen mir leichte Zweifel über die Nachhaltigkeit dieser Aktion. Denn alles in einem Abstand von zehn Metern zu den Gleisen ist von Müll übersäht. Vielleicht wird auch deswegen meine Sammelaktion von den mir gegenüber sitzenden Indern interessiert beobachtet. Kurz vor Ende der Fahrt kann ein Inder einfach nicht anders: Er schnappt sich den Beutel und schmeißt ihn kommentarlos aus dem Fenster.

Nach einer gefühlten Ewigkeit komme ich am frühen Nachmittag in Kochi an. Ich bleibe nur eine Nacht und fahre am nächsten Morgen weiter nach Kollam. Dort starte ich eine erste Tour durch die sogenannten »Backwaters«. Diese sind ein riesiges Netz aus palmengesäumten Kanälen, Seen und Flüssen. Alles direkt im Hinterland der Küste. Hier erlebe ich, dass es neben einigen einsamen Stränden tatsächlich doch noch andere ruhigere Orte in Indien gibt. Nach der anstrengenden Zugfahrt genieße ich die Ruhe auf dem dahin gleitenden Boot. Herrlich, wie es sich durch die kleinen Kanäle schlängelt. Parallel lässt sich gut beobachten, wie die Einheimischen hier leben. Einige Fischer scheinen sogar ihre eigene kleine Palmeninsel zu haben. Da ist es auch nicht verwunderlich, dass das Wort Kerala »Land der Kokospalmen« bedeutet. Außerdem kann ich feststellen, an welchen Bäumen und Sträuchern Früchte wie Ananas, Mango oder Cashewnüsse wachsen. Weißt du, woher die Cashewnüsse kommen? Außer vom Lidl natürlich...

Von Kollam fahr ich nach Varkala. Ich will zurück zum Strand. Leider ist die Busfahrt noch um einiges schlimmer als die letzte Zugfahrt. Zum Glück dauert sie nur ein paar Stunden, aber an Schlaf ist nicht im Geringsten zu denken. Einerseits, weil mein Sitz offensichtlich nicht richtig angeschraubt ist und so doll vibriert, dass mein ganzer Körper mitwackelt. Andererseits sitze ich in der ersten Reihe. Mit anderen Worten also in der Nähe der Hupe. Und die Hupe scheint auch diesem indischen Busfahrer fast so heilig wie die Kuh. Mittlerweile bin ich fest davon überzeugt, dass der gewöhnliche Inder bei jedem Autokauf zuallererst die Hupe testet. Macht die ordentlich Krach, wird das Auto sofort gekauft. Um dir den Beweis zu bringen, hab ich in diesem Bus eine Stunde lang mitgezählt:

- Vor einer uneinsichtigen Kurve (es könnte ja jemand kommen) — 24 x
- Mach mal Platz da vor mir! — 62 x
- Ich überhole und es wird knapp! (Gegenverkehr) — 53 x
- Ohne jeglichen ersichtlichen Grund! — 17 x

Insgesamt hat der gute Busfahrer stolze 156 Mal gehupt. In nur einer Stunde! Also im Durchschnitt alle 20 Sekunden. Wie soll man da schlafen!?

Leider ist es in Varkala ziemlich bewölkt. Die roten Klippen bleiben trotzdem ziemlich beeindruckend. Am Strand treff ich auf einen Lifeguard. Ich frag ihn, ob das Schwimmen hier gefährlich sei. Er meint: »Jetzt nicht mehr, ich bin ja da. Aber es gab mal ein Jahr, in dem 35 Menschen an diesem Strand ertrunken sind!« »Oh, dann pass mal schön auf. Ich will gleich ins Meer hüpfen.« Die Brandung an diesem Strand ist echt ordentlich. Kann einen ganz schön umhauen. Die größte Attacke erfahre ich allerdings von einem Fisch. Kein weißer Hai, aber vielleicht doch so 15 cm groß. Beim ersten »Angriff« denk ich noch an Zufall. Aber der Bursche versucht immer wieder, sich an meinen Bauch zu saugen. Keine Ahnung, was der vorhat. Größenwahnsinnig vielleicht. Schnell hab ich keinen Bock mehr auf den Knaben und geh aus dem Wasser. Da stellt er dann doch lieber die Verfolgung ein. Später laufe ich einige Kilometer die Küste runter. Da sind einsame, fast schwarze Strände. Wunderschön...

Als ich am Abend an den Strand von Varkala zurückkomme, findet gerade eine religiöse Prozession statt. Es gibt drei feierlich geschmückte Elefanten und außerdem viele Trommler und Tänzer, die für ordentlich Stimmung sorgen. Einige wichtig aussehende ältere Männer spritzen sich Zitronensaft in die Augen. Die sehen danach aus wie nach einer amtlichen Netzhautentzündung. Ich versteh nicht viel von dem ganzen Rummel, bin aber trotzdem total fasziniert. Oder vielleicht auch gerade deswegen.

In ganz Kerala isst man übrigens fast jeden Tag Fisch mit Reis. Das Meer ist fischreich und der Reis ist billig. Ich bin trotz meiner ostfriesischen Herkunft eigentlich kein großer Fischfan, aber hier gibt's nun mal fast nichts anderes. Am Abend will ich mal einen Barrakuda probieren. Der war wahrscheinlich am Morgen noch selber auf der Jagd, bevor er wohl feststellen musste, dass er noch nicht ganz am Ende der Nahrungskette steht. Jedenfalls schmeckt er köstlich in dieser Knoblauchsauce. Und das Beste: Der Barrakuda hat fast keine nervenden Gräten. Ich hab von da an ein neues Lieblingsgericht, das es fast täglich auf den Speiseplan schafft.

Ach ja, die beiden Nächte in Varkala verbringe ich übrigens mit Marta, einer »heißen« Spanierin. Olala. In Wahrheit ist Marta, nun ja, ich sag mal, in nächster Zeit nicht direkt vom Hungertod bedroht. Außerdem ist sie ziemlich spirituell und esoterisch angehaucht. Damit kann ich wiederum nichts anfangen. Als sie erfährt, dass ich meine Geburtsstunde nicht kenne, kann sie es kaum fassen. Wie ich denn so leben könnte!? Dafür hat sie von Fußball null Ahnung. Noch nicht mal von Kaiser Franz hat sie was gehört. Wie kann die so leben!? Selbst das Spanischsprechen macht mit ihr keinen Spaß. Trotz der räumlichen Nähe sind wir ungefähr so weit voneinander entfernt wie Indien und eine geschmacklose Küche. Bleibt die Frage, wieso wir die Nächte miteinander verbringen? Ganz einfach: Das Doppelzimmer ist deutlich günstiger als zwei Einzelzimmer.

Varkala ist der südlichste Punkt meiner Indienreise. Von nun an soll es wieder aufwärts gehen. Zunächst mal zurück nach Kollam. Als ich da ankomme, lerne ich noch auf dem Bahnhof einen etwa 60-jährigen Amerikaner kennen. Ihm scheint es nicht gut zu gehen, die Angst steht ihm ins Gesicht geschrieben. Als sich dann noch ein älterer Bettler ein paar Mal vor unsere Füße wirft und uns angrabscht (das ist in der Tat ungewöhnlich, normalerweise sind die Bettler recht zurückhaltend), ist das offensichtlich ein bisschen zu viel für den Amerikaner: Er lässt eine wahre Schimpftirade über den völlig erstaunten Bettler ergehen. Als der Ami genug Dampf abgelassen hat, heftet er sich förmlich an meine Fersen. Ich sag ihm, dass ich zum Bootsanleger laufen will. Ja ja, da wolle er auch hin. Ich frag noch mal nach, ob er sich da wirklich sicher sei, schließlich ist der Weg weit und die Sonne brennt. Er überlegt kurz und ordert im nächsten Moment eine Rikscha. Okay, da bin ich natürlich dabei, so brauch ich meinen schweren Rucksack nicht durch die Hitze schleifen.

Auf dem Weg zum Anleger frage ich ihn, ob er auch mit der Fähre die Backwatertour nach Allepey machen will. 'Ne richtige Antwort kommt von ihm nicht. Er wolle erst mal nur weg hier. Und ob er bei mir bleiben könne. Ich frag ihn mit einem Blick, ob er schwul sei oder so was. Prompt kommt die Antwort: Und keine Angst, er sei auch nicht schwul. Später erzählt er mir, dass man ihn am Vortag ordentlich beklaut habe: 600 Dollar Bargeld und 1.000 Dollar in Travellercheques, direkt aus dem Hotelzimmer. Weiß der Himmel, was der mit so viel Geld in Indien will. Jedenfalls war er schon vorher nicht von Indien angetan, jetzt ist es für ihn die reinste Hölle. Alles ist schmutzig und jeder wolle nur sein Geld. Eigentlich wollte er direkt nach dem Diebstahl wieder nach Hause fliegen. Aber da es keinen freien Platz im nächsten Flieger gab, hat er sich es dann in der Nacht noch mal anders überlegt.

Für die Fahrt durch die Backwaters braucht die Fähre acht Stunden. Zunächst ist der Trip nicht wirklich berauschend, da wir nur die großen Kanäle befahren. Hin und wieder kommen uns wahnsinnig schöne Hausboote entgegen. Die haben sämtlichen Luxus an Bord. Koch und Klimaanlage inklusive. Sollen aber auch richtig Schotter kosten. Der Amerikaner fühlt sich jedenfalls auf dieser Tourifähre sichtlich wohler. »Endlich normale Menschen«, wie er sagt. In der ersten halben Stunde sitz ich noch neben ihm. Leider, denn sein Realitätssinn funktioniert nicht mehr so ganz einwandfrei und er macht alles Indische schlecht. Z. B. sehen wir am Ufer einen Mann, der kleine Früchte aus einem kleinen Baum schüttelt. Der Amerikaner: »Schau dir den an! Der Mann ist verrückt. Oder vielleicht schüttelt er den Baum, um seinen Frust rauszulassen.« Okay, ich dreh mal 'ne Runde.

Etwas später gibt's auf dem Boot eine heiße Diskussion zwischen dem Amerikaner, einem Israeli und einem Kanadier. Bei dem Thema Umweltverschmutzung schwappen die Wellen schon hoch; später kommt das Thema Religion auf den Tisch und ich halte mich bei der exquisiten Runde lieber raus.

Als der Amerikaner »Maria war eine Prostituierte!« fallen lässt, scheint die Diskussion zu eskalieren. Der Israeli macht sich schnell aus dem Staub und der Kanadier erklärt dem Amerikaner in einem etwa zehnminütigen Vortrag, dass seine These wohl doch ein klein wenig zu gewagt sei. Danach ist erst mal Ruhe. Na ja, ich dreh mich um 180 Grad und lerne Zulu kennen. Klingt nach Afrikanerin, ist aber tatsächlich eine Schweizerin. Später noch ihren Kumpel Alain und Deborah aus Holland. Im Vergleich zum Amerika-Kanada-Israel-Gipfel geht's bei uns geradezu harmonisch zu. Wir quatschen viel und haben 'ne Menge Spaß.

Gegen Mittag gibt's ein Essen – natürlich Fisch mit Reis – und am Nachmittag einen Chay (Tee). Da fällt mir ein, dass ja der Großteil der Ostfriesentee-Mischung aus Indien kommt. Dieser hier schmeckt allerdings völlig anders. Aber das ist ja immer so: Kaum verlässt man die ostfriesische Heimat und schon schmeckt der geliebte Ostfriesentee nicht mehr. Deswegen soll es nicht wenige Ostfriesen geben, die sich extra einen großen Kanister ostfriesisches Wasser in den Allgäu-Urlaub mitnehmen. Da versteht der gemeine Ostfriese keinen Spaß. Falls du es noch nicht wusstest, wir Ostfriesen sind schließlich die Weltmeister im Teetrinken. Sogar weit vor den Teetrinkernationen England und China. Wie auch immer, am späten Nachmittag geht's wieder aufs Wasser und die Kanäle werden kleiner und gleichzeitig schöner. Außerdem erleben wir einen herrlichen Sonnenuntergang. Der ganze Himmel ist in allen erdenklichen Rottönen gefärbt und alles spiegelt sich im Wasser. Traumhaft!

In Alappuzha suchen wir vier uns ein Hotel. Wir finden ein einzelnes Doppelzimmer und ziehen zu viert ein. Danach wollen wir noch ein wenig feiern. Irgendwann finden wir eine schmuddelige Bar. In der sitzen natürlich ausschließlich Männer, die ganz große Augen kriegen, als sie sehen, wie sich die Mädels den Wodka reinkippen und rauchen. Leider ist schon um 23 Uhr Zapfenstreich. Da werden im ganzen Ort die Bürgersteige hochgeklappt. Wir gehen also zurück zum Hotel und quatschen bis tief in die Nacht.

Am nächsten Tag trennen Deborah und ich uns von den Schweizern. Sie wollen sich mit Freunden ein Hausboot mieten und wir zurück nach Kochi. Deborah reist übrigens schon seit einigen Monaten durch Indien und Nepal. Ein paar Mal hat es sie böse erwischt. Einmal hatte sie Denguefieber, weshalb sie für einige Wochen ins Krankenhaus musste. Irgendwann hat ihr der Arzt dann erlaubt, das Krankenhaus zu verlassen. Er meinte zu ihr, sie solle sich lieber noch einige Wochen in einem Hotel erholen. Diesem Ratschlag folgte Deborah dankbar. Sie meint, im Krankenhaus hätte sie es auch nicht überlebt.

Von Alappuzha nach Kochi versuchen wir dieses Mal eine Fähre der »locals«. Die 3,5 Stunden lange Fahrt kostet zehn Rupien, also weniger als 20 Cent. Aber es ist kein Wunder, dass die Fähren so günstig sind, schließlich sind fast alle in den Backwaters lebenden Menschen auf Boote und Fähren angewiesen. Denn hier ist alles von Wasser umgeben – wie ein Venedig in Grün.

Auf der Fahrt merk ich irgendwann, dass mein Handy nicht mehr da ist, wo es sonst immer ist. Du kennst sicher dieses Gefühl, wenn der Puls mal schlagartig nach oben galoppiert. Ich such überall und finde nix. Einer der Bootsführer sieht das und fragt mich, ob ich mein Handy vermisse. »Und wie! Hast du das, Captain?« »Ja, das hat einer gefunden und bei mir abgegeben.« Ha, das hätte mal der Ami erleben sollen. Ich bin so froh, dass ich das Ding wieder hab und gebe dem Mann am Ende des Trips ein ordentliches Trinkgeld. Zumindest im Vergleich zu sonst. Vielleicht kann er es ja mit dem Finder teilen.

Fort Kochi ist ein Stadtteil von Kochi. Wahrscheinlich der touristischste. Es ist Hochsaison und die meisten Hostels sind ausgebucht. Deborah und ich suchen ewig nach 'ner passenden Unterkunft. Nicht lustig mit dem ganzen Gepäck in der brütenden Hitze. Na ja, irgendwann finden wir dann doch noch ein nettes Zimmer.

Im Gegensatz zu wahrscheinlich 99 Prozent der indischen Städte ist Fort Kochi ein sehr ruhiger Ort. Vielleicht weil er auf einer Halbinsel liegt und es somit schon mal automatisch weniger Durchgangsverkehr gibt. Trotz der relativen Ruhe können wir tagsüber nicht viel machen, da es einfach viel zu heiß ist. Einmal geh ich zu einer Ayurveda-Massage.

Für eine knappe Stunde zahlt man da sechs Euro. Dafür kümmern sich dann zwei Inder ausgiebig um einen. Splitterfasernackt lieg ich da auf dem Boden und die beiden haarigen Gestalten massieren von links und rechts. Von Kopf bis Fuß, alles synchron versteht sich. Am Ende ist man so voll Öl, dass man fast von der Liege rutscht. Tut aber richtig gut. Völlig tiefenentspannt glitsche ich wenig elegant zur Dusche und brauch fast 'ne Viertelstunde, um das ganze Öl abzuschrubben.

Am späten Nachmittag schauen wir noch beim Hafen vorbei. Da stehen riesige Fischernetze, die sich die Inder von den Chinesen abgeguckt haben. Die sind so groß, dass vier Leute zum Hochziehen der Netze benötigt werden. Gleich nebenan ist eine Fischauktion, auf der laufend eimerweise Fische auf den dreckigen Boden gekippt werden. Einige der Leute laufen sogar direkt auf den Fischen rum. Mal mit Schuhen, mal barfuß. Echt ein bisschen eklig, wenn ich mir vorstelle, dass da gerade zwischen dreckigem Boden und Fuß mein Abendessen platt gequetscht wird. Aber nicht an diesem Abend – wir entscheiden uns einstimmig für Pizza.

Am nächsten Tag geht mein Zug nach Chennai, dem ehemaligen Madras. In einem klimatisierten Café mit allen erdenklichen Leckereien zu fabelhaften Preisen verabschiede ich mich von Deborah. Goodbye, sweetie. Vielleicht sehen wir uns ja irgendwo in Australien wieder...

# Rikscha? Hotel? Marihuana?

Chennai, Indien.

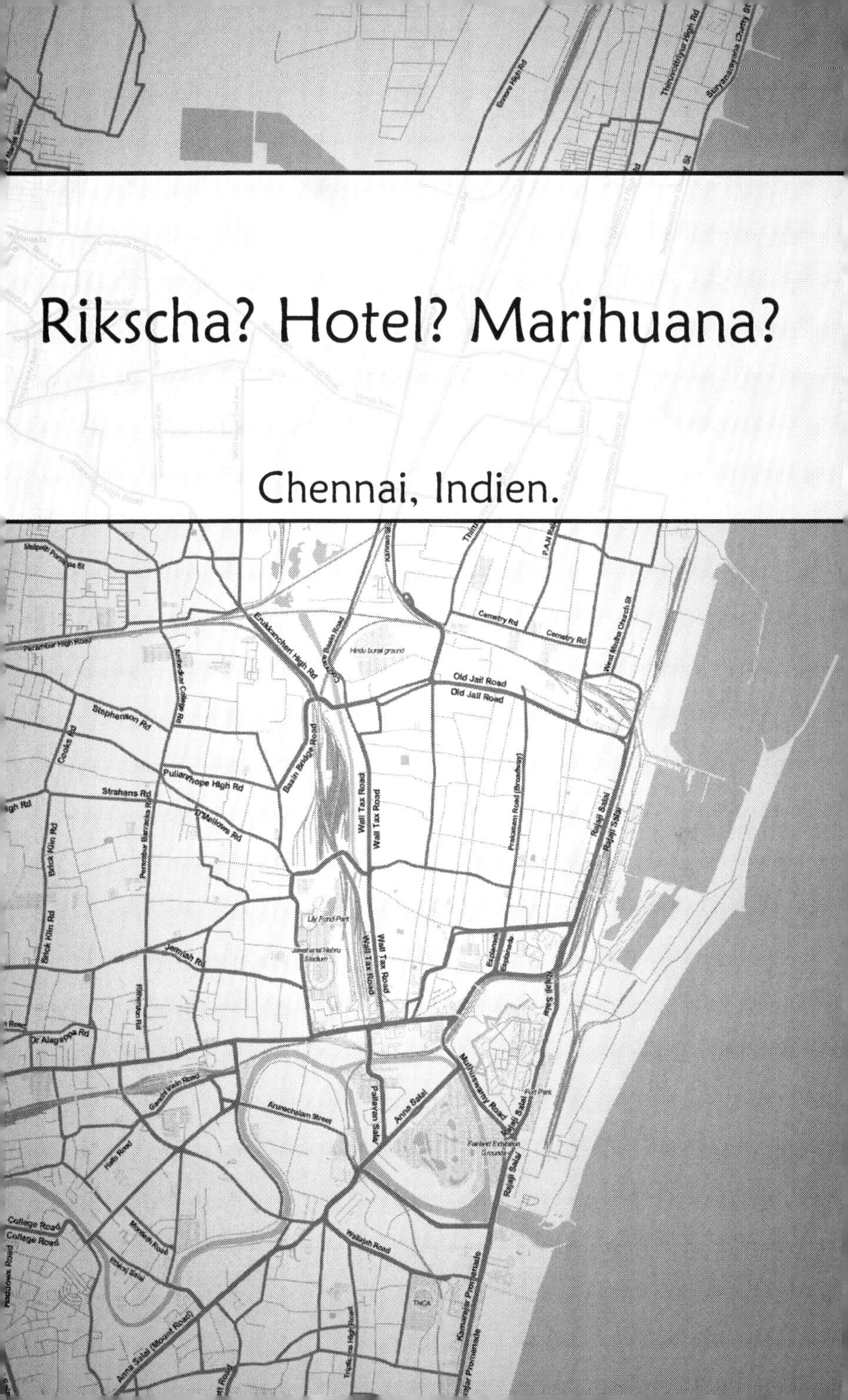

Der Zug nach Chennai ist wieder die reinste Katastrophe. Bei dieser Fahrt ist meine Pritsche direkt am Gang. Leider sind die etwas kürzer und ich kann die Beine nicht ganz ausstrecken. Schon mal doof. Außerdem befinden sich zwölf indische Füße in maximal einem Meter Entfernung zu meiner Nase. Ich kann zwar den Täter nicht zweifelsfrei identifizieren, aber mindestens zwei dieser zwölf sind nicht völlig geruchlos. Und auch rein optisch können etliche der Füße mit denen des Typen aus dem Hostel in Mumbai konkurrieren. Da könnte sich ein Pediküre-Profi aber mal so richtig mit der Hornhautraspel austoben. Optisch und olfaktorisch läuft's also suboptimal, aber zumindest pausiert die britische Saufkompanie und es ist schön ruhig. Aber in Indien ist ja immer irgendwas. In diesem Fall erschrillt plötzlich ein lautes Pfeifen. Ein Blick aus dem Fenster bestätigt, dass ich direkt im ersten Waggon hinter der Lok sitze. Und die muss natürlich bei jeder Gelegenheit entsetzlich laut pfeifen. Was die kleinen Autos auf der Straße können, kann die große Lok schon lange. Der Grund für die wilde Pfeiforgie sind in der Regel Menschen, die mal eben die Gleise überqueren wollen. Bei dem Versuch sollen in Indien jedes Jahr ca. 15.000 Menschen ihr Leben lassen, also fast fünfmal so viele wie sämtliche Verkehrstote in Deutschland.

Was alle indischen Nachtzüge gemeinsam haben: Um Punkt 7 Uhr ist es mit der Ruhe vorbei. Dann laufen Scharen von Verkäufern durch die Waggons und brüllen alle paar Sekunden wie die Wahnsinnigen »Coffee«, »Tea«, »Breakfast« oder sonst was. Es könnte ja einer überhören. Und schon wieder ist es mit meinem heiligen Schlaf vorbei. Irgendwie erinnert mich das an das morgendliche Ritual in deutschen Krankenhäusern. Da soll man sich von einer schweren OP erholen und wird in aller Herrgottsfrühe zum Frühstücken geweckt.

Die Sicherheit der indischen Züge ist auch nicht so bis ins letzte Detail durchgeplant. Die Zugtüren stehen z. B. immer auf, so dass jeder schnell rein- oder rausspringen kann. In kleineren Orten stoppt der Zug nicht mal richtig und jeder muss sehen, wie er das geregelt bekommt. Die Inder scheinen jedenfalls ihren Spaß daran zu haben. Einmal mach ich es mir während der Fahrt in der offenen Tür bequem. Erst um mich ein wenig von den Stinkefüßen zu erholen und frische Luft zu schnappen, später les ich dort ein Buch. So sitz ich also vollkommen vertieft auf der Türschwelle, als ich irgendeine Änderung feststelle. Was ist das bloß!? Ich blicke zwischen Buch und Beine und kann das, was ich da seh, im ersten Moment nicht einordnen. Ich schau auf und check erst dann, dass wir gerade über die Brücke eines kleinen Flusses fahren. Ich sitze auf der Kante der offenen Tür und unter mir 50 Meter freier Fall...

Da die Lok die ganze Nacht munter durchgepfiffen hat, komme ich am nächsten Morgen ziemlich übermüdet in

Chennai an. So ist meine Laune nicht wirklich auf Topniveau und verbessert sich auch nicht, wenn ich auf dem Weg vom Bahnhof zum Hotel gefühlt 200 Mal angesprochen werde. »Rikscha?« »Hotel?« »Marihuana?« Immer das Gleiche. Bei den ersten zehn Anfragen lehne ich noch dankend ab, aber bei jeder weiteren werde ich immer unhöflicher. Das müssen die doch mitbekommen haben, dass mich zwei Meter vorher schon ein anderer erfolglos angelabert hat. Irgendwann bin ich so genervt, dass ich einen Fragenden nur noch aggressiv anschaue. Der scheint mein Verhalten aber so gar nicht einordnen zu können und fragt immer weiter: »Hotel?«, »Hotel?«, »Hotel?«. So stehen wir da eine gefühlte Ewigkeit Auge in Auge. Apropos Auge. Viele haben hier voll die knallroten Augen. Wie vor ein paar Tagen bei der Zeremonie in Varkala. Hier scheint das ein Dauerzustand zu sein. Sieht auf jeden Fall richtig aggressiv aus und das macht auch mich aggressiv. Ich mein, fast alle indischen Großstädte sind nicht gerade mit Schönheit gesegnet. Sie sind einfach zu voll, zu laut und vor allem zu dreckig. In Chennai ist alles doppelt so schlimm. Ich war nie in einer hässlicheren Stadt. Nicht mal Maputo in Mozambique kann da mithalten. Trotzdem scheint hier jedes Hotel ausgebucht zu sein. Erst im fünften Hotel habe ich Glück.

Knapp sieben Millionen Menschen leben in diesem Wahnsinn. Ich könnte es hier keine Woche aushalten. Irgendwie gibt's hier auch nichts zu besichtigen und ich schieß nicht ein Foto. So flüchte ich in ein Internetcafé und freu mich, dass ich nur eine Nacht bleiben muss.

Am nächsten Morgen will ich dann doch mal ein Museum versuchen. Da gibt's puren Rassismus schon an der Eintrittskasse. Kinder haben freien Eintritt, Erwachsene zahlen zwei Rupien und Ausländer 100 Rupien. Freier Eintritt für Kinder ist ja okay. Zwei Rupien für Erwachsene sind ein Witz. Das sind weniger als vier Cent. Ich als Ausländer soll zwei Euro bezahlen. Klar, zwei Euro kommt dir wenig vor, aber hier kannst du dafür im Hotel übernachten. So reg ich mich an der Kasse auf und es bringt doch nichts. Am Ende schiebe ich es auf die Stadt. Also nix wie weg! Mit dem »Air India Express« geht's nach Singapur.

Im Flieger komme ich zur Ruhe und blicke auf meine Zeit in Indien zurück. Mir schießen dabei tausend Eindrücke durch den Kopf. Nie zuvor war ich in einem Land, das so anders war. Ein Land mit einer völlig anderen Religion und Kultur. Die Vielzahl an Farben und Gerüchen hat mich erschlagen und gleichzeitig so fasziniert. Wettertechnisch war es perfekt: In den drei Wochen habe ich nicht einen Regentropfen gesehen. Es war immer heiß und ich bin nur in Sandalen oder Flipflops rumspaziert. Nicht ein einziges Mal hab ich Socken oder gar eine lange Hose getragen. So konnte ich mich wunderbar von dem Prüfungsstress erholen.

Natürlich hab ich nur einen Bruchteil dieses riesigen Landes bereist. Ich war weder in der Hauptstadt Neu Delhi noch in den hohen Bergen des indischen Himalayas. Und auch für die heilige Stadt Varanasi am Ganges, das mystische Rajasthan und den berühmten Taj Mahal war leider keine Zeit. Und trotzdem konnte ich natürlich ein wenig in das indische Leben reinschnuppern. Dabei hatte ich nie das Gefühl, dass es gefährlich ist. Natürlich haben auch die Inder absolut kein Problem damit, einen beim Handeln übers Ohr zu hauen und fangen oft mit astronomischen Preisen an. Aber Diebstahl zum Beispiel scheint für sie 'ne andere Kategorie zu sein. Das passt irgendwie auch nicht zu ihrer Mentalität.

Indien ist ein Land der Farben und Kontraste. Ich habe Wunderschönes und absolut Hässliches gesehen. Traumhafte Sonnenuntergänge an endlosen Stränden, aber auch Menschen mit so furchterregenden Krankheiten, dass ich sie am liebsten vergessen möchte. So ist mir klar geworden, dass es doch ein wahnsinniges Glück ist, in Deutschland aufzuwachsen. Wie viel leichter es doch ist, in Deutschland ein schönes Leben zu führen. Ich nehme mir fest vor, das in Zukunft nicht als selbstverständlich zu erachten und dementsprechend dankbar zu sein.

Manche sagen, entweder man liebt oder man hasst Indien. Ich bin aber irgendwo dazwischen. Manchmal habe ich die Schönheit der Natur und die Fröhlichkeit der Menschen bestaunt. Manchmal hab ich aber auch das Chaos und die Armut in den Städten verdammt. Sicher ist, dass ich unzählige neue Erfahrungen gesammelt habe. Erfahrungen, die völlig anders als alle bisherigen sind. Vieles war einfach nur unglaublich. »Incredible India!«. Genau mit diesem Slogan versucht die indische Regierung für ihr Land zu werben. Wie treffend...

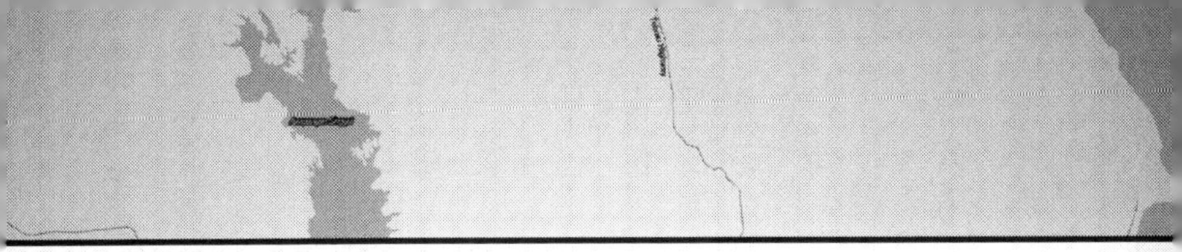

# Ich werde Schmuggler!

## Singapur.

Der Flug von Chennai nach Singapur dauert in etwa vier Stunden. Trotzdem scheinen Welten zwischen diesen beiden Städten zu liegen. Auf der einen Seite das unglaublich chaotische Indien und auf der anderen Seite das bis ins kleinste Detail durchorganisierte Singapur. Nach den beiden anstrengenden Tagen in Chennai genieße ich jedoch diese straffe Ordnung Singapurs. Schon in der blitzblanken Metro vom Flughafen ins Zentrum erhalte ich eine erste Kostprobe. Auf einem Schild lese ich, dass das Essen oder Trinken in der Metro eine Strafe von 500 Singapur-Dollar (ca. 300 Euro) nach sich zieht. Wer glaubt, er müsse eine Zigarette in der Metro rauchen, ist mit dem Doppelten dabei. Später erfahre ich, dass auch das Kaugummi-Ausspucken in einer ähnlichen Preisklasse liegt. Am besten finde ich aber, dass man 150 Dollar abdrücken muss, wenn man auf einer öffentlichen Toilette nicht die Spülung betätigt. Ja ja, die Singapurer mögen es gern sauber. Das zeigt sich erst recht bei unerlaubten Graffiti – dafür gibt's sogar Schläge mit dem Rohrstock und mehrmonatige Haft. Und bei Drogendelikten droht natürlich die Todesstrafe.

Im Vergleich zu Indien ist alles so völlig anders und ich fühle mich wie ein Eskimo in der Wüste. Offensichtlich habe ich schnell den indischen Lebensstil angenommen und muss mich erst wieder an das »westliche« Leben gewöhnen. Am absolut erstaunlichsten ist für mich der friedliche Verkehr in Singapur. Es ist ja nicht so, dass hier nix los ist, aber erst nach einigen Stunden höre ich die erste Hupe. Außerdem wird geduldig auf jeden Fußgänger gewartet und die Ampeln sind heilig. Es dauert ein wenig, bis ich mir wieder abgewöhnt habe, nicht einfach über 'ne Straße zu latschen. Wenn du in Indien an einer Ampel wartest, bist du entweder geistesgestört oder ein Touri. Komischerweise habe ich in Indien nie einen Verkehrsunfall gesehen; in meinen zwei Tagen in Singapur kracht es dagegen einmal direkt vor meiner Nase.

Das Hostel in Singapur ist mir nicht ganz unbekannt, da ich hier vor ein paar Jahren schon mal mit Schubi untergebracht war. Ich weiß also in etwa, was mich erwartet, aber nach den indischen Wochen kann ich die Sauberkeit dieses Hostels kaum fassen. Ich will auch so sauber sein und geh unter die warme, nein heiße Dusche. Da bleib ich fast 'ne Stunde. Danach kommt der Bart ab, die Haare werden gemacht und ich zieh mein letztes sauberes Hemd an. Der Pförtner erkennt mich später kaum wieder.

Da ich nur übers Wochenende in der Stadt bin, die Banken also geschlossen sind und ich immer noch kein Geld am Automaten bekomme, muss ich mir was einfallen lassen. Am Flughafen in Singapur kam mir die Idee: Ich werde Schmuggler! Denn im Duty-free-Shop stehen nicht nur die Preise des Duty-free-Shops, sondern auch die Vergleichspreise in der Stadt. Ich hab also Alkohol gesucht, der zum einen beliebt und zum anderen einen besonders großen Preisunterschied aufweist. Am Ende hab ich mich für 'ne Flasche Bacardi und 'ne Flasche Martini entschieden.

Die Buddel Bacardi verkaufe ich in einer kleinen Kneipe zum fast dreifachen Preis. Welche Strafe steht eigentlich in Singapur auf Hehlerei? Ach, egal! Mit dem Geld und den restlichen indischen Rupien kann ich jedenfalls schon überleben. Ich bin so happy, dass ich mit der Flasche Martini einen drauf machen will. Leider finde ich im Hostel auf die Schnelle keinen, der sich mit mir freuen will. Also knöpf ich mir die Flasche im Alleingang vor. Ich trink fast die Hälfte der Flasche und mix mir noch 'ne Mischung für die Stadt. Da ist immer was los.

Etwas später in der Stadt komm ich mit ein paar älteren Australiern ins Gespräch. Ich erzähl denen, wie ich zu meinem Date mit dem Martini gekommen bin und die finden es lustig. Ich finde lustig, wie voll die schon sind. Sie laden mich zu ein paar Cuba Libre ein und verschwinden urplötzlich. Auf dem Tisch stehen noch vier Cuba Libre und drei Bier. Alles unangetastet. Na gut, dann muss ich wohl ran. Challenge accepted! Ein Norweger, dem ich kurz darauf berichte, wie ich zu meinem Date mit den Cuba Libres gekommen bin, hilft mir dabei. Wir schaffen es so gerade. Ziemlich voll brauch ich 'ne halbe Ewigkeit, um mein Hostel wiederzufinden.

Am nächsten Tag geht das Laufen weiter. Fast den ganzen Tag schlender ich bei traumhaften Wetter durch diese coole

Stadt. Ich hab mal gehört, dass der Temperatur-Minusrekord in Singapur bei 19 Grad liegt. Plus wohlgemerkt! Die Stadt wird mir immer sympathischer. Und vielleicht ist das auch ein Grund, warum Singapur – genau wie Istanbul und Dubai – zu den zehn meistbesuchten Städten der Welt gehört. Mit dem nötigen Kleingeld könnte man hier 'ne schöne Zeit verbringen. Aber auch mit wenig Geld kann man hier Spaß haben. Bei der Supermarktkette 7Eleven gibt's Cornetto im Angebot für 50 Cent und Fastfood ist um einiges günstiger als in Deutschland. Keine Angst, ich habe nicht nur bei McDonald's gegessen. Nein, ich war auch mal bei KFC, Burger King und Long John Silver's. Früher dachte ich, Letzterer wäre ein Pornostar, aber nein, da gibt's auch Burger.

Insgesamt bin ich echt zufrieden mit meinem kurzen Stopover in Singapur. Ich konnte mal alle Klamotten waschen und ein paar Leuten 'ne Mail schreiben. Und ich hab zum Glück einen weiteren Flug gefunden: Von Darwin im Norden Australiens geht es mit der »Virgin Blue Airlines« für unter 100 Euro nach Melbourne in den Süden des Landes. Von dort will ich dann irgendwie einen Flug nach Neuseeland ergattern. Das wird jedenfalls nicht so schwierig wie der anschließende Flug über den Pazifik. Da scheint es keine wirklich günstigen Flüge zu geben und ich muss mir definitiv noch was einfallen lassen. Aber jetzt geht's erst mal nach Darwin. Also vertick ich noch schnell den Rest Martini an den Rezeptionisten und düse ab zum Flughafen.

Singapur
Malaysia
Indonesia
Palembang
Jakarta
Bandung
Semarang
Surabaya
Perth

# Australien

Papua New
Guinea
Timor-Leste
Darwin
Australia
Adelaide
Sydney
Melbourne

# »It's fucking hot!«

## Darwin, Australien.

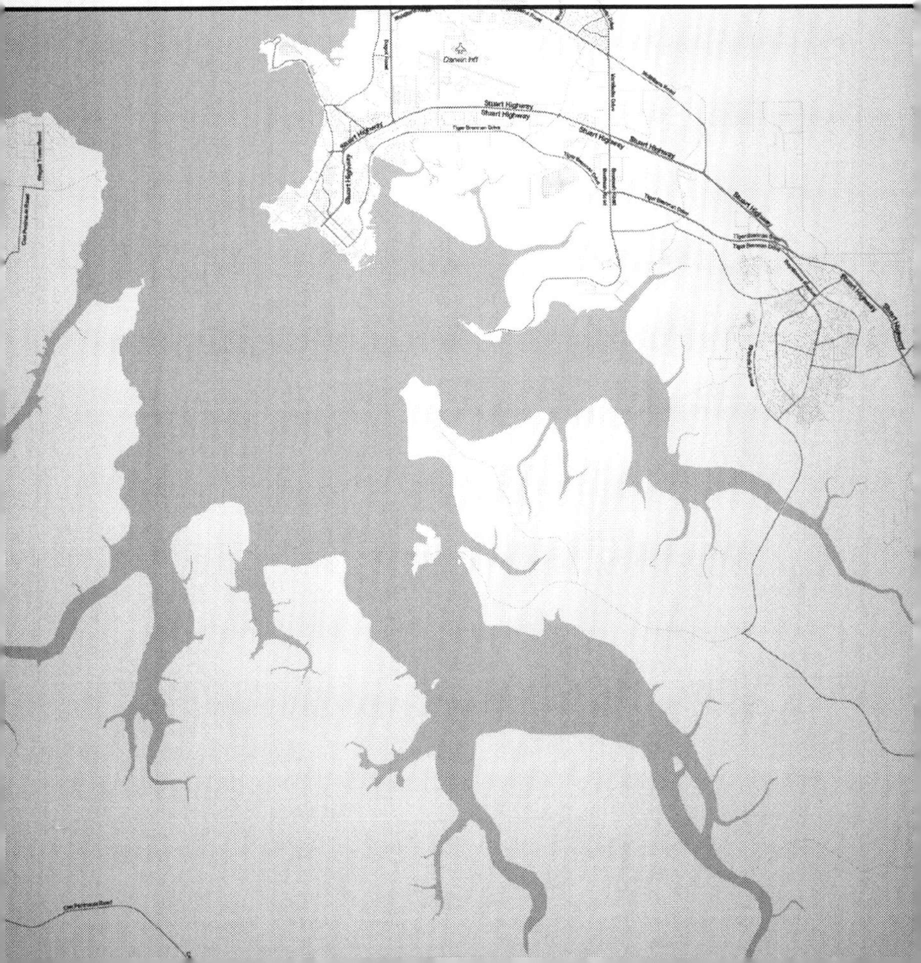

Das Flugzeug landet butterweich in Darwin. In dieser Sekunde hab ich alle Kontinente dieser Erde bereist! Ich betrete den australischen Boden und erwarte für diesen großen Moment einen standesgemäßen Empfang. So mit Fanfaren, Konfettiregen und militärischen Ehren. Leider weicht mal wieder meine Fantasie von der Realität ab. Denn im Gegensatz zur Landung ist die Immigration knallhart und wird mich einige Stunden kosten. Allerdings muss ich zugeben, dass ich daran nicht ganz schuldlos bin, da ich etwas sorglos zwei Kreuze an die falschen Stellen gesetzt habe.

Zum einen hab ich vergessen, dass man kein frisches Obst nach Australien einführen darf. Ich hatte aber in Singapur ein Sandwich und einen Schwung Bananen gekauft, die ich eigentlich im Flieger essen wollte. Das hab ich aber irgendwie völlig vergessen und so setze ich bei der Frage, ob ich Frischwaren einführe, das Kreuz bei »YES«. Als ich merke, dass die da aber absolut keinen Spaß verstehen und man wirklich nichts mit ins Land nehmen darf, esse ich in handgestoppten 74,38 Sekunden die vier verbliebenen Bananen und das Sandwich auf. Bloß nichts wegschmeißen! Der erstaunte Uniformierte kann ein Kopfschütteln nicht unterdrücken, worauf ich ihn peinlich berührt angrinse. Dabei löst sich ein kleiner Rülpser, der das Kopfschütteln meines Gegenübers nicht gerade verringert.

Zum anderen hab ich mich auf der Immigrationskarte verlesen. Neben vielen anderen kommt da die Frage, ob ich in den letzten sechs Tagen in Südamerika oder in Afrika war. Ich lese dummerweise sechs Jahre und setze wieder ein YES. Somit hab ich zwei Kreuze an Stellen, wo besser gähnende Leere wäre. Grund genug, mich aus der Masse rauszuziehen und genauer unter die Lupe zu nehmen. Zuerst muss ich einer Frau ungefähr 30 Fragen beantworten. Fast wie in der mündlichen Examensprüfung. Das läuft ungefähr so:

»Woher kommst du?«

»Aus Singapur.«

»Wo willst du hin? «

»Erst nach Darwin, dann nach Melbourne.«

»Wie lange bleibst du?«

»So zehn Tage ungefähr.«

»Warum nur so kurz?«

»Ja, ich komm ja wieder. Außerdem: Was heißt kurz? Einige Japaner besuchen halb Europa in einer Woche...«

»Wieso kommst du wieder, wenn du doch schon da bist?«

So geht das zehn Minuten weiter. Jeder durchschnittliche Stasi-Mitarbeiter wäre schon ziemlich beeindruckt. Doch die Fragen werden sogar noch kniffliger. Einmal erwähne ich

meinen Vater. Fünf Fragen später fragt sie, warum ich meine Mutter vorhin nicht erwähnt habe. Ich erkläre immer alles ganz brav und die Stasi-Dame sucht ständig nach Ungereimtheiten. Ein anderes Mal erwähne ich meinen Bruder und sie fragt, ob mein Bruder auch so viel reisen würde. Ich frag zurück: »Was ist Reisen? Gehört auch zum Reisen, wenn man übers Wochenende in die nächste Stadt fährt!?«
Sie schweigt und wiederholt stumpf ihre Frage. Also antworte ich, dass mein Bruder mehr in Europa unterwegs sei. Sie bleibt hartnäckig:

»Warum reist er denn nicht so wie du in die weite Welt?«
»Was weiß ich!? Vielleicht weil er schon verheiratet und seine Frau schwanger ist!? Und bitte – fragen Sie mich nicht, warum ich noch nicht verheiratet bin oder seine Frau schwanger!«

Das Spielchen geht so weiter. Irgendwie nervig, aber zufällig ist meine Laune ganz passabel und ich finde langsam Gefallen daran. Hab ja auch nichts zu verbergen. So kommen Fragen, über die ich mir noch nie Gedanken gemacht hab. Ja, man könnte fast sagen, dass diese Frau mir ganz neue Denkansätze liefert. Ich werde noch als Philosoph die australische Immigration verlassen.

Nach einer Stunde geht's weiter zur nächsten Abteilung, der Frischwaren-Kontrolle. Natürlich schlägt der Hund Alarm. Ist ja auch kein Wunder, da ich die Bananen erst gerade verputzt hab. Sie untersuchen alles und finden nix. Dann werde ich in einen anderen Raum geschickt. Dort warte ich 'ne Viertelstunde, bevor mir von einer weiteren Frau nahezu dieselben Fragen gestellt werden. Diesmal kommen die Antworten aber wie geschmiert. Die gute Frau kommt mit den Fragen kaum nach und ich helfe ihr bei der nächsten. Sie stutzt und will wissen, woher ich weiß, was sie als Nächstes fragen will. Ich antworte, dass ich all die Fragen gerade schon mal beantwortet hab. Von da an wird's ein wenig netter. Ich muss mein Gepäck nun doch nicht noch mal vorzeigen und bekomme sogar ein paar Tipps für einen in der Nähe gelegenen Nationalpark. Das ist meine Chance für eine Revanche. Ich stell genauso blöde Fragen: Wie lange warst du im Nationalpark? Warum nur so kurz? Nach der dritten Frage merkt sie es und gibt mir mit einem Augenzwinkern zu verstehen, dass ich mich mal lieber aus dem Staub machen soll. Okay, okay, ich geh ja schon.

Es ist inzwischen halb zwei. Ein Hostel lohnt sich für die halbe Nacht nicht wirklich und so such mir auf dem Flughafen eine ruhige Ecke und penn dort ein paar Stunden. Am nächsten Morgen treff ich Johan und Stina aus Schweden. Irgendwie lern ich auf diesem Trip nur Skandinavier kennen. Die beiden wollen auch in die City und so teilen wir uns erst das Taxi und später das Zimmer.

Darwin ist echt ein kleines Nest. Mit knapp 120.000 Einwohnern ist es noch nicht mal so groß wie meine Unistadt Oldenburg. Außerdem ist es wahrscheinlich einer der abgelegensten Orte Australiens. Die nächstgrößere Stadt ist Cairns im Nordosten Australiens – immerhin eine Fahrt von unglaublichen

2.500 Kilometern. Dabei ist Cairns mit etwas mehr als 140.000 Einwohnern immer noch nicht so groß wie Oldenburg. Fährt man von Darwin aus die Küste in Richtung Südwesten, trifft man erst nach über 4.000 Kilometern auf die nächstgrößere Stadt: Perth. Stell dir mal vor, du setzt dich in Ostfriesland ins Auto und fährst bis nach Syrien ohne auf eine Stadt von wenigstens 40.000 Einwohnern zu treffen. Daran lässt sich vielleicht so halbwegs die unendliche Weite dieses Kontinents erklären.

Die geringe Bevölkerungsdichte Australiens ist ebenfalls erstaunlich. Bei durchschnittlich drei Australiern pro Quadratkilometer geht es in Ostfriesland mit dem etwa 50-fachen Wert beinahe turbulent zu. Wie sich wohl ein Inder aus Mumbai im australischen Outback fühlen muss?

Darwin liegt in den Tropen und kennt daher nur zwei Jahreszeiten: die Regenzeit und die Trockenzeit. Dass es heiß ist, braucht man nicht zu erwähnen; es ist einfach immer heiß in Darwin. Der Taxifahrer, der die Schweden und mich vom Flughafen in die City bringt, klassifiziert das Wetter ganz trocken wie folgt: »It's pretty hot!«, »It's damn hot!«, »It's bloody hot« und »It's fucking hot!«. Bei Letzterem kann man es dann wohl nur noch schwer aushalten. Und es stimmt: An meinen Tagen in Darwin ist es wirklich immer verdammt heiß und unendlich schwül. Duschen ist eigentlich sinnlos, weil man augenblicklich wieder durchgeschwitzt ist. Außerdem ist gerade Regenzeit. Das heißt allerdings nicht, dass es den ganzen Tag wie aus Kübeln schüttet. Nee, eigentlich regnet es immer nur kurz, dann aber umso heftiger. Richtig abkühlen tut es leider trotzdem nicht.

Weil es in Singapur so gut mit der Hehlerei geklappt hat, versuch ich mein Glück auch in Darwin. Wieder im Duty-free-Shop, aber dieses Mal mit Zigaretten. Ich bin ja selber kein Freund der Glimmstängel, aber solange ich meine EC-Karte aus Deutschland noch nicht habe, bleiben mir nicht viele Möglichkeiten. Hoffentlich ist die Karte in Darwin angekommen. Die Zigaretten werden mir im Hostel übrigens förmlich aus der Hand gerissen. Sogar für den fünffachen Preis.

Ich habe vier Tage in Darwin und weiß nicht so recht, wie ich die nutzen soll. Die Strände sehen zwar sehr einladend aus, aber mit Schwimmen ist leider nichts. Von November bis April hat im Wasser der »Box Jellyfish« das Sagen. Das klingt jetzt nicht so dramatisch, aber diese Würfelqualle ist eines der giftigsten Lebewesen auf der Welt. Wird man von ihr berührt, hat man die schlimmsten Schmerzen überhaupt. Es soll sogar Menschen geben, die bewusstlos immer noch geschrien haben. In Australien scheint ja eh alles giftig zu sein. Unglaublich, aber unter anderem leben die zehn giftigsten Schlangen der Welt alle in Australien.

In einem kleinen Park in der Nähe des Strandes entdecke ich eine kleine Gruppe Aborigines. Diese machen alles andere als einen guten Eindruck. Ziemlich besoffen und reichlich verwahrlost krakeelen sie wild durch die Gegend. Im Hostel hatte ich schon gehört, dass dieser Zustand eher die Regel als die Ausnahme sein soll. Ich hab mich nicht intensiv mit der

Geschichte der Aborigines beschäftigt, aber hier scheint 'ne Menge schief gelaufen zu sein.

Nach jüngsten Schätzungen haben die Aborigines den australischen Kontinent bereits vor etwa 46.000 Jahren aus dem Norden kommend besiedelt. In der Folge haben sie sich an die harten Lebensumstände immer besser angepasst und sich als Jäger und Sammler erfolgreich über ganz Australien ausgebreitet. Der Start der rücksichtslosen europäischen Besiedlung gegen Ende des 18. Jahrhunderts war jedoch für die Aborigines ein herber Schlag. Denn die Anzahl der Ureinwohner wurde von geschätzt einer Million auf nur 60.000 Aborigines in der 1920er Jahren dezimiert.

Völlig unfassbar erscheint die Tatsache, dass die Aborigines bis in die späten 1960er Jahre nicht mal als Bürger Australiens galten, sondern unter Flora und Fauna geführt wurden! Das finde ich fast so verwunderlich wie die Tatsache, dass in einigen Schweizer Kantonen die Frauen bis in das Jahr 1990 kein Wahlrecht hatten.

An einem Tag schau ich mir den hübschen Botanischen Garten an und geh ins »Museum and Art Gallery of the Northern Territory«. In diesem wird unter anderem das größte jemals in diesem Bundesstaat gefangene Krokodil ausgestellt. Es wird »Sweetheart« genannt, ist 5,10 Meter lang und wiegt stolze 780 Kilo. Ganz schöner Brocken. Noch interessanter finde ich allerdings die Präsentationen zur Stadtgeschichte und den klimatischen Besonderheiten. So werden in Darwin übers Jahr gesehen die meisten Blitze weltweit gezählt. Und das, obwohl es in der »dry season« so gut wie nie blitzt. Im Jahr 1974 hat es besonders häufig geblitzt. Der dazugehörige Zyklon Tracy hat so ziemlich alle Häuser in Darwin zerstört. Im Museum wird ein damals aufgenommener Tonmitschnitt abgespielt, der einen wirklich erschaudern lässt.

Etwa 30 Jahre zuvor musste Darwin schon mal einen schweren Schlag hinnehmen. Da haben die Japaner im Zweiten Weltkrieg ordentlich gewütet. Mal sehen, was als Nächstes passiert. Einige Wissenschaftler behaupten, dass in 50 Jahren kein Mensch mehr hier leben wird. Die Trockenzeit wäre zu trocken und die Regenzeit zu nass. Ich bleib da dran und werde das überprüfen.

Wenn auch in Darwin selbst nicht viel auszufressen ist, so gibt es in der Nähe einige interessante Nationalparks. Darunter den berühmten Kakadu-Nationalpark, der für viele Besucher ein absolutes Muss ist. Ich kann mich aber irgendwie nicht dazu durchringen. Vor allem, weil jetzt zur Regenzeit große Teile des Parks geschlossen sind. Und dann kostet eine zwei- oder dreitägige Exkursion umgerechnet etwa 250 Euro. Also so viel wie die gesamten drei Wochen in Indien. Australien ist eben ein teures Pflaster. Aber nach Indien kommt einem wahrscheinlich so ziemlich jedes Land teuer vor.

Statt des Kakadu-Nationalparks entscheide ich mich für eine Tagestour zum Litchfield-Nationalpark. Der ist keine zwei Stunden von Darwin entfernt und da sehe ich zum ersten Mal frei lebende Kängurus rumhoppeln. Unser Guide lässt uns wissen, dass diese sich bei der Affenhitze hier die Innenseite der Arme und Beine lecken und durch die so entstehende Verdunstungskälte die Bluttemperatur runterkühlen. Vielleicht sollte ich das auch mal testen, wenn ich die Hitze nicht mehr ertrage. Oder sieht das etwa zu blöd aus? Ich mein, ließe sich ja alles erklären.

Die Landschaft im Litchfield-Nationalpark ist geprägt von zahllosen Termitenhügeln. Einige sind bis zu sechs Meter hoch. Nicht so hoch, aber genauso lang sind angeblich einige Krokodile in dieser Gegend. Kein Wunder, dass hier »Crocodile Dundee« gedreht wurde. Man sollte also nie einfach mal so in einen Fluss oder »Billabong« (kleiner See) springen. Passenderweise erzählt uns unser Guide einige Horrorgeschichten, wir sagen oft »Aaah« und »Oooh« und sind ziemlich eingeschüchtert. Unter anderem erzählt er von einem deutschen Mädchen, das vor einigen Jahren vor den Augen ihrer Schwester von einem riesigen Krokodil gerissen wurde. Der Guide hatte dummerweise seiner Gruppe erlaubt, in dem »Billabong« schwimmen zu gehen, da dieser angeblich frei von Krokodilen sei. Überreste des Mädchens hat man erst einige Tage später tief unten im See wiedergefunden. Krokodile verstecken nämlich ganz gerne ihre Nahrung für ein paar Tage, bis sie aufgeweicht ist. Noch tragischer an der Geschichte ist, dass die beiden Schwestern eine Woche zuvor nur knapp einem verheerenden Bombenattentat auf Bali entgangen sind. Traurig, traurig...

Im Litchfield-Nationalpark gibt's zwei Wasserfälle, in deren Seen man ungefährdet schwimmen kann. Wir schieben die Krokodil-Horrorgeschichten zur Seite und springen ins kühle Nass. Ist das herrlich! Als ich gerade in den Entspannungsmodus schalte, zwickt mich plötzlich was am Fuß und ich erschreck mich wie Hulle. Gibt's hier etwa doch Krokodile!? Ich dreh mich hektisch um und seh gerade noch, wie sich ein kleiner Fisch davon macht. Ein Typ aus unserer Gruppe, der die Szene beobachtet hat, klärt mich auf: »Die Biester fressen die alte Haut von den Füßen!« Dann ist ja gut. Nur wenig später passiert einer Frau das Gleiche. Sie schreit wie verrückt und rennt aus dem Wasser. Es braucht ein paar Minuten, bis sie sich beruhigt.

Die Tour beinhaltet auch eine kleine Bootsfahrt auf dem Adelaide River. Hier sind die berühmten »Jumping Crocodiles«. Zunächst passiert nicht viel und wir beobachten die müden, im Schlamm liegenden Krokodile. Als jedoch die Bootsführer die Angeln mit den präparierten Fleischbrocken zücken, kommt Bewegung in die Sache. Die Krokodile nähern sich langsam dem Boot und sobald sie die Chance auf einen Happen sehen, katapultieren sie sich senkrecht aus dem Wasser. Alles einen Meter vor meiner Nase. Echt der Wahnsinn! Ich frag den Kapitän, wie groß denn meine Chance wäre, den Fluss lebend zu überqueren. »Ziemlich hoch« meint der, weil gerade Regenzeit ist und somit die Flüsse gut gefüllt sind. Aber in der Trockenzeit hätte ich keine Chance.

Zurück in Darwin durchforste ich am nächsten Tag zunächst mal das Internet nach günstigen Flügen. Schnell finde ich einen perfekten Flug der Airline »Jetstar« von Melbourne nach Christchurch auf der Südinsel Neuseelands. Wie geil, von Neuseeland träum ich schon 'ne ganze Weile und freu mich jetzt schon wie Bolle. Leider finde ich immer noch keinen bezahlbaren Flug über den großen Teich. Ich rätsel, ob ich dafür zurück nach Australien soll oder gar über Fidschi, aber irgendwie gibt's scheinbar absolut nichts Passendes. So mach ich mich auf die Suche nach Alternativen und erfahre von anderen Backpackern, dass man auch auf Containerschiffen umsonst mitfahren darf, wenn man dafür dann da arbeitet. Klingt ja erst mal nicht so schlecht, aber ein Schiff von Australien bis Amerika braucht hundert Jahre. Also wenn ich denn eins finden würde.

Eine andere Option wäre vielleicht, dass man als Kurier einer wichtigen Ware umsonst oder für kleines Geld mitfliegen darf. Ich recherchiere wieder auf unzähligen Internetseiten und muss feststellen, dass das ein absoluter Glücksfall wäre, da diese Angebote meistens ziemlich kurzfristig rauskommen, also nur wenige Tage oder gar Stunden vor dem eigentlichen Flug. Das ist mir dann doch zu viel Nervenkitzel und ich verschiebe entnervt meine Flugsuche auf ein anderes Mal. Hoffentlich ergibt sich da noch irgendwas...

Nach der ganzen Internet-Recherche muss ich mal raus an die nicht so frische Luft. Ich geh zur Post und will meine EC-Karte abholen. Leider ist die noch nicht angekommen und hängt anscheinend in Sydney fest. Das nervt mich ohne Ende und ich will mich betrinken. Mikael, ein weiterer Schwede aus meinem Zimmer, hat eigentlich keinen richtigen Grund, zeigt sich aber solidarisch. Bevor wir an dem Abend losziehen, meint er noch, ich solle ein bisschen auf ihn aufpassen. Manchmal mache der Alkohol komische Sachen mit ihm. »Keine Angst, ich bin ja bei dir.«

Na ja, so ziehen wir los und genehmigen uns ein paar Drinks. Zwei, drei Stunden später haben wir keine Kohle mehr und sind immer noch nicht besoffen. Also noch nicht *richtig* besoffen. Kurzerhand beschließen wir, uns die halb ausgetrunkenen, stehen gelassenen Drinks vorzuknöpfen. So trinken wir alles durcheinander. Das zeigt schnell Wirkung, wie ich wenig später an der Dartscheibe merke. Ich kann die kaum noch sehen. Mikael geht's nicht viel besser und so modifizieren wir die Regeln: Es gewinnt derjenige, der die Scheibe trifft. Egal wo. Nach wenigen Versuchen nehmen uns aber ein paar Typen die Pfeile ab. Angeblich aus Sicherheitsgründen, aber ich glaub, die wollen einfach nur selber spielen.

Schließlich landen wir auf der Tanzfläche. Und hier muss ich an die Warnung denken, die Mikael vor wenigen Stunden ausgesprochen hatte. Denn jetzt zeigt er einige wirklich Aufsehen erregende Moves. Zweifelloser Höhepunkt ist, als er bei »Everybody« von den Backstreet Boys einen Rückwärtssalto mit einem fast nahtlos gefolgten Spagat zeigt. Als ehemaliger Leistungssportler hat er da einiges drauf. Die Menge tobt und

Mikaels Gesicht ist so völlig frei von allen Sorgen. Die totale Glückseligkeit...

Am nächsten Tag geht's uns nicht gut. Mir richtig beschissen, aber Mikael scheint fast zu sterben. Da ist nicht allzu viel von der Glückseligkeit der Nacht geblieben. Den ganzen Tag liegt er nur im Bett und jammert. In nicht ganz so schlechten Momenten sprechen wir über die vergangene Nacht – wobei eigentlich ich mehr rede, da Mikael sich kaum an etwas erinnern kann. Irgendwann nachmittags fragt er mich, ob er sich denn benommen habe.

»Natürlich! Ich hab doch gesagt, dass ich auf dich aufpasse!«

»Boah, mir tut aber alles weh. Weißt du vielleicht, warum mir die Leisten so schmerzen?«

Ich kann mir ein Grinsen nicht verkneifen: »Du... echt keine Ahnung...«

Trotz unserer miserablen Lage muss ich noch mit Mikael beschnacken, dass er mir meine EC-Karte nachschickt. Im Gegensatz zu mir will er noch einige Zeit in Darwin bleiben und jeden Tag für mich zur Post latschen, um zu schauen, ob meine EC-Karte endlich ankommen ist.

»Und denk dran, das ist verdammt wichtig. Ohne die Karte bin ich ziemlich bald am Arsch.«

»Kein Problem!« sagt er. »Ich geh nie wieder feiern!«

# 27 km/h zu schnell

Melbourne, Australien.

Es geht weiter nach Melbourne. Johan und Stina haben zufällig den gleichen Nachtflug gebucht. Früh morgens kommen wir in unserem Melbourner Hostel an und hauen uns erst mal ein paar Stunden ins Bettchen. Aber ich kann nicht lange schlafen. Ich hab nur zwei Tage in dieser Stadt und die will ich nicht im Bett verbringen. Außerdem will ich einen Tag unbedingt für die »Great Ocean Road« nutzen. Davon träum ich schon lange. Also raus aus den Federn und rein in die City. Und wow, Melbourne ist einfach eine verdammt coole Stadt! Ich kann nicht mal genau sagen, warum mir diese Stadt so gefällt, aber ich spüre, dass sie richtig lebt. Sie ist modern, sportverrückt und irgendwie hip. Auf den Straßen tobt das Leben. Hier würde sogar Männern das Einkaufen Spaß machen. Irgendwie gibt es immer was zu sehen. Schönes und Verrücktes. Und wirklich alle Kulturen treffen aufeinander. Doch wie kann man an nur einem Tag eine so umwerfende Stadt kennenlernen!? Es ist einfach unmöglich. Ich versuch es trotzdem und fahr zuerst mit einem kostenlosen Touribus, der alle Sehenswürdigkeiten des City-Centers ansteuert. Kostenlos ist auch eine uralte Straßenbahn, die pausenlos ums City-Center fährt. So erhalte ich wenigstens schon mal einen kleinen Eindruck! Einen wirklichen Überblick gibt's vom Rialto-Tower.

Mit 253 Metern war es sogar kurzfristig das höchste Gebäude außerhalb Nordamerikas. Der Sonnenuntergang auf dieser Höhe ist der Wahnsinn!

Am nächsten Tag miete ich mit Johan und Stina einen Mietwagen für die »Great Ocean Road«. Kostet gerade mal 15 Euro pro Nase. Günstiger geht's nur noch bei »Rent A Bomb«. Der Name klingt ja auch ziemlich vielversprechend. Leider hatte der aber schon zu. Von Melbourne muss man für die »Great Ocean Road« fast 600 Kilometer einplanen. Weil es dabei sehr kurvig ist, machen viele das an zwei vollen Tagen. Wir aber haben ja keine Kohle und wollen es an einem Tag versuchen. Dazu mieten wir die Karre am frühen Nachmittag, fahren dann die eine Hälfte, schlafen die Nacht im Auto und machen den zweiten Teil am Vormittag des zweiten Tages, so dass wir insgesamt unter 24 Stunden bleiben.

Wie in Indien gibt's auch in Australien Linksverkehr. Aber sobald man die Stadt verlassen hat, ist das Fahren überhaupt nicht mehr anstrengend. Wie auch – bei dieser abwechslungsreichen und traumhaft schönen Landschaft. Da macht es sogar richtig Spaß. Mit einem Mountainbike oder Motorrad muss es auch sehr geil sein. Zu Beginn der »Great Ocean Road« gibt es mehrere Strände, an denen sich (Kite-) Surfer nur so tummeln. Kein Wunder bei der Brandung. Später windet sich die Straße an den steilen Klippen entlang. Es ist genial, was die Elemente in Tausenden von Jahren in Stein gemeißelt haben. Als hätten sie es genau so gewollt. Die hinter den Klippen liegende Landschaft ist nicht weniger spektakulär. Hinter jeder Kurve ein neues Bild, eine neue Farbe. Ich weiß nicht, wer hier mit wem spielt, die Sonne mit der Landschaft oder andersrum. Meine Augen können sich einfach nicht sattsehen.

Das Einzige, das diese makellose Landschaft zerstört, sind diese komischen Schilder am Straßenrand. So vollkommen geometrisch und knallrot. Da ist es doch kaum verwunderlich, dass meine Augen das ein oder andere Schildchen übersehen. Andere Sinne scheinen auch gedämpft zu sein, denn ich merk nicht mal, dass ein Polizeiwagen mit Blaulicht direkt hinter mir fährt. Nach einem dezenten Hinweis von der schwedischen Rückbank wach ich aus meinem Tagtraum auf und fahr links ran. Nachdem ich ins Röhrchen geblasen hab und der Officer meine Papiere gecheckt hat, erklärt er mir freundlich, dass ich drei Probleme hab:

1. Ich bin 27 km/h zu schnell gefahren.
2. Ich habe keine Übersetzung für meinen Führerschein.
3. Ich habe einen falschen Aufkleber an der Windschutzscheibe.

Ganz schön viele Probleme auf einmal. Nur gut, dass ich nicht auch noch getrunken hab. Er meint, dass er dann auch nicht mehr so nett wäre. Und außerdem kann ich nichts fürs dritte Problem. Da ist der Vermieter schuld. Das zweite Problem lässt sich leicht lösen. Ich übersetz ihm alles auf die Schnelle.

Ist zwar offiziell nicht ganz so gewünscht, aber er gibt sich damit zufrieden. Nur das erste Problem ist ein echtes Problem. 27 km/h zu schnell heißt Führerschein weg. Da die beiden Schweden offiziell nicht fahren dürfen (das hätte extra gekostet, weil sie unter 25 sind), würde das für uns bedeuten, dass wir nicht nur ab jetzt laufen, sondern auch für den Mietwagen einen Abschleppdienst zurück nach Melbourne organisieren müssten. Und natürlich bezahlen. Ich jammere, wie ich nur kann, und nach einigem Hin und Her begnadigt mich der Officer und macht aus der »27« eine »24«. Somit darf ich zumindest meinen Führerschein behalten. Nur an der astronomischen Geldstrafe dreht er leider nichts. Die bleibt. Zum Glück erklären sich die Schweden solidarisch und wir dritteln die 360 australischen Dollar.

Tja, so schnell kann die Laune sinken. Da spar ich ewig, wo ich nur kann und wegen so 'ner blöden Aktion wird mir in nur wenigen Momenten ein gehöriges Loch in die Reisekasse gerissen. Wütend setz ich mich wieder in den Mietwagen, umgreif fest das Lenkrad und entschließe ziemlich bockig, ein paar Tage zu hungern. Mindestens!

Krampfhaft versuch ich, dieses Malheur zu verdrängen. Ich rede mir ein, dass ich mir hier – an einem der schönsten Orte der Welt – die Laune nicht verhageln lassen soll. Und doch können sich meine Gedanken irgendwie nicht so recht von dieser Dummheit trennen. Das gelingt mir erst, als wir etwa 50 Kilometer später in einer Seitenstraße Koalabären entdecken. Bestimmt so 15 Stück. Und auch wenn sie nicht wirklich 'ne große Show abziehen, sind die einfach total süß (darf man so was als Mann überhaupt sagen!?).

Koalabären sind ja eigentlich keine Bären, sondern Beuteltiere. Eigentlich machen die den ganzen lieben Tag nicht viel. Ab und zu mal auf einem Blatt rumkauen und das wars. Später les ich, dass die sogar bis zu 20 Stunden am Tag schlafen. Beneidenswert! Außerdem sind sie viel kleiner, als ich gedacht hatte. Sie wiegen nur zwischen 4 und 14 Kilo. Die Männchen sind dabei doppelt so schwer wie die Weibchen. Außerdem haben Koalas als einzige Primaten einen dem Menschen sehr ähnlichen Fingerabdruck. Wenn an einem Tatort nur Fingerabdrücke von einem Koala gefunden würden, so ginge die Polizei wohl von einem Menschen als Täter aus. Unglaublich, wie viel Schlaues im Reiseführer der Schweden steht, oder!?

Gegen Abend kommen wir bei den berühmten »Twelve Apostels« an. So gerade bekommen wir noch den Rest des Sonnenuntergangs mit. Diese »Twelve Apostels« sind bis zu 60 Meter hohe, im Meer stehende Felsen aus Kalkstein und einfach nur atemberaubend schön. Kein Wunder, dass dieses Naturphänomen zu den bekanntesten Sehenswürdigkeiten des roten Kontinents gehört. Auf zwölf Apostel komm ich beim Nachzählen allerdings nicht. Der Reiseführer der Schweden verrät diesbezüglich, dass es nie mehr als neun Apostel waren und ein weiterer erst vor Kurzem eingestürzt sei.

Es ist schon recht spät und wir beschließen, die Nacht hier im Auto zu verbringen. Außerdem sind die Apostel wahrscheinlich auch beim Sonnenaufgang nett anzuschauen. So schälen wir uns am nächsten Morgen aus dem Mietwagen und tapern zum nah gelegenen Aussichtspunkt. Hier wird unsere Hoffnung mehr als erfüllt und wir werden Zeugen eines beeindruckenden Schauspiels: Ganz langsam taucht die Sonne die Apostel von oben nach unten in ein sattes Orange. Herrlich. Ja, sie gefallen uns sogar so gut, dass wir auch später auf unserem Rückweg ein weiteres Mal zurückkehren, um sie auch am helllichten Tage zu bestaunen. Und das lohnt sich wirklich. Denn die Apostel wirken zu den verschiedenen Tageszeiten völlig unterschiedlich, aber jedes Mal grandios.

Etwas westlich von den Aposteln gibt's aber noch einige weitere Schönheiten. Darunter die »Loch Ard Gorge« und die »London Bridge«. Letztere war eine vom Wasser in den Stein gefressene, natürliche Brücke. Vor einigen Jahren ist ein Teil der Brücke mit einem großen Wumms eingestürzt und zwei Besucher saßen auf dem abgeschnittenen Teil fest. Da die Kanten so steil sind, konnten sie nicht absteigen und mussten andere Besucher um Hilfe bitten. Die haben dann den Notruf abgesetzt und einige Stunden später kam mit einem Helikopter die Rettung.

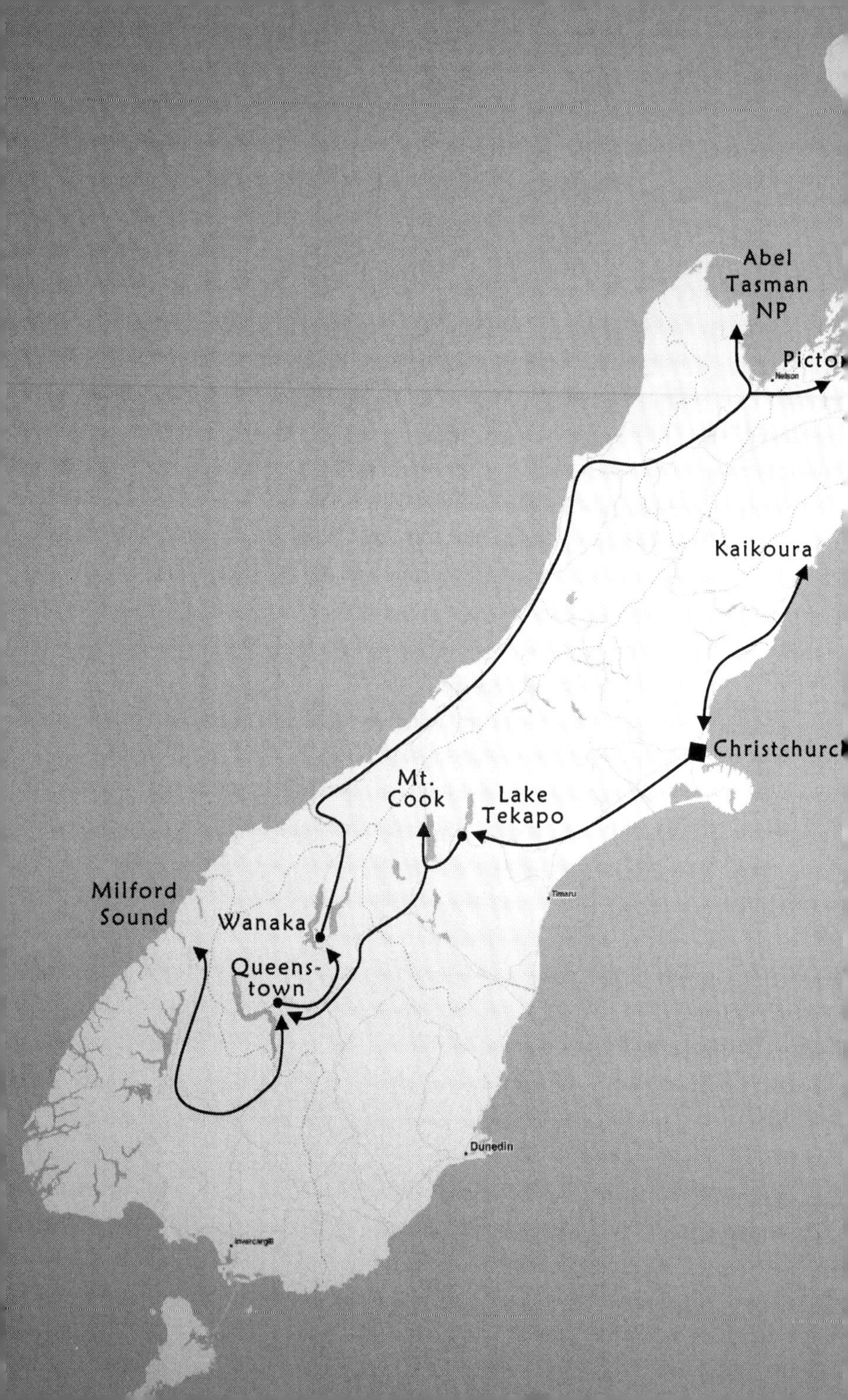
Abel
Tasman
NP
Picto
Nelson
Kaikoura
Christchurch
Mt.
Cook
Lake
Tekapo
Timaru
Milford
Sound
Wanaka
Queens-
town
Dunedin

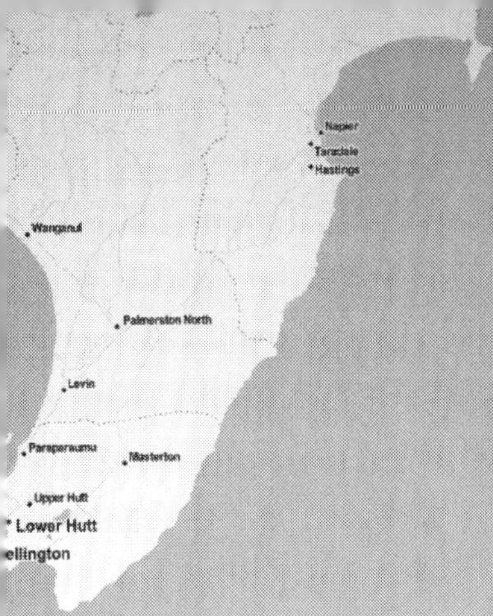


# Neuseeland Südinsel

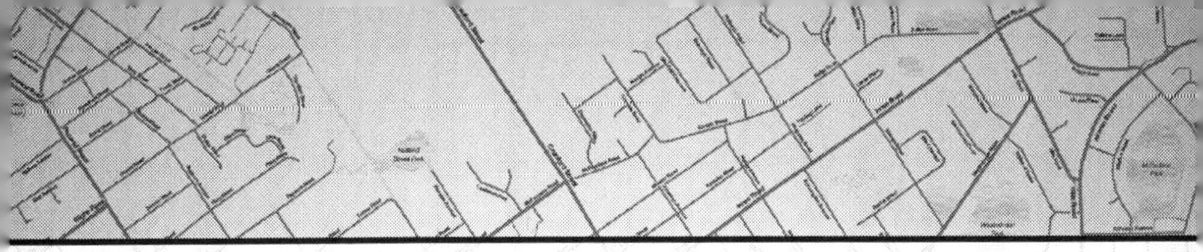

# Auf einer Parkbank

Christchurch, Neuseeland.

Es geht nach Neuseeland. Endlich! Ein Traum wird wahr. Neuseeland besteht im Wesentlichen aus zwei Inseln: der Nord- und der Südinsel. Ich starte in Christchurch, der größten Stadt der Südinsel. Die Südinsel ist zwar etwas größer, aber dafür deutlich weniger dicht besiedelt. Beiden Inseln ist aber gemein, dass man nicht wie in Australien an jeder Ecke auf ein tödliches Tier treffen kann. Denn bis auf eine Ausnahme – die Katipo-Spinne – leben in Neuseeland keine wirklich giftigen Tiere.

Bei der neuseeländischen Immigration geht's ebenfalls entspannter zu als bei ihren »Freunden« im Nordwesten. Natürlich muss man aber auch hier für den Stempel anstehen. Und dabei ist eine Ungleichbehandlung nicht zu übersehen: Für die Neuseeländer und Australier sind sechs Schalter geöffnet, so dass es da ruckzuck geht und die Schlange ihrem Namen kaum Ehre macht. Für den Rest der Welt ist nur ein Schalter geöffnet und es dauert ewig. Irgendwann verliert direkt hinter mir ein etwa 60-jähriger Chinese die Contenance und schreit im gebrochenen Englisch: »VELY SLOW!« Hilft trotzdem nichts.

Als ich dann irgendwann dran bin, muss ich lediglich meine Trekkingstiefel vorzeigen (da könnte ja Dreck mit irgendwelchen bösen Samen drunter sein). Das mach ich gerne. Bin schließlich ungeheuer stolz auf die Treter und erkläre der guten Frau gleich einige der unverzichtbaren Features. Sie will nicht viel davon wissen und schickt mich weiter in die Empfangshalle. Dort herrscht fast eine Wohnzimmer-Atmosphäre. Die ganze Halle ist mit dickem Teppich ausgelegt. Der sieht offenbar so einladend aus, dass es sich bereits etwa 50 Leute gemütlich gemacht haben. Ist ja auch schon kurz nach Mitternacht. Ich schau mich noch ein bisschen um und such mir dann auch ein ruhiges Plätzchen zum Schlafen. Nach der Nacht im Auto ist es die zweite Nacht in Folge, die ich nicht im Bett verbringe. Na ja, wenigstens wünschen einem die Putzfrauen eine »Gute Nacht«. Bis morgen früh.

Viel gepennt hab ich in der Nacht nicht. Ist ja auch nicht so einfach, wenn man sämtliche Wertsachen irgendwie an sich gekettet hat. Da ist es mit der Bewegungsfreiheit dann nicht mehr so dolle. Ich streck mich und merke jeden einzelnen Knochen. Von meinem »Bettnachbarn« erfahre ich allerdings, dass es am Flughafen 'ne erstklassige Dusche geben soll. Auf dem Weg zu dieser frag ich mich, ob diese Information ein dezenter Hinweis auf meine derzeitige Geruchslage sein soll. Jedenfalls hat er Recht, die Dusche ist ein Traum und das Leben kehrt langsam zurück.

Wohl duftend fahre ich mit dem Bus in die City. Der Fahrer hält mit jedem Gast ein kurzes Schwätzchen und die Kinder sagen beim Aussteigen immer brav »Thank you«. Heile Welt scheinbar. Auf den ersten Blick scheint Christchurch jedenfalls ein echt nettes Städtchen zu sein. Der britische Einfluss ist dabei nicht zu übersehen. Man könnte fast glauben, man sitzt in einer südenglischen Kleinstadt.

Das Wetter an diesem Tag ist perfekt: Die Sonne scheint, es ist nicht zu heiß und nicht zu kalt. Ich sitze auf einer Parkbank am Cathedral Square und verfolge das muntere Treiben. Straßenmusiker versuchen die Gunst und einige Münzen der Passanten zu erobern und Touristen fotografieren die hübsche Kathedrale. Ein bisschen weiter zeigt ein Straßen-Zauberer einige seiner Tricks und erntet höflichen Applaus. Und von einer kleinen Bude zieht der Duft von »Fish & Chips« rüber. Manchmal gibt's einfach nichts Schöneres, als auf einer Parkbank zu sitzen und den Leuten zuzuschauen.

Mein Hostel ist ganz in der Nähe der Stadtmitte und erinnert mich ein wenig an den Flughafen. In meinem riesigen Zimmer sind stolze 38 Betten, die auch noch alle belegt sind. Ich befürchte schon eine äußerst lebhafte Nacht, aber glücklicherweise bleibt es erstaunlich ruhig. Vielleicht bin ich nach den beiden letzten Nächten im Auto und auf dem Flughafen aber auch einfach nur verdammt müde.

Am nächsten Tag will ich nach Kaikoura fahren. Von Christchurch ist das nur etwa zwei Stunden in nordwestlicher Richtung. Kaikoura ist berühmt für seine Wale und Delfine, die es dort in rauen Mengen geben soll. Bisher hatte ich mit den Walen immer Pech. Wo auch immer ich war, die Wale waren nie da. Jetzt soll es endlich klappen. Laut Veranstalter liegen die Chancen immerhin bei stolzen 98 Prozent.

Um nach Kaikoura zu kommen, will ich es mal wieder mit dem Trampen versuchen. Das letzte Mal ist zwar schon ein paar Jährchen her, aber in Neuseeland soll es ganz easy sein. Auf dem Hinweg nimmt mich zunächst ein ungarisches Pärchen und später eine Neuseeländerin mit. Letztere versorgt mich gleich mit einem halben Dutzend Telefonnummern von Verwandten und Bekannten, die überall auf der Insel verteilt sind. Falls ich mal ein Plätzchen zum Schlafen brauch. Auf dem Rückweg fahre ich zunächst mit einem Bienenzüchter. Seinen »High Mountain Kaikoura«-Honig hat er sogar mal nach Deutschland exportiert. Und dann nimmt mich noch ein neuseeländisches Paar mit. Die sind richtig nett und laden mich sogar zum Kaffee ein. Nur eines macht mich ein bisschen nervös: Er hat Parkinson und fährt einen ganz schön flotten Reifen. Insgesamt hab ich für die 300 Kilometer nicht mehr als 20 Minuten gewartet. Also beschließe ich, durch ganz Neuseeland zu trampen.

Ach ja, Wale hab ich natürlich keine gesehen. Aus heiterem Himmel (wortwörtlich!) zog auf einmal eine Kaltwetterfront auf und die daraus entstehende raue See hat dafür gesorgt, dass alle Touren gecancelt wurden. Jetzt renn ich den Walen nicht mehr hinterher. Entweder mir schwimmt mal so einer über den Weg oder halt nicht! Kaikoura war dennoch einen Ausflug wert. Die Lage ist phänomenal: auf einer kleinen Landzunge mit der »Seaward Kaikoura Range«, einer steilaufragenden, schneebedeckten Bergkette dahinter. Berge und Meer, dafür hab ich irgendwie 'ne gehörige Schwäche.

Und noch was: Wenn du mal nach Neuseeland kommst, dann sag nicht »trampen«, wenn du das »Per Anhalter« fahren meinst. Das Wort »trampen« wird von den Kiwis (Neuseeländern) fürs Trekking verwendet. Für das deutsche »Trampen« sagen sie – wie eigentlich überall in der englischsprachigen Welt – »Hitchhiking«. Und wenn dir jemand dann eine Mitfahrgelegenheit gibt, dann ist das ein »Lift« oder ein »Ride«. Ja ja, das ist schon alles verwirrend! Das ist so ähnlich wie mit dem Handy. Der Deutsche denkt, das sei Englisch und benutzt auch dieses Wort im Ausland. Verstehen tut es da aber keiner.

# Boss im Himmel

Lake Tekapo, Neuseeland.

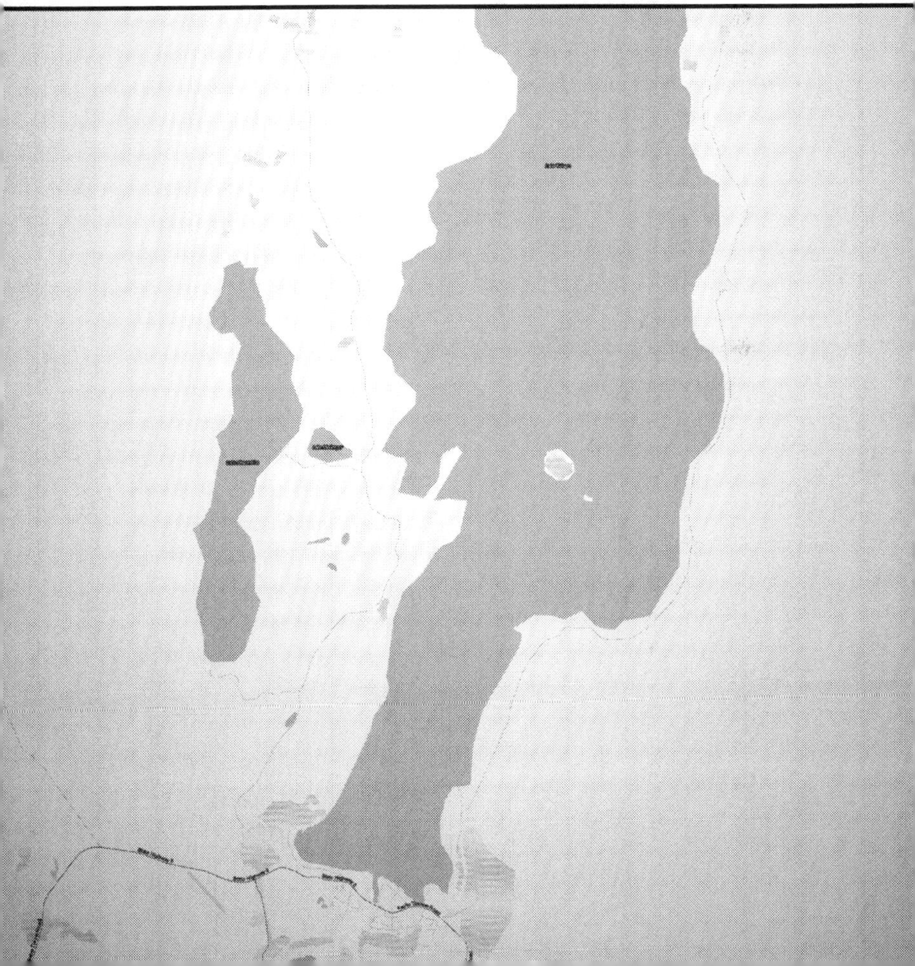

Von Christchurch tramp ich weiter nach Lake Tekapo. Kaum steh ich an der Straße, da nimmt mich auch schon Gloria mit. Gloria sieht ihre Lebensaufgabe darin, Tramper von A nach B zu bringen und mit ihnen viel über Gott und weniger über die Welt zu reden. Kaum bin ich im Wagen und der auf der Straße, betet sie für mich. Dass ich eine gute Reise hab, immer gesund bleib und auch immer einen Lift bekomme. Zum Glück schließt sie beim Beten nicht die Augen. Danach will sie wissen, ob ich auch an Gott glaube. Ich sag ihr ja, aber vielleicht nicht ganz so doll wie sie. Also, ich geh kaum zur Kirche, aber versuche trotzdem ein guter Junge zu sein. Augenblicklich betet Gloria dafür, dass ich wieder häufiger die Kirche besuche. Und so geht das Gespräch immer weiter. Kaum habe ich zwei, drei Sätze gesagt, betet sie sofort dafür. Da weiß ich irgendwann gar nicht mehr, wann sie mit mir redet und wann mit dem Boss im Himmel.

Zwischendurch erzählt Gloria mir von Wundern, die sie während ihres Lebens erfahren hat. Z. B. träumte sie einmal während einer schweren finanziellen Krise, sie solle doch mal in ihrem Schmuckkästchen nachschauen. Sie macht es am

Morgen und findet 100 Dollar. Sie glaubt nun, dass Gott persönlich den Schein da deponiert hat. Na ja, andere Wunder sind noch viel seltsamer.

Später liest Gloria noch einen anderen Tramper auf. Ich lass ihn freiwillig vorne sitzen. Das Gespräch mit ihm läuft fast genauso. Irgendwann will sie wissen, ob er denn auch mal ein Wunder erlebt habe. Er meint ja. Und zwar wäre er mal beim Autofahren geblitzt worden und sollte nun 250 Dollar Strafe bezahlen. »Haha, das kenn ich!«, werfe ich ein. Zu dem Zeitpunkt hatte er aber überhaupt keine Kohle und wusste absolut nicht, was er machen sollte. In seiner Verzweiflung spielt er Lotto und gewinnt genau 250 Dollar. »THAT'S GOD!« schreit Gloria freudestrahlend. Er sagt: »Warte, es geht noch weiter: Ich will zur Polizei fahren, um meine Strafe zu bezahlen und werde ein weiteres Mal geblitzt. Diesmal 400 Dollar!« Da ist Gloria ausnahmsweise mal für ein paar Sekunden ruhig. Aber was will ich mich beschweren! Sie fährt mich über eine Stunde in den Süden und kehrt dann nach Christchurch zurück.

Ich steh gerade ein paar Minuten, da hält ein Chinese an. Der lebt seit fünf Jahren hier, weiß aber trotzdem nicht wirklich, wo's langgeht. Ich sage ihm zweimal, dass er falsch gefahren ist und umdrehen muss. Danach ist er ziemlich verunsichert und fragt mich bei jeder Kreuzung, ob er auch noch richtig ist. Ja ja, passt schon, Herr Kutscher. Irgendwann kommen wir in Lake Tekapo an. Das ist ein kleines Nest von vielleicht 300 Einwohnern. Die Lage ist allerdings grandios: zwischen einigen Hügeln an einem türkisfarbenen See. Außerdem ist in diesem Örtchen die schönste Kirche, die ich je in meinem Leben gesehen hab. Nicht groß, nur schön. Ich bin lange um die Kirche gelaufen und hab irgendeinen Fehler gesucht. Irgendetwas, das meinen Augen nicht gefällt. Gefunden hab ich nichts. Hier möchte ich heiraten. Fehlt jetzt nur noch die Frau. Jemand freiwillig?

# Heizung auf Hochtouren

Mount Cook (Aoraki), Neuseeland.

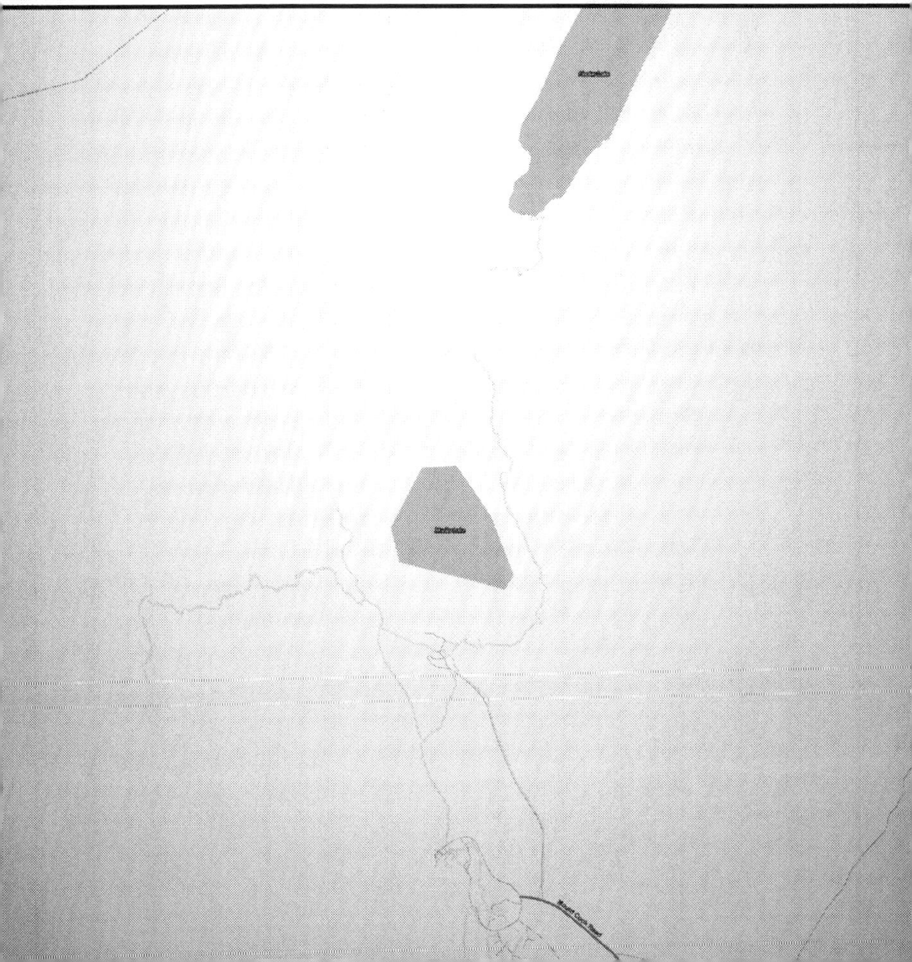

Für den nächsten Tag hab ich mir viel vorgenommen: Ich möchte über den Ort Mount Cook nach Queenstown trampen. Das sind fast 400 Kilometer. Das alleine wäre keine so große Aufgabe, aber ich möchte mittags gern den »Hooker Valley Track« laufen. Diese insgesamt vierstündige Wanderung führt zum Fuß des Mount Cook, dem höchsten Berg Neuseelands. Ob dieser ambitionierte Plan auch wirklich so umzusetzen ist, ob ich vielleicht auf die Wanderung verzichten muss oder nicht nach Queenstown komme, steht und fällt mit meinem Tramper-Glück. Aber bisher bin ich ja diesbezüglich nicht enttäuscht worden.

Das Wetter spielt an diesem frühen Morgen auf jeden Fall schon mal mit. Keine Wolke am Himmel. Herrlich! Leider ist es aber nicht so einfach, aus diesem kleinen Nest wegzukommen. Manchmal kommt fünf Minuten gar kein Auto, dann kommen fünf Autos in der Minute. Halten tut trotzdem keins und ich warte fast 'ne halbe Stunde. Dann kommt's aber ganz ordentlich und ein dicker BMW X5 rauscht heran. Ich denk, das wäre ja jetzt mal angemessen und strecke selbstbewusst meinen Daumen in die Luft. Und tatsächlich, er hält an und ich steig grinsend ein. Und so geht es an diesem Tag weiter. Irgendwie bekomm ich an diesem Tag nur verrückte Lifts:

Mal nimmt mich ein Trucker mit, dann ein paar Franzosen in ihrem viel zu vollen Van. Für ein paar Kilometer fahre ich mit einer rüstigen Rentner-Combo in ihrem Wohnmobil mit. Alle so um die 80. Einer von denen will wissen, woher ich komme. Ich sag, aus Deutschland, dem Norden. Er antwortet: »Ah, da wo die Frisian Islands sind!« Ja ja, genau! Und schon zählt er mir die sieben Inseln auf. Er war 1961 mal da.

Gegen Mittag erreiche ich den Ort Mount Cook am Fuße des 3.724 Meter hohen gleichnamigen Berges in den neuseeländischen Alpen. Ich will keine Zeit verlieren und starte sofort mit dem »Hooker Valley Track«. Zuvor hab ich noch schnell eine Infobroschüre im Besucherzentrum abgegriffen. Darin erfahre ich, dass der Track zunächst durch das namensgebende Hooker-Tal entlangführt. Aber der Weg ist eh kaum zu verpassen, da er sehr gut ausgebaut und ziemlich flach ist. Nur ein paar Passagen sind etwas matschig oder felsig.

Nach einigen Kilometern erreiche ich bei einem schönen Aussichtspunkt das »Alpine Memorial«. Dieses ist den über 230 am Mount Cook verstorbenen Bergsteigern gewidmet, von denen etwa ein Viertel nie gefunden wurde. Die Höhe von nicht mal 4.000 Metern erscheint ja nicht wirklich abschreckend, aber der Berg hat mit dem hier herrschenden wechselhaften Wetter definitiv seine Tücken. Das zeigt schon allein die Tatsache, dass eine Besteigung mindestens eine Woche, eher zehn Tage, in Anspruch nehmen würde. Zum Vergleich ist der sogar etwas höhere Großglockner, der höchste Berg Österreichs (3.798 m), in nur zwei Tagen zu besteigen.

Nach einer kurzen Pause mache ich mich wieder auf den Weg und erreiche schon recht bald den »Mueller Lake«, der nach dem in Rostock geborenen Botaniker und Geografen Ferdinand von Müller benannt wurde. Ich wander aber direkt weiter und komme einige Hängebrücken später zum Gletschersee des Hooker-Gletschers. Das Wetter ist immer noch ein Traum und ich genieße die wunderbare Aussicht auf den schneebedeckten Gipfel des Mount Cook. Dieser ist – wie kann es anders sein – nach dem englischen Entdecker James Cook benannt. Die Maori, die neuseeländischen Ureinwohner, und auch immer mehr Neuseeländer nennen den Berg allerdings »Aoraki«, was »Wolken-Durchstecher« bedeutet.

Nach etwa vier Stunden bin ich wieder zurück in dem Örtchen Mount Cook. Von hier nimmt mich wieder ein Franzose mit. Sein Bulli hat umgerechnet schlappe 400 Euro gekostet und klappert an allen Ecken und Kanten. Außerdem spielt der Motor verrückt. Damit der nicht ganz den Geist aufgibt, dürfen wir nicht schneller als 70 km/h fahren. Außerdem muss die Heizung auf Hochtouren laufen. Das ist bei 30 Grad Außentemperatur nicht gerade witzig und wir schwitzen wie in der Dampfsauna. Nach ein paar Stunden können wir nicht mehr und gehen in einem hellblauen See schwimmen. Ein See aus purem Gletscherwasser. Nur gut, dass das schon einen längeren Weg hinter sich hat. Kalt ist es trotzdem, aber nach der Hitze ist es genial. Nebenbei sauf ich bestimmt zwei Liter Wasser direkt aus dem See. Die Landschaft in dieser Gegend ist umwerfend schön. Aber wahrscheinlich kennst du sie schon aus »Herr der Ringe«.

Noch etwas später nehmen mich zwei schwedische Mädels in ihrem Jeep mit. Sie hatten sich gerade am Vorabend darauf geeinigt, keine Anhalter mitzunehmen. Sei doch viel zu gefährlich. Die Krönung kommt aber am späten Abend. Ein fetter 5-Sterne-Deluxe Bus hält an. Ich hatte mein Schild gar nicht hochgehalten, da die Busfahrer eigentlich keine Tramper mitnehmen dürfen. Er darf aber, er ist nämlich der Big Boss. Hat 85 Busse unter seinem Kommando und fährt nur aus purem Zufall die Tour. Echt cool, der Bus ist leer, ich hab über 50 Sitze zur Auswahl und sogar ein eigenes Klo. Und auch wenn der Big Boss Jeff schweinereich ist, kann man mit ihm richtig gut reden. Er bringt mich in Queenstown direkt vor mein Hostel. »Hup doch noch mal bitte ordentlich zum Abschied!« Huhu, hier kommt der Hitchhiker! Hach, ist das herrlich!

# Im absoluten Rhythmus

## Queenstown, Neuseeland.

Kaikoura und Lake Tekapo sind ja schon sehr idyllisch gelegen, aber Queenstown toppt das dann noch mal und gehört wahrscheinlich zu den am schönsten gelegenen Orten der Welt: von einem malerischen See umgeben und mit zerklüfteten Bergen im Hintergrund. Letztere werden nicht zu Unrecht die »Remarkables« genannt.

Queenstown ist eigentlich nur ein größeres Dorf, aber hier scheint immer was los zu sein. Im Winter ist Skisaison und jetzt im Sommer geht's um sämtliche Adrenalin-Sportarten. In den 80er Jahren wurden hier zunächst der Bungee-Jump und nur wenig später das Jet-Boating erfunden. Seitdem gilt Queenstown als »adventure capital«. Und hier werden wirklich alle verrückten Sachen angeboten: Skydive (aus dem Flieger oder Heli), Paragliding, Rafting, Riversurfing und und und. Hauptsache, es kribbelt ordentlich. Auf einem Werbeplakat drückt sich ein Teilnehmer einer Jet-Boating-Tour wie folgt aus: »Even my shit was afraid!«. Kann ich verstehen, mir ist das auch alles irgendwie zu schnell. Ich mache von alledem nichts. Alles kostet wahnsinnig viel und ich hab schon beim Zuschauen die Hosen voll.

Da bleib ich doch lieber beim Wandern. Oder sagen wir Trekking, das klingt etwas cooler. Dabei ist inzwischen fast kein Berg mehr vor mir sicher. Seit einigen Wochen laufe ich jeden Tag mehr als sechs oder sieben Stunden. Manchmal auch zwölf. An vielen Tagen kommen da sicher 20, 30 oder gar 40 Kilometer zusammen. Wenn auf einer Infotafel für einen Berg vier Stunden angegeben sind, lauf ich ihn in knapp zwei Stunden hoch. Häufig sind meine Gedanken dabei ganz auf das Laufen gerichtet. Ich kehre in mich, denke an nichts und spüre jeden Schritt ganz deutlich. Jeden Atemzug nehme ich ganz bewusst wahr. Die Augen dabei auf der ständigen Suche nach dem nächsten sicheren Tritt. Alles im absoluten Rhythmus. Als gebe jeder Schritt den Takt für ein ewig langes Lied. So stapf ich wie ein Uhrwerk die Berge hinauf. Manchmal spüre ich die Belastung gar nicht. Nur mein durchgeschwitztes T-Shirt verrät mir am Ende, dass sie da ist. Für die Anstrengung werde ich mit fabelhaften Ausblicken belohnt. Die Ruhe auf diesen Bergen ist unglaublich: Ein paar Grillen zirpen und hier und da ein bisschen Vogelgezwitscher. Ansonsten nichts. Alles ist so friedlich – beinahe unwirklich.

Es gibt aber auch Berge, die so steil sind, dass ich sehr wohl die Belastung spüre. Da zwicken erst die Knie und irgendwann werden die Oberschenkel taub. Nach einigen Stunden schmerzt jeder Schritt und trotzdem laufe ich weiter und weiter. Manchmal geht's dann wieder etwas besser oder grandiose Aussichten lassen jeden Schmerz vergessen. Manchmal bin ich aber so ausgepowert, dass ich kaum noch aufrecht stehen kann und mir fast schwarz vor Augen wird. Nach einer gefühlten Ewigkeit komme ich völlig platt oben an und was seh ich da? Auf der Rückseite des Berges geht eine Straße hoch und schon steigt 'ne Busladung älterer Herrschaften aus. Mit der Ruhe ist es dann augenblicklich vorbei. Alte Menschen können einfach entsetzlich laut sein. Da hört der ein oder andere nicht mehr so gut und schon fängt jeder an zu schreien. So sitz ich da vollkommen ausgelaugt auf einem Felsen und an mir marschieren die parfümierten Omis und Opis vorbei. Mal eben ein Foto machen.

Das wird dann nur noch durch die Heli-Touris getoppt. In jedem neuseeländischen Dorf gibt's inzwischen einen kleinen Flughafen, wo man mit dem nötigen Kleingeld einen Heli findet, der einen überall hinbringt. Das ist ungerecht. Ich investiere Schweiß und Muskelkater und die nur einige Dollar. Ich tröste mich damit, dass nur diejenigen die Aussicht vollends genießen können, die sich auch selbst den Berg hochgewuppt haben.

So ein Berglauf ist nun mal wie das wahre Leben. Mal läuft's besser, mal schlechter. Mal tut's richtig weh und mal ist es einfach nur schön. Zweifel und Zuversicht wechseln sich ab wie die Sonne und der Regen. Wenn man dann nach diesem ganzen Auf und Ab den Gipfel erreicht, dann weiß man, was man geschafft hat und kann zurecht stolz darauf sein. Stolz darauf, einen Berg erklommen zu haben, der locker hundertfach so hoch ist wie die ostfriesischen Deiche.

Ich will ganz in den Süden Neuseelands. Ins Fjordland. Die Landschaft dort soll der Hammer sein und gehört zweifellos zu den größten Touristenattraktionen Neuseelands. Eigentlich hatte ich an eine mehrtägige Wanderung gedacht. Aber es ist gerade Hochsaison und dementsprechend ist alles ausgebucht. Der bekannteste Track zum Milford Sound sogar für die nächsten zwei Jahre. Echt unglaublich. Queenstown scheint aus allen Nähten zu platzen. Die Straßen sind gerammelt voll und es ist nicht mal ein Auto oder Mountainbike zu bekommen. Ich hasse es, wenn ich alles ein paar Tage im Voraus buchen soll. Ich verliere ein Stückchen Freiheit. Außerdem weiß ich als Tramper nie so genau, wo ich am Abend landen werde.

Na ja, trotzdem möchte ich unbedingt das Fjordland sehen. Leider ist es richtig abgelegen. Luftlinie sind es zwar nur etwa 75 Kilometer von Queenstown, aber dank einer hohen Gebirgskette muss man eine ordentliche Schleife von fast 300 Kilometern fahren. Als Tramper würde ich für diese Tour zwei oder drei Tage brauchen. So entscheide ich schweren Herzens, mich einer organisierten Bustour anzuschließen. Ich mein, ich kann ja schon verstehen, wenn jemand die Sicherheit einer geführten Reise vorzieht oder aufgrund eines engen Zeitplans alles im Vorfeld organisieren muss. Aber ich persönlich würde immer lieber allein die Gegend erkunden als in einer Gruppe von 50 Leuten, von denen ich zehn nicht ertragen kann.

So hocke ich eines Morgens in einem riesigen Reisebus und bin mir nicht sicher, ob das alles so richtig ist. Für die Hinfahrt zum Milford Sound brauchen wir fast fünf Stunden.

Die Landschaft ist wirklich atemberaubend schön. Nur würde ich doch so gerne ab und zu mal aussteigen und die Natur genießen. Im Bus fühl ich mich gefangen. Klar, als Tramper kann ich auch nicht bestimmen, wo ich anhalten will. Aber wenn ich irgendwas toll finde, halten die Kiwis gerne mal an und zeigen mir stolz ihr Land. Und es ist ja auch nicht so, dass wir mit dem Bus gar nicht stoppen. Zweimal machen wir eine Pinkelpause und zwei weitere Male halten wir für fünf Minuten an einem Aussichtspunkt. Ist aber wahrlich kein Vergnügen, wenn dann auf einmal 50 Leute aus dem Bus springen und das perfekte Foto suchen. Ich mach da nicht mit! Mir würde es schon genügen, wenn mir ein Foto ohne Japaner gelingt.

Irgendwann kommen wir am Milford Sound an und starten direkt mit der Bootstour. Der Fjord ist etwa 15 Kilometer lang und endet im Tasmanischen Meer. Er wird von steilen Felswänden gesäumt, die zum Teil über einen Kilometer mehr oder weniger senkrecht nach oben ragen. Also 20-mal die Kirche aus meinem Heimatort Remels! Das ist so unfassbar hoch, dass man sich das gar nicht mehr vorstellen kann. Irgendwie fehlt da ein Bezugspunkt. Hier im Fjordland ist einfach alles gewaltig. Alles überdimensional. So zum Beispiel auch die jährliche Niederschlagsmenge. Ganze 8.000 mm sollen hier im Jahr fallen, also das Zehnfache der gewöhnlichen Niederschlagsmenge in Ostfriesland. Kein Witz! So ist es auch nicht verwunderlich, dass einige Wasserfälle in den Milford Sound stürzen, denen man sich schön mit dem Boot nähern kann. Was für ein mystischer Ort!

Nach der zweistündigen Bootstour geht's für unsere Reisegruppe so ziemlich direkt wieder in den Bus und zurück nach Queenstown. Obwohl wir dort erst spätabends ankommen, durchstöbere ich ein weiteres Mal das Internet nach einem passablen Flug über den Pazifik. Doch irgendwann wird mir klar, dass es von Neuseeland einfach nichts einigermaßen Bezahlbares gibt. Also entscheide ich mich, nach Australien zurückzukehren und buche einen Flug mit der »Pacific Blue Airlines« von Auckland auf der Nordinsel Neuseelands nach Coolangatta in der Nähe von Brisbane an der Ostküste Australiens. Von dort muss es doch irgendwas geben.

# Life's a bitch

Westküste der Südinsel, Neuseeland.

Am nächsten Morgen erfahre ich an der Rezeption, dass ich im Hostel keine Nacht länger bleiben kann. Nicht weil ich nicht möchte, sondern weil mein Bett schon wieder verbucht wurde. Also nichts wie weg aus Queenstown und auf nach Wanaka. Für die kurze Strecke muss ich kaum an der Straße stehen.

Wanaka ist nach einem Goldfund der 1860er Jahre entstanden und hat – wie die meisten Orte auf der Südinsel – diese fabelhafte Lage an einem See mit wunderschönen Bergen im Hintergrund. Daran könnte ich mich gewöhnen. Vor allem ist es aber in Wanaka nicht so hektisch wie in Queenstown. Abends will ich mal wieder ins Kino und freu mich schon wie Bolle. Dumm nur, dass ich so k.o. bin und den Film voll verpenn.

Am nächsten Morgen will ich weiter zur Westküste und einige Gletscher besichtigen. Die haben mich schon im südamerikanischen Patagonien so fasziniert. In Wanaka bekomm ich direkt einen genialen Lift: Nadja (ihr Opa kommt doch tatsächlich aus dem ostfriesischen Örtchen Timmel) kann mich bis zum Fox Glacier mitnehmen. Das sind mehr als vier Stunden. Genial ist dabei vor allem, dass wir an allen schönen Punkten anhalten. Und davon gibt's auf der Strecke einige.

Außerdem haben wir perfektes Wetter. Das soll für diese Gegend eher die Ausnahme sein. So ist der Weg über den »Arthur's Pass« an die Westküste das reinste Vergnügen.

Nadja macht seit einem halben Jahr Praktika in einigen Nationalparks Neuseelands. Sie kennt sich gut aus und spielt den Guide. Das kann sie gut. Nur über die Benzinkosten klagt sie ununterbrochen. Dabei ist der Sprit hier gerade mal halb so teuer wie in Deutschland. Außerdem hat sie scheinbar Angst, dass sie ihren Wagen nicht verkaufen kann. Ich schau in ihre rehbraunen Augen und verstehe: Sie braucht Cash. So beteilige ich mich an der nächsten Tanke mit ein paar Dollar. Eigentlich spendiere ich meinen Fahrern immer nur ein Eis (sofern wir einen Stopp machen). Irgendwann kommen wir in Fox an und trinken zum Abschied noch einen Kaffee.

Danach nehmen mich zwei Iren mit nach Franz Josef. »Nach« Franz Josef ist hier übrigens richtiger als »zu« Franz Josef. Denn Franz Josef ist weniger ein strammer, bayerischer Kumpel, sondern vielmehr der Ort am gleichnamigen Gletscher. Ein Ösi hat den Gletscher nach dem damaligen Kaiser benannt. Die beiden Gletscher können jedoch – auch wenn sie ganz nett anzuschauen sind – nicht im Geringsten mit ihren Kollegen in Patagonien mithalten. Sie sind viel kleiner, nicht so schön weiß und blau und nur äußerst selten fallen große Eisbrocken runter. Allerdings kann man an diese Gletscher näher ran. Zumindest, wenn man die Absperrung und einige Hinweisschilder »übersieht«. Vor zwei Wochen haben das zwei Männer gemacht und sind von Eismassen getroffen und lebensgefährlich verletzt worden. Ich will mich dementsprechend brav zurückhalten. Als ich jedoch bei der Absperrung ankomme, klettert gerade eine Oma über die Seile. Und etwas weiter hinter den Seilen steht bereits ein Vater mit seinen Kids. Bis zur Gletscherzunge sind es immerhin noch etwa 300 Meter. Viel sehen kann man also von hier noch nicht. Wie soll ich mich da zurückhalten!? Also hüpf auch ich über die Absperrung und komm so ziemlich nah an den Gletscher ran. Ich mach sogar ein paar Schritte auf eine in den Gletscher geschlagene Treppe. So ganz stabil sieht das hier aber nicht aus. Alles knackt und tropft. Kann mir schon vorstellen, dass da hin und wieder was passiert.

Ich trampe weiter die Westküste hoch. An der gesamten Westküste der Südinsel leben nur 22.000 Menschen. Angeblich, weil es hier ständig regnet, wovon heute aber nichts zu merken ist. Die beiden Israelis (mein neuer Lift) und ich erfreuen uns jedenfalls an strahlendem Sonnenschein. Nach zwei weiteren kurzen Lifts lande ich in einem klitzekleinen Nest. Eigentlich ist es nur eine Kreuzung mit vier Häusern in jeder Ecke. So steh ich da an dieser Kreuzung und warte und warte. Von den wenigen Fahrzeugen, die überhaupt kommen, nimmt mich keines mit. Irgendwann läuft mir ein Hund zu. Der lenkt mich wenigstens ein bisschen ab. Aber jetzt denkt wahrscheinlich jeder Fahrer, dass der Hund auch mit muss. Verzwickte Lage! Na ja, es dauert nicht lange und es wird selbst dem Hund zu langweilig. Von wegen treuester Freund des Menschen. Aber kurze Zeit später hält ein schicker Alfa

Romeo. Zwei Ladys mittleren Alters sitzen drin. Sie kommen von hier und bringen mich bis vor die Tür meines Hostels in Punakaiki.

Während ich meine Siebensachen aus dem Kofferraum nehme, fällt mein Blick auf eine Parkbank. Eher gesagt auf die beiden Mädels, die darauf sitzen. Und noch eher gesagt auf die linke Dunkelhaarige. Die ist nicht nur hübsch, nee, die hat auch verdammt viel Ähnlichkeit mit der Julie aus meiner Uni. Hmm. Ich geh erst mal ins Office und check ein. Zwischendurch werfe ich noch einen verstohlenen Blick zur Parkbank. Die haben echt Ähnlichkeit. Mich verdutzt nur, dass auch sie so verdutzt dreinschaut. Ist sie es etwa wirklich!? Mir reicht's, ich geh hin und frag: »Bist du das etwa?« »Nein, ne!?« »Doch, doch!« Unglaublich. Die Welt ist ein Dorf.

Am Abend wollen Julie und ich zu den Pancake Rocks laufen. Auf dem Weg dorthin fängt es dann doch an zu regnen. Wir flüchten in ein Café und quatschen ein bisschen über Gott und die Welt. Im Gegensatz zum Gespräch mit Gloria liegt aber diesmal der Schwerpunkt eindeutig auf der Welt. Irgendwann wird der Regen weniger und wir wagen es nach draußen. Kaum sind wir einige hundert Meter gelaufen, fängt es richtig an zu schütten. Als hätte der Regen nur 'ne kurze gemeine Pause gemacht, um seine ganze Kraft für diesen Moment zu sammeln. Ohne Ostfriesennerz haben wir keine Chance und werden klitschnass. Die Pancake-Rocks sind trotzdem ziemlich beeindruckend. Es sieht tatsächlich so aus, als hätte ein Riese überdimensionale Pfannkuchen aufeinandergestapelt. Bei Hochwasser schießen zudem die hereinbrechenden Wellen durch diese Rocks bis zu zehn Meter in die Höhe. Heute soll der höchste Wasserstand um 18.10 Uhr sein. Es ist gerade exakt 18.10 Uhr, und was passiert? Gar nichts! Wahrscheinlich gilt das nicht bei Dauerregen. Oder sowas. Na ja, wenigstens brauchen wir nicht zurücklaufen. Eine etwas ver(w)irrte Deutsche bringt uns die paar Kilometer zurück zum Hostel.

Am nächsten Morgen sag ich Julie Tschüss und will weiter trampen. Leider bin ich nicht erfolgreicher als am Vortag und warte geschlagene 90 Minuten. Dann aber halten plötzlich zwei Autos gleichzeitig. Life's a bitch. Im ersten, ziemlich demolierten Auto sitzen zwei Mädels. Ich trau denen nicht so ganz und steig lieber bei dem zweiten Auto ein. Mit dem jungen Dänen fahr ich allerdings nur 'ne Stunde und werde dann von einem Kiwi aufgelesen. Der spricht so undeutlich, dass ich ihn kaum versteh. Angeblich hat er aber Häuser auf der ganzen Insel und in Australien. Und natürlich 'ne Handvoll Luxuskarossen. Er fährt ziemlich flott und irgendwann überholen wir sogar die beiden Mädels mit dem kaputten Auto. Leider muss er aber bald abbiegen. So steh ich wieder an der Straße und seh, wie der zerbeulte Wagen auf mich zukommt. Ich halte meinen Daumen raus und – welch Überraschung – er hält tatsächlich. Dabei wissen die Mädels gar nicht mehr, dass sie mich vor ein paar Stunden schon mal hätten mitnehmen wollen. Die sind sowieso ziemlich durchgeknallt. Sie haben die Musik voll aufgedreht und tanzen im Auto. Kein Wunder, dass das Auto so aussieht und ich schnall mich mal lieber an. Hatte ich erwähnt, dass die beiden aus Deutschland kommen?

Später erzählen sie mir von ihrem Unfall. Irgendwie hätten sie auf gerader Strecke die Kontrolle verloren und wären dann gegen einen Berg gefahren. Ehrlich, so haben sie mir es erklärt. Die Motorhaube war danach auf die Hälfte zusammen geschoben und auch ein Blinker hat seinen Geist aufgegeben. Komischerweise lief der Wagen noch und so sind sie einfach weitergefahren. Am nächsten Tag hat dann ein Kiwi mit einem Hammer so lange auf die Motorhaube eingeschlagen, bis sie wieder einigermaßen voreinander war. Außerdem hat er noch ein paar wackelige Teile festgebunden. So fahren sie seitdem durch die Gegend. Ein paar Tage später seien sie dann von der Polizei angehalten worden. Die wollten wissen, was passiert sei. Die Mädels haben es brav erklärt und durften dann weiterfahren. Bezüglich des kaputten Blinkers hatten die Ordnungshüter auch einen passenden Tipp parat: Wenn sie abbiegen wollen, sollen sie das doch bitte immer schön mit dem aus dem Fenster gereckten Arm signalisieren.

Irgendwann machen wir eine kurze Pause und ich besorg uns ein Eis. Mit dem Eis in der Hand gehen wir zurück zum Wagen und Susi, die Fahrerin, will aufschließen. In der rechten Hand hält sie Autoschlüssel und Portemonnaie, links das

Eis. Zum Aufschließen legt sie ihr Portemonnaie aufs Autodach. Ich sag ihr noch: »Vergiss das nicht!« und steig hinten ein. Zwei Minuten nach der Weiterfahrt schreit Susi: »Scheiße, mein Portemonnaie!« Wir fahren zurück und sammeln die Reste von der Straße ein.

# Dieser fantastische Weg

Abel Tasman Coast Track, Neuseeland.

Zwei Lifts später komm ich endlich in Marahau, ganz im Nordwesten der Südinsel, an. Von hier aus will ich den »Abel Tasman Coast Track« laufen. Das ist sicher einer der bekanntesten der neun »Great Tracks Of New Zealand« und führt als Einziger ausnahmslos an der wunderschönen Küste entlang. Wenn es einem also beim Wandern zu heiß wird, kann man sich einfach ins Meer schmeißen und danach weitermarschieren.

Abel Tasman war übrigens ein niederländischer Seefahrer, der im Jahre 1603 ganz in der Nähe Ostfrieslands, in der niederländischen Provinz Groningen, geboren wurde. Auf seiner ersten großen Reise 1642/43 war es ihm – als erstem Europäer überhaupt – vergönnt, Neuseeland zu entdecken. Wobei er sich damals nicht sicher war, ob es sich nicht vielleicht doch um Chile handelt. Auf derselben Reise war er auch der Erste aus der Alten Welt, der einen Fuß auf Fiji setzte und die ebenfalls nach ihm benannte australische Insel Tasmanien ansteuerte. Allerdings hat er bei dieser zweifellos mutigen Reise ebenfalls das Kunststück vollbracht, den gesamten australischen Kontinent zu verpassen, indem er in einem großen Bogen von Indonesien, Fiji über Neuseeland und Tasmanien um Australien herumsegelte.

Normalerweise braucht man für die 51 Kilometer des »Abel Tasman Coast Track« drei bis fünf Tage. Ich laufe eine leicht verkürzte Version von etwa 40 Kilometern in zwei Tagen. Da aber fast keine Höhenunterschiede zu bewältigen sind, ist es ziemlich leicht zu schaffen. Außerdem erspart mir diese schmale Variante, dass ich kein Zelt mitschleppen muss, da man etwa auf halber Strecke in einer kleinen Schutzhütte übernachten kann. So bedarf es »nur« Schlafsack, ein paar Ersatzklamotten und Verpflegung. Es ist schon erstaunlich, auf wie viele Dinge man verzichten kann, wenn man alles selber tragen muss. Und trotzdem bleibt der Rucksack schwer genug.

Wichtig bei diesem Track ist, dass man die Tidezeiten in seinem Wanderplan berücksichtigt. Am zweiten oder dritten Tag sind nämlich zwei Priele zu durchqueren, was nur in einem relativ kleinen Zeitfenster während der Ebbe zu bewerkstelligen ist. Davon abgesehen ist der Track jedoch ziemlich einfach zu laufen. Für mich hatten die bisherigen Wanderungen in Neuseeland immer zwei reizvolle Komponenten. Zum einen natürlich das Genießen der unfassbar schönen und abwechslungsreichen Natur. Zum anderen habe ich es irgendwie mit jedem weiteren Berg immer mehr genossen, mich auszupowern. Dieses unterschwellige Verlangen wird beim »Abel Tasman Coast Track« allerdings nicht wirklich befriedigt, da der sehr gut ausgebaute Weg nur wenige hundert Höhenmeter beinhaltet. Ja, ich lauf sogar einige Kilometer barfuß. Nur gut, dass die erste Komponente ihr volles Soll erfüllt.

Die atemberaubende Schönheit des »Abel Tasman Coast Track« ist sicher nur schwer in Worte zu fassen. Seine goldenen Strände und die verschlungenen, türkisfarbenen Buchten lassen einem nicht selten den Atem stocken. Manchmal trifft man auf kleinere Wasserfälle und hin und wieder ist der Weg von riesigen Silberfarnen gesäumt, durch die die Sonne blinzelt. Diese Nationalpflanze Neuseelands erreicht eine Höhe von bis zu 10 Metern und gilt als eines der wichtigsten Symbole des Landes. Vom Weg sieht man außerdem öfters, dass auch einige mit dem Kajak die Küste entlangpaddeln. Das Wasser ist dabei so klar, dass die Kajaks in der Luft zu schweben scheinen. Sieht völlig surreal aus.

Nur eines gefällt mir bei diesem Track nicht so gut. Da man sich überall problemlos mit dem Wassertaxi absetzen lassen kann, kommen mir alle paar Stunden größere Gruppen von Tagesausflüglern entgegen. Die laufen dann zwei oder drei Stunden laut krakeelend den Weg entlang und lassen sich am nächsten Ort wieder bequem abholen. So ist es kein Wunder, dass die nicht zur Ruhe kommen. Mich nervt das. Ich mein, wenn sie selber keine Ruhe finden oder überhaupt suchen, ist das ihr Ding. Aber leider zerstört ihr schnatterndes Herdenverhalten auch meine Ruhe und ich kann in diesen Momenten nur schwer die Schönheit dieses Nationalparks genießen.

Nach etwa der halben Tagesetappe gelang ich gegen Mittag an den sichelförmigen »Anchorage Beach«. Was für ein schöner, goldfarbener Strand! Spontan reiß ich mir die Klamotten vom Leib und spring ins erfrischende Wasser. Es gibt wahrscheinlich keinen besseren Weg, sich von den bislang knapp 13 gelaufenen Kilometern zu erholen. Danach genieße ich noch für 'ne knappe Stunde diesen fast menschenleeren Strand. Kein Wunder, dass nach dieser äußerst erholsamen Pause das Weiterlaufen schwerfällt. Aber ich muss heute noch fast 12 Kilometer bis zu meiner Hütte laufen. Zum Glück lenkt dieser fantastische Weg einen immer so schön ab.

Nach etwas über 24 Kilometern erreiche ich am späten Nachmittag die »Bark Bay Hut«. In dieser spartanischen, aber gemütlichen Hütte finden bis zu 30 Wanderer Schutz vor Wind und Wetter. Nach einer dünnen Suppe und etwas Brot komme ich am Abend mit einem älteren Neuseeländer ins Gespräch. Ein toller, in sich ruhender Mann, der aufregende Geschichten erzählen kann und dennoch ein guter Zuhörer ist. Ich bin schwer beeindruckt, wie viele Tausende Tracks er auf der ganzen Welt – vor allem aber in Nepal, Europa und Afrika – schon gelaufen ist. Allein seinen Heimatberg hat er schon über 250-mal bestiegen. Nur einen Traum habe er sich noch nicht erfüllt: den berühmten »Torres del Paine«-Track im südchilenischen Patagonien. Als ich ihm sage, dass ich den schon vor ein paar Jahren gelaufen bin, kann er es kaum glauben.

Nach einer kurzen Nacht auf einer harten Holzpritsche starte ich frühmorgens mit den noch 16 zu absolvierenden Kilometern. Nach etwa sechs Kilometern treff ich auf den ersten

Priel bei der »Onetahuti Bay«. Also Schuhe aus, Hose hochgekrempelt und rein durchs kühle Nass. Der zweite Priel nach weiteren sechs Kilometern bei der »Awaroa Bay« ist etwas größer, aber immer noch problemlos zu durchqueren. So erreich ich schon am frühen Nachmittag das Örtchen Totaranui, von dem ich mit dem Wassertaxi zurück nach Marahau gebracht werde.

Der »Abel Tasman Coast Track« ist meine letzte Station auf der Südinsel. In meinem Hostel lern ich am nächsten Morgen ein richtig nettes, slowenisches Pärchen kennen, das mich das erste Stück in Richtung Picton mitnimmt. Als ich nach 'ner Stunde aussteigen muss, hält in dieser Sekunde ein Franzose, der auch nach Picton muss. So warte ich an diesem Tag nicht eine Sekunde an der Straße und kann eine Fähre früher auf die Nordinsel nach Wellington übersetzen.

# Neuseeland
# Nordinsel

Whangarei
Auck-
land
North Shore
Waitakere
Whitianga
Manukau City
Mangere
Papakura
Pukekohe East
Mt.
Maunganui
Hamilton
Cambridge
Whakatane
Rotorua
Taupo
Gisborne
New Plymouth
Tongariro
Napier
Taradale
Hastings
Wanganui
Palmerston North
Paraparaumu
Masterton
Porirua
Upper Hutt
Lower Hutt
Nelson
Wellington
Blenheim

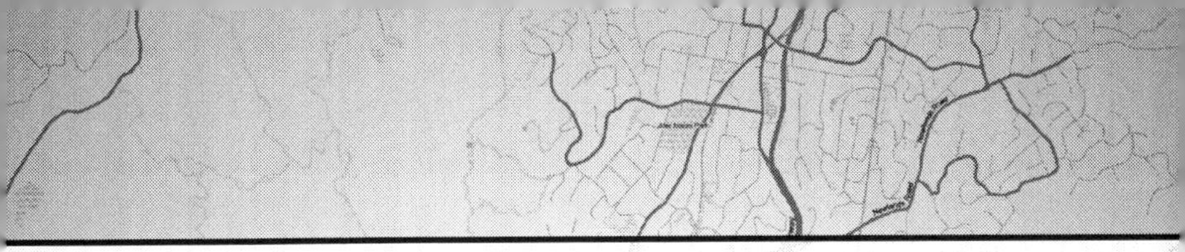

# Drei heißen Joe

Wellington, Neuseeland.

Wellington ist eine nette Stadt. Viel schöner, als ich es erwartet hatte. Eigentlich hatte ich mit einer ziemlich anonymen Stadt gerechnet, die nichts weiter als die Titel »Hauptstadt Neuseelands« und »südlichste Hauptstadt der Welt« aufzuweisen hat. Aber schon die Einfahrt in die malerische Bucht belehrt mich eines Besseren. Und auch sonst hat die Stadt einiges zu bieten. Das erfahre ich allerdings nur, weil ich entgegen meiner ursprünglichen Planung zwei Tage länger bleibe. Ich bin einfach etwas zu schnell durch die Südinsel gerast und muss mal ein paar Gänge runterschalten. Mit Urlaub oder Erholung hat das hier gerade recht wenig zu tun. Aber es besteht nun mal eine recht hohe Wahrscheinlichkeit, dass ich nie wieder nach Neuseeland komme. Und so steh ich fast jeden Tag zwischen 7 und 8 Uhr auf, bin dann den ganzen Tag auf den Beinen und schlafe nur selten mal zwei Nächte im selben Bett.

Für einige Länder war die Entscheidung für eine Hauptstadt ja nicht so leicht. Neuseeland, das aus nahezu zwei gleich großen Inseln besteht, gehört zu diesen Ländern. Auf beiden Inseln leben insgesamt nur etwas mehr als vier Millionen Einwohner. Drei Viertel von denen leben jedoch auf der Nordinsel und davon wiederum knapp die Hälfte in Auckland. So gesehen wäre Auckland mit etwa einem Drittel der

Gesamtbevölkerung die logische Hauptstadt Neuseelands. Auckland liegt nun aber ziemlich im Norden der Nordinsel und so hat die große Entfernung zur Südinsel dazu geführt, dass Wellington als größte Stadt im Süden der Nordinsel zur Hauptstadt gewählt wurde. Und das, obwohl Wellington mit nicht mal 200.000 Einwohnern sieben Mal kleiner als Auckland ist. Ich frag mich gerade, ob du das alles überhaupt wissen willst.

Na ja, in Wellington kann ich mich zumindest ein wenig erholen. Nie zuvor habe ich in einer Stadt dieser Größe mehr Cafés, Restaurants und Bars gesehen. Sie wechseln sich in den Straßen quasi ab. Die meisten haben dazu hübsche Balkone, die natürlich als Erstes besetzt werden. Am Wochenende ist es fast unmöglich, hier einen Platz zu finden. Das Nachtleben in Wellington ist legendär. Was für ein Zufall, dass gerade Wochenende ist.

Einmal steh ich in einem Supermarkt vor einem Bierregal, als mich drei Maori anquatschen. Das sind – wie gesagt – die Ureinwohner Neuseelands. Obwohl »Ur« ein bisschen übertrieben ist. Vermutlich haben die Maori auch erst seit dem 13. Jahrhundert Neuseeland besiedelt. Mit ihren »Tanzeinlagen« haben sie dann aber schon im 18. Jahrhundert dem britischen Entdecker James Cook gehörig Angst eingejagt. Obwohl die Maori so viel früher da waren, machen sie heute nur noch knapp 15 Prozent der neuseeländischen Bevölkerung aus.

Die drei Maori-Burschen vor dem Bierregal sind jedenfalls alle ungefähr zwei Meter groß, bärtig und bringen jeweils bestimmt über 120 Kilo auf die Waage. Richtige Brocken sind das. Könnten glatt Drillinge sein. Das glaub ich zumindest so lange, bis ich deren Namen erfahre: Alle drei heißen Joe. Sie wollen von mir wissen, ob ich – der »Boss«, wie sie mich immer nennen – ihnen ein paar Bier durch die Kasse schleusen kann. Sie wären erst 17 und da sei das noch nicht erlaubt. Ich würde wetten, dass schon vor fünf Jahren keiner an der Kasse nach ihren Ausweisen gefragt hat. Die sehen aus wie Mitte 30. Mindestens.

In Wellington verbringe ich ansonsten mal wieder viel Zeit mit der Suche nach einem Flug über den Pazifik. Aber so wirklich interessante Optionen scheint es nicht zu geben. Die wenigen Flüge nach Südamerika sind unverschämt teuer. Da hilft auch kein Aufsplitten über die zu Chile gehörende Osterinsel oder so. In dem Fall wird es sogar noch viel teurer. Ich checke unzählige Flugsuchmaschinen und Fluggesellschaften, aber irgendwas passt mir immer nicht. Meistens ist es der Preis. Nach etlichen Stunden finde ich dann doch noch einen genialen Flug, da die Airline »Jetstar« glücklicherweise die Preise für die Strecke von Sydney nach Hawaii runtergesetzt hat. Mit 280 Euro würde das zwar der mit Abstand teuerste Flug meiner Weltreise, aber mit zehn Stunden Flugzeit auch der längste. Außerdem könnte ich so mit Hawaii ein absolutes Traumziel in meinen Reiseplan schreiben. Ich bin mir sicher, dass ich nichts Besseres finde und füll mit zittrigen Händen das Buchungsformular auf der Homepage aus. Als ich dann endlich die Buchungsbestätigung erhalte, fällt mir ein Stein vom Herzen. Endlich hab ich einen Flug! Und sogar einen, der nach Hawaii geht! Hammer!

Mit dem lang ersehnten Flug konkretisiert sich damit auch die Planung der nächsten Wochen. So werde ich nach meinem Flug von Auckland an die Ostküste Australiens in Richtung Norden reisen, um dann von Cairns im Nordosten Australiens nach Sydney im Südwesten zu fliegen. Schnell finde ich einen passenden Flug mit der »Virgin Blue Airlines« für etwas über 70 Euro. In Sydney hab ich dann noch einige Tage Aufenthalt, bevor es dann über den großen Teich geht.

Nach zwei Tagen in Wellington ohne jegliches Sightseeing ist mein Hunger aufs Reisen wieder geweckt und ich will weiter in den Norden. In meinem Hostel erfahre ich, dass es beinahe unmöglich sein soll, aus der Stadt zu trampen. Also fahr ich mit dem Zug zur nächsten kleineren Stadt Paraparaumu (na, konntest du den Namen unfallfrei aussprechen?). Dort steh ich kaum an der Straße, als ein junger Kiwi hält. Er hat ein Jahr in der Schweiz gelebt und spricht jetzt eine Art Deutsch. Wie kann man nur in der Schweiz Deutsch lernen wollen!? Außerdem erzählt er mir stolz, dass er U21-Nationalspieler im Handball sei. Dabei ist er höchstens 1,70 m groß und hat die Beine eines Storches. Na ja, wahrscheinlich spielt hier kein Schwein Handball und man ist automatisch Nationalspieler.

Später nehmen mich zwei Maori-Mädels mit. Die beiden fahren einen dicken Schlitten und fürchten offensichtlich weder Tod noch Teufel. Sie geben richtig Gas, so dass dieser »Ride« tatsächlich zum Ritt wird. Die Musik ist laut und ich rede kein Wort mit ihnen. Aber im Moment genieße ich das sogar. Mal nicht die »Where do you come from?«-Frage. Außerdem war ich in der letzten Nacht mit einigen Backpackern auf Tour und hab nur drei Stunden gepennt. So kommt es, dass ich trotz des Affenzahns der Mädels bei dieser Tour einschlafe. Irgendwann wecken sie mich und schmeißen mich an einem Ort raus, zu dem ich eigentlich gar nicht wollte.

Zum Glück geht es aber schnell weiter. Ein Ehepaar erbarmt sich. Sie kommt gebürtig aus Schottland und er stellt mir tausend Fragen, auf die es keine pauschale Antworten gibt. So will er z. B. wissen, was ein Haus in Deutschland kostet. Oder wie viel man in Deutschland verdient. Die beiden lassen mich in einem Dorf raus, das kleiner nicht sein kann. Ich steh an der Kreuzung und zähle vielleicht eine Handvoll Häuser. Erinnert mich an die einsame Kreuzung an der Westküste der Südinsel. Nur dass es hier noch schlimmer ist. Als hätte jemand die Zeit angehalten. Ich schau mich um und seh überhaupt keine Bewegung. Wie ein Standbild in 3D. Leider bedeutet das auch, dass überhaupt keine Autos kommen. Ich bin schon dankbar, als irgendwann ein Mann in Zeitlupe über die Straße läuft. Wenn hier auch keiner die Uhren angehalten hat – langsamer laufen sie auf jeden Fall.

Nach knapp zehn Minuten kommt das erste Auto. Ich geb mein bestes Lächeln, aber der Fahrer drückt nur auf die Tube. Mist. Die nächsten drei Autos fahren immer in eine andere Richtung. Aus purer Langeweile bastel ich mir ein großes Schild aus meiner Müslipackung: »Trust me, I'm German«. Und es klappt tatsächlich. Ein Ehepaar sieht es, lacht und hält. Die beiden sind sehr nett und bringen mich direkt zu einem Hostel in Turangi. Der Mann betreibt übrigens Ahnenforschung. Erst kürzlich hat er rausgefunden, dass seine Urgroßmutter aus Deutschland kommt. Die sucht er jetzt und fragt mich, ob ich den Namen »Meyer« schon mal gehört habe...

# Mit schlotternden Knien

Tongariro Alpine Crossing, Neuseeland.

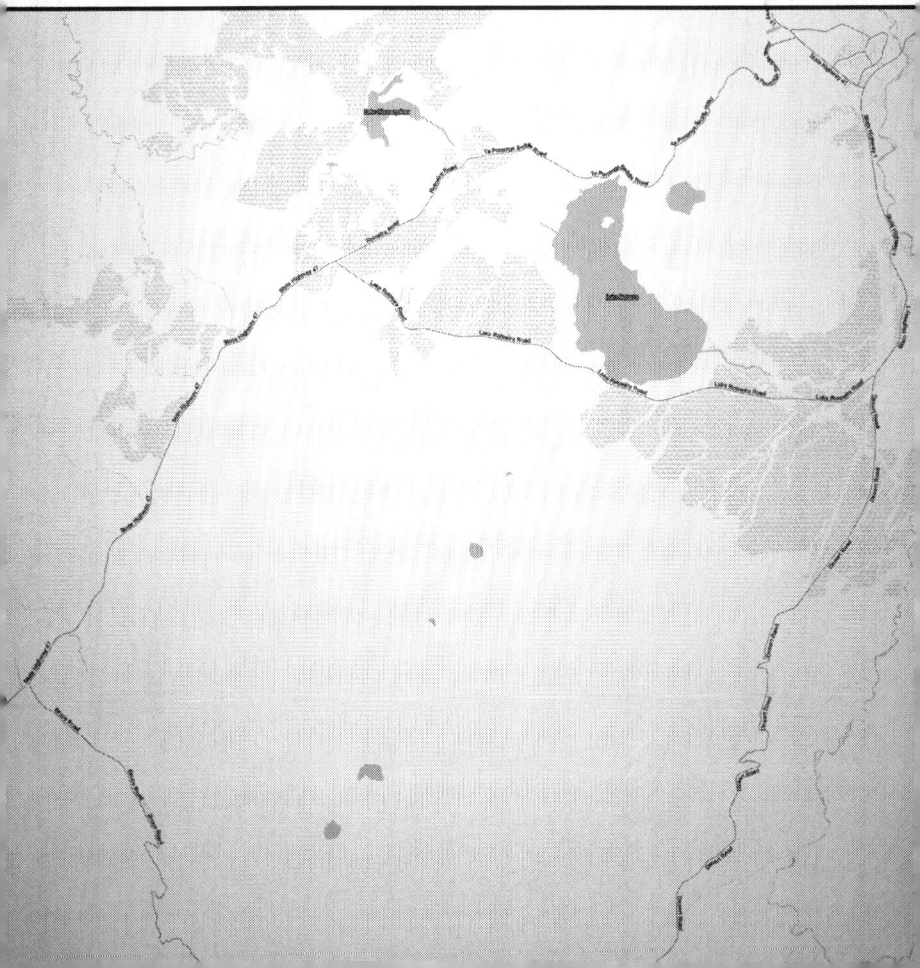

In Turangi ist nicht wirklich viel los. Die Stadt lebt eigentlich nur von der Nähe zum Tongariro-Nationalpark, der bereits im Jahr 1894 gegründet wurde und damit zu den ältesten Nationalparks der Erde gehört. Äußerst beliebt ist vor allem das Tongariro Alpine Crossing: Ein »day walk« (Tagesspaziergang klingt ja bei weitem nicht so cool) von etwa 20 Kilometern durch die Highlights des Nationalparks.

Ich will das auch machen – genau wie die anderen etwa 300 Touristen an diesem Tag. Das ist ja wieder was für mich. In meiner Fantasie seh ich mich schon als willenloses Etwas in einer nicht enden wollenden Menschenschlange, die langsam den Berg hochzieht. Aber ich kann verstehen, dass hier so viele herkommen. Ich hab im Vorfeld einige Fotos von diesem Track gesehen und die Aussichten müssen einfach umwerfend sein.

Am nächsten Morgen werde ich mit einem Shuttlebus des Hostels zum Ausgangspunkt des Tracks gebracht. Hier sind schon trotz der frühen Stunde etliche Wanderer eingetrudelt und ich scharre nervös mit den Hufen. So marschiere ich auch gleich strammen Schrittes los und freu mich, dass ich auf der ersten, noch etwas flacheren Etappe den anderen Wanderern ein wenig vorwegeilen kann. Vor mir seh ich allerdings schon diesen riesigen Vulkan in der Ferne. Da soll ich kleiner Ostfriese rauf? Ich kann kaum glauben, dass ich schon in wenigen Stunden da oben stehen soll.

Nach einer knappen Stunde geht mir trotz der nur moderaten Steigung schon ganz schön die Pumpe. Dennoch freu ich mich, da jetzt nur noch wenige Wanderer vor mir sind. Wenig später führt der Weg eine fast senkrechte Wand hoch. Zumindest sieht es von unten so aus. Dieser steile Anstieg zum Südkrater des Vulkans wird »Devil's Staircase« (Treppenhaus des Teufels) genannt und zieht sich über 340 Höhenmeter. Ich hefte mich an die Fersen eines Typen, der den Berg nur so hochspringt. Irgendwann bin ich voll platt und lass ihn ziehen. Mit schlotternden Knien sink ich auf einen Stein und bin überwältigt von dieser Aussicht. Auf etwa Wolkenhöhe kann ich unendlich weit ins Land schauen. Eine Grenze zwischen Himmel und Erde ist da gar nicht mehr zu erkennen. Welch großzügige Entschädigung für alle Anstrengungen! Da haben die Fotos wirklich nicht zu viel versprochen.

Gleichzeitig wird mir klar, wie bekloppt ich doch bin! Ist es nicht verrückt, dass ich mich wie ein Wahnsinniger in Rekordzeit den Berg hochquäle, ohne mich auch nur einmal umzudrehen!? Wie idiotisch ist es doch, sich immer nur den nächsten zu erklimmenden Felsen anzuschauen, anstatt mal inne zu halten und den Blick zu wenden. Warum nicht schon mal zwischendurch die Aussicht genießen und stolz und dankbar darauf sein, wie weit man es doch schon geschafft hat! Und wieder eine Parabel fürs Leben...

Mit diesen Gedanken und einem gemäßigten Tempo erreiche ich nur wenig später den Südkrater, von wo es noch ein Stückchen weiter hoch zum »Roten Krater« geht. Spätestens hier wird klar, dass der Vulkan noch aktiv ist, da es immer mal wieder aus der Erde dampft und erbärmlich nach Schwefel stinkt. Ein Typ sieht, wie ich mein Gesicht verzieh, als würde ich in eine Zitrone beißen und sagt: »It wasn't me!« Haha, ich lächele höflich. Ich geh weiter und bekomme gerade noch so mit, wie er denselben Witz dem Nächsten erzählt. Zehn Minuten später lauf ich dem Typen zufällig wieder über den Weg. Wieder stinkt es, wieder verziehe ich mein Gesicht und wieder höre ich von ihm: »It wasn't me!« Okay, als Ostfriese bin ich Flachwitzen generell nicht abgeneigt, aber dieses Mal gibt's kein Lächeln mehr. Wahrscheinlich erzählt er jedem hier diesen Witz und weiß gar nicht mehr, wem er ihn schon alles erzählt hat und wem nicht. Da besteht nun mal die Gefahr, dass einige zweimal herhalten müssen.

Der Gipfel des Roten Kraters liegt auf einer Höhe von knapp 2.000 Metern. Von hier aus hat man eine fantastische Aussicht auf kleine smaragdgrüne Kraterseen, die einige hundert Meter tiefer liegen. Unglaublich, wie die in der Sonne funkeln. Allerdings scheint das strahlende Bilderbuchwetter so langsam umzuschlagen. Eine große Wolkenfront kriecht unaufhaltsam in Richtung Vulkan. Zehn Minuten später ist bereits der Gipfel in Wolken gefangen. Wie gut, dass ich am Anfang einen Schritt schneller gelaufen bin.

Vom Gipfel des Roten Kraters geht's fast nur noch bergab. Durch das lose Geröll rutscht man bei jedem Schritt einen Meter tiefer. So spart man zwar eine Menge Schritte, aber anstrengend ist es trotzdem. Auch weil die Sonne später wieder mit voller Kraft scheint. Nach einigen Stunden geht's dann zurück in den Wald. Das war's dann mit der schönen Aussicht, aber dafür ist es schön schattig und erfrischend. In den letzten zwei Stunden besteht der Tongariro Alpine Track eigentlich nur noch aus Treppenstufen. Da fliegen einem irgendwann die Knie förmlich auseinander. Nicht gerade ein Vergnügen für kaputte Fußballerbeine; schon gar nicht nach 18 Kilometern und mehr als tausend erklommenen Höhenmetern.

Insgesamt ist das Tongariro Alpine Crossing ein wahrlich wunderbarer Track. Zum Glück hatte ich bis zum Gipfel wirklich schönes Wetter. Marc, ein junger Deutscher, den ich in den letzten Wochen immer mal wieder beim Trampen getroffen hab, ist diesen Track nur einen Tag später gelaufen und hat rein gar nichts gesehen, da alles in schwere Wolken gehüllt war. Das muss dann echt ätzend sein. Die Erwartungen sind groß und können bei schlechtem Wetter einfach nicht erfüllt werden. Man zahlt für alles, man quält sich hoch und wieder runter und hat nicht viel davon. Und letztlich ist es bei solchen Witterungsbedingungen auch nicht ganz ungefährlich.

Am nächsten Morgen lern ich beim Frühstück in meinem Hostel Ryan kennen. Der ist so nett und nimmt mich die etwa 50 Kilometer nach Taupo mit. Ryan kommt aus Anchorage in Alaska und entspricht so gar nicht dem Stereotypen eines US-Amerikaners. Er ist weltoffen, verständnisvoll und kann zuhören. Sollte ich etwa mit meinen Vorurteilen gegenüber Amerikanern brechen!? »Warte lieber noch«, warnt mich Ryan und schmunzelt.

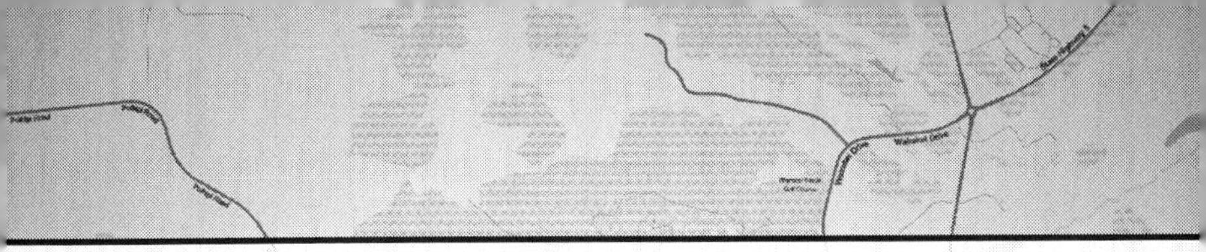

# Neben dem Tod

## Taupo, Neuseeland.

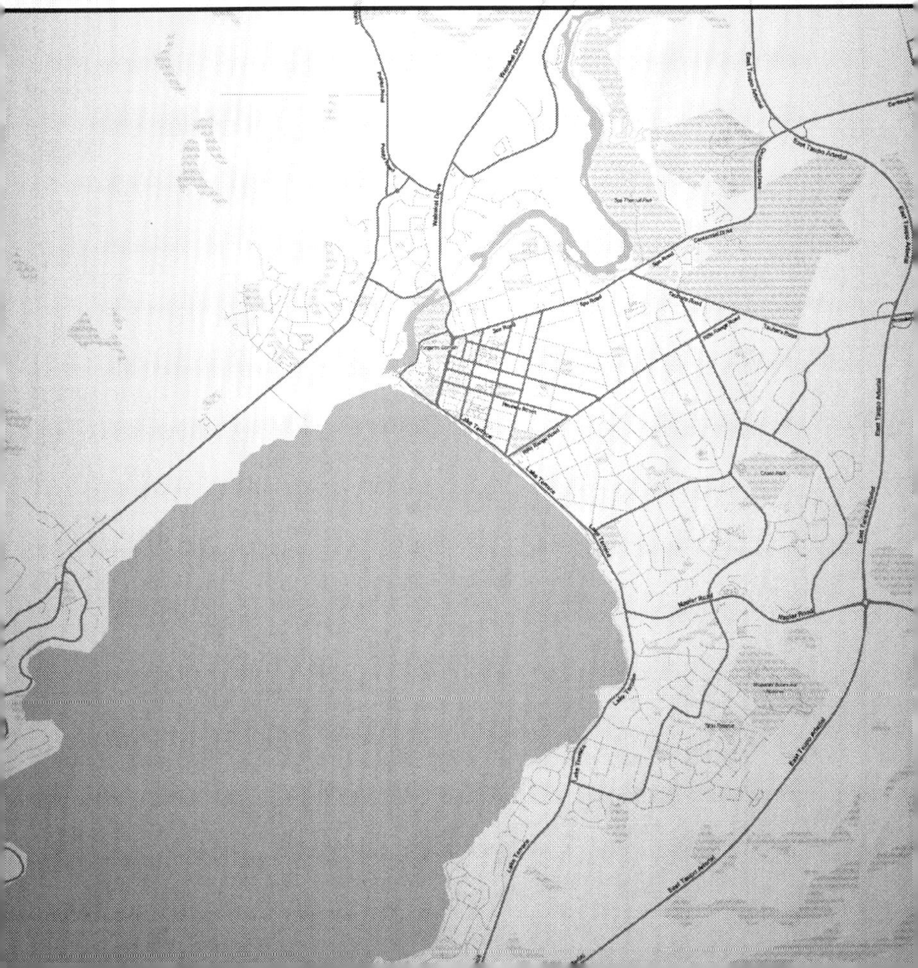

In Taupo will ich nun doch einen Skydive machen. Das hatte ich schon in Queenstown überlegt, mich damals aber noch nicht so recht getraut. Außerdem soll es hier in Taupo so günstig sein wie nirgendwo auf der Welt. Und irgendwie finde ich einen Skydive längst nicht so schlimm wie einen Bungeejump. Beim Skydive bin ich so weit oben, dass ich den Boden gar nicht mehr sehe. Der Sprung soll aus 12.000 Fuß (also etwa 3.650 Metern) erfolgen und man soll bei dem 60-sekündigen freien Fall eine Geschwindigkeit von etwa 200 km/h erreichen. Wahnsinn! Bei dem Gedanken wird mir schon ein bisschen mulmig. Aber ich hab ja noch jemanden direkt hinter mir. Erst zum Aus-dem-Flieger-schubsen und dann zum Händchenhalten.

Am späten Nachmittag werde ich von meinem Hostel abgeholt. Schon während des kurzen Transfers erklärt man mir kurz meine Rechte und was neben dem Tod noch alles passieren kann. Mein Puls geht hoch und mein Herz in die entgegengesetzte Richtung, wenn du verstehst, was ich meine. Wir kommen beim Flughafen an und ich seh den kleinen gelben Flieger. Oh Mann, jetzt gibt's kein Zurück mehr! Doch dann, als ich gerade auf der Waage stehe, werden urplötzlich sämtliche Sprünge des Tages gecancelt. Offenbar sind die Wolken auf einmal zugezogen. Ich weiß nicht, ob ich mich freuen oder ärgern soll. Jetzt soll der Sprung am nächsten Morgen stattfinden.

Zurück im Hostel findet sich in meinem Zimmer eine bunte Truppe zusammen: ein Brasilianer, eine Norwegerin, ein Engländer, ein Argentinier, ein Belgier und ich. Dabei ist wirklich erstaunlich, dass in diesem Zimmer bis auf den Engländer jeder auf eigene Faust eine Weltreise macht. Und bis auf den Engländer sind alle schon ganz gut in der Welt rumgekommen und sprechen mindestens drei Sprachen recht flüssig. Außerdem sind alle ziemlich fußballverrückt. Sogar der Engländer.

So redet jeder mit jedem über irgendwelche fernen Länder. Die Sprachen springen nur so durch den Raum. Und auch wenn vielleicht am meisten Englisch gesprochen wird, so kann der Engländer als einziger Muttersprachler am wenigsten mitreden. Meistens lächelt er einfach nur über diese turbulente Runde. Das schlechteste Englisch spricht mit Abstand der Brasilianer, er ist übrigens in seiner Heimat Englischlehrer.

Ach, es ist einfach nur herrlich, mit diesen spannenden Menschen zu plaudern. Ich liebe diese zufälligen Begegnungen, die es nach meinem Gefühl früher so viel häufiger in den Hostels gab. Heutzutage scheint sich ein Großteil der Reisenden mit Handy, Tablet oder Laptop ganz gut allein beschäftigen zu können. Und so werden unzählige Chancen auf interessante Gespräche verschenkt.

Na ja, in diesem Zimmer ist es jedenfalls anders und wir reden und reden. Bis tief in die Nacht tauschen wir uns über aufregende Reiseziele aus und diskutieren über »Vor- und Nachteile« verschiedener Länder. Außerdem können wir uns letztlich dann doch noch auf die Austragungsorte der Fußballweltmeisterschaften der nächsten 20 Jahre einigen.

Am nächsten Morgen treff ich beim Frühstück auf den Engländer aus meinem Zimmer. Er erzählt mir, wie sehr er den letzten Abend genossen habe. Er sei allerdings auch stark ins Nachdenken gekommen und habe letztlich dann kurz vor dem Einschlafen beschlossen, in Zukunft viel mehr zu reisen und mindestens eine Fremdsprache zu lernen.

Kurz nach dem Frühstück erfahre ich, dass mein Skydive immer noch nicht stattfinden kann. Vielleicht soll es am Nachmittag oder aber am nächsten Morgen klappen. 'Ne Garantie kann mir aber natürlich keiner geben. Mann! Ich will nicht meine letzte Neuseeland-Woche auf einen Skydive warten. Also lass ich das Springen ausfallen und leih mir stattdessen ein Mountainbike aus. Mit dem rase wie ein Irrer durch die Gegend. Die meiste Zeit folge ich dem durch Taupo fließenden Waikato River, dem längsten Fluss Neuseelands. In einer Flussschleife stürzen sich schon wieder einige Bungeejumper eine Klippe herunter. Und nur wenig später schießt ein Jetboat mit wahnsinniger Geschwindigkeit an mir vorbei. Zum Glück bin ich nicht so verrückt!

Nach einigen Kilometern komme ich bei den »Huka Falls« an. Diese Wasserfälle sind zwar nicht besonders hoch, aber da der zunächst 100 Meter breite Fluss sich durch eine enge Schlucht von etwa 20 Metern zwängen muss, schießen die Wassermassen mit einem gewaltigen Druck über die letzte, elf Meter hohe Stufe. Bis zu 220.000 Liter Wasser pro Sekunde sorgen für ein donnerndes Spektakel.

Ich muss das Mountainbike bis 20 Uhr wieder abgeben und drück deswegen mächtig auf die Tube. Es gibt nicht viele Sportarten, bei denen man sich so verausgaben kann wie beim Mountainbike fahren. Vor allem, wenn man das als Ostfriese ja so gar nicht kennt. Zwei Minuten vor Toreschluss komm ich an. Ich bin richtig platt und schlaf in der Nacht wie ein sattes Baby.

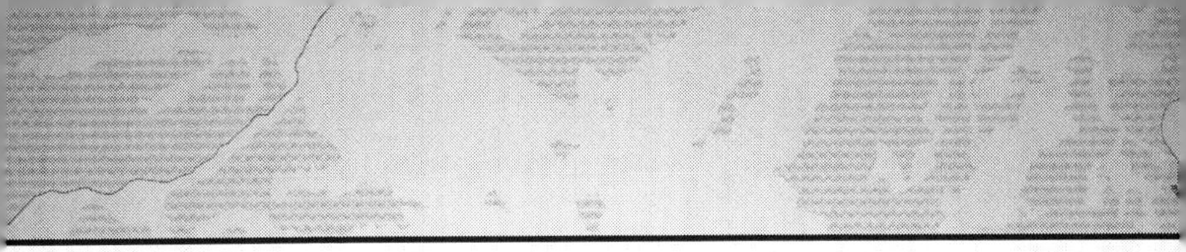

# Ein Schildchen: »Anywhere«

Rotorua, Neuseeland.

Von Taupo will ich weiter nach Rotorua trampen. Kurz vorm Auschecken lern ich eine Deutsche kennen, die Gleiches vorhat und so wollen wir es zusammen versuchen. Wir stehen etwa zehn Minuten draußen, als auf einmal ein großer Jeep mitten auf der Straße 'ne gepflegte Vollbremsung hinlegt. Also nicht auf dem Grünstreifen, sondern mitten auf dem vielbefahrenen Highway No. 1. Zwei junge Mädels sitzen drin und scheinen ziemlich aufgeregt. Kein Wunder, wäre ich auch bei der Aktion. Aber anstatt einfach an die Seite zu fahren, wedeln sie nur kräftig mit den Armen. Wir wedeln nicht minder aktiv zurück und versuchen ihnen so zu signalisieren, dass sie doch auf den Grünstreifen fahren sollen. Und – oh Wunder – nach weiteren langen 30 Sekunden schaffen sie es tatsächlich. Nur gut, dass die von hinten heranrauschenden Autos rechtzeitig abbremsen können.

Es stellt sich heraus, dass die beiden Mädels gerade aus Kanada angereist sind und unbedingt mal einen Tramper mitnehmen wollen. Und wir sind nun mal die ersten, die ihnen über den Weg gelaufen sind. Da kann man natürlich schon mal 'ne Massenkarambolage riskieren. In ihrem Auto ist ein unglaubliches Chaos. Stolz verkünden die Mädels, sie hätten die ganze Nacht im Auto gesoffen. Leider fahren sie so auch und ich bin froh, als wir nach etwa einer Stunde heil in Rotorua ankommen.

Rotorua ist buchstäblich ein heißes Pflaster. Und es stinkt gewaltig. Durch die hohe thermale Aktivität dampft und brodelt es hier in der Gegend wie nirgendwo sonst in Neuseeland. So werden sogar die meisten Häuser in Rotorua durch Erdwärme beheizt. In Whakarewarewa (kein Scherz!) schau ich mir ein paar Geysire und blubbernde Schlammpfützen an. Die Geysire schießen von Zeit zu Zeit Wasser in eine Höhe von bis zu 30 Metern. Echt sehr beeindruckend! Die Schlammlöcher sind dagegen etwas weniger spektakulär und blubbern nur so vor sich hin. Mir erzählt ein Aufpasser, dass nur zwei Menschen auf den absurden Gedanken gekommen sind, in diesem kochend heißen Schlamm baden zu gehen. Beide waren Amis.

Etwas später gibt's 'ne kostenlose Vorstellung einer Maori-Gruppe. In ihrer traditionellen Kleidung zeigen sie einige der rituellen Tänze, allen voran den berühmten Haka mit den dazu gehörenden furchterregenden Fratzen. Herrlich! Dieser Tanz hat eine gewisse Bekanntheit durch die »All Blacks« erlangt, dem heißgeliebten Rugby-Nationalteam.

Hier in Rotorua und der näheren Umgebung gibt's zwar noch einiges zu sehen, aber da das Wetter gerade nicht grandios ist, will ich nicht bleiben und weitertrampen. Irgendwie hab ich nur absolut keinen Plan, wohin ich als Nächstes reisen soll. Ich hab nur noch so wenige Tage in Neuseeland und es gibt noch so viel zu sehen. Viel zu viel. Ich kann mich beim besten Willen nicht entscheiden und entscheide deshalb nur, dass ich mich nicht entscheiden werde, sondern meine nächsten Reiseziele dem Zufall überlasse. Mal schauen, wohin der Wind mich trägt. So steh ich an der Straße und male mir ein Schildchen mit der Aufschrift: »Anywhere«. Und das gefällt mir gut. Endlich mal nichts reservieren. Es ist 18 Uhr abends und ich weiß noch nicht, in welchem Ort ich diese Nacht verbringen werde. Schließlich lande ich wenig später in einem Ort namens Mount Maunganui an der wunderschönen Bay of Plenty.

Mount Maunganui ist ein Vorort von Tauranga und liegt auf einer langgezogenen, nur wenige hundert Meter breiten Landzunge. Am Ende dieser Landzunge reicht ein steiler Berg stolz in die Höhe. Ansonsten ist hier alles ziemlich flach. Sieht ziemlich sonderbar aus. Die Aussicht von diesem erloschenen Vulkan ist einfach nur traumhaft. Da hat die Natur mal wieder so ganz aus Versehen ein Meisterwerk geschaffen. Diese Region soll übrigens die meisten Sonnenstunden Neuseelands haben, weswegen hier auch der Großteil der Kiwifrüchte angebaut wird.

Die Kiwifrucht ist ja eine neuseeländische Berühmtheit und kommt, wenn man den kleinen Schildern auf den Kiwis in Deutschlands Supermärkten glauben darf, fast ausschließlich aus Neuseeland. Komischerweise seh ich hier in den Supermärkten so gut wie nie Kiwis. Und wenn ich sie seh, sind sie teurer als in Deutschland. Ich nehm sie genauer unter die Lupe und stelle verwundert fest, dass die Kiwis tatsächlich aus Italien kommen. In Neuseeland ist nämlich gerade keine Kiwi-Saison und so müssen sie teuer importiert werden.

Wenn in Deutschland die Spargelernte ansteht, dann helfen viele Polen bei der Spargelernte. Bei den Ernten der Amis helfen dagegen unzählige Mexikaner. Die Polen und Mexikaner sind nun mal günstiger als die Einheimischen. Wenn in Neuseeland die Kiwis geerntet werden müssen, wird man ebenfalls nur wenige Einheimische beim Pflücken sehen. Aber im Gegensatz zu Deutschland oder den USA machen diese Arbeit keine Ausländer aus wirtschaftlich schwächeren Ländern, sondern hauptsächlich junge Backpacker aus den reichsten Ländern dieser Welt – wie z. B. Deutschland. Diese sogenannten »fruitpicker« arbeiten den ganzen Tag für Kost und Logis plus eventuell einem äußerst mageren Taschengeld. Die Neuseeländer haben es irgendwie geschafft, ein cooles Image für diese wenig attraktive Arbeit zu erzeugen. Vielleicht sollten wir Deutsche auch mal versuchen, unsere Spargelernte z. B. bei den Japanern als hippen Event zu vermarkten.

Aber nicht nur die Frucht und die Neuseeländer selbst werden Kiwi genannt. Auch der Nationalvogel Neuseelands trägt den gleichen Namen. Ich hab diesen flugunfähigen Vogel allerdings nie in freier Wildbahn gesehen. Das ist aber auch nicht verwunderlich, da der Kiwi vom Aussterben bedroht und zudem nachtaktiv ist. Allerdings soll es um seine Zukunft nun auch nicht so schlecht stehen, da er als Nationalvogel unter dem besonderen Schutz der Regierung steht. Dagegen werden andere Vögel, die noch viel stärker vom Aussterben bedroht sind, so gut wie gar nicht geschützt.

Einmal dachte ich, dass ich einen Kiwi seh, aber nee, ein Kiwi (Neuseeländer) klärt mich auf, dass es kein Kiwi, sondern ein Weka, eine Art Huhn ist. Hat aber wirklich eine gewisse Ähnlichkeit. Ein anderes Mal schreit in der Nacht ein Mädchen ganz aufgeregt: »Ein Kiwi! Ein Kiwi! Ich seh einen Kiwi!!« Ich geh hin und was seh ich? Einen Igel...

Ein Tier, das in absehbarer Zeit sicherlich nicht vom Aussterben bedroht ist, ist das Schaf. Neuseeland ist ja berühmt für seine Schafe und angeblich leben hier 10-mal mehr Schafe als Menschen. Das wundert mich, denn nach einigen Tausend Kilometern in Neuseeland hab ich nur wenige größere Schafherden gesehen. Da scheinen die ostfriesischen Deiche deutlich dichter besiedelt zu sein. In diesem Zusammenhang komm ich nicht drumrum, auf unser »Ostfriesisches Milchschaf« zu verweisen. Denn dieses zeichnet sich durch die sogenannten »3 F« aus: Frohwüchsigkeit, Frühreife, Fruchtbarkeit. Wenn das mal nichts ist. Eine besondere Erwähnung verdient meiner Meinung nach aber ein äußerlich charakteristisches Merkmal. Denn laut einer detaillierten Rassebeschreibung lässt sich das Ostfriesische Milchschaf nämlich leicht am dünnen, langen und unbewollten Schwanz erkennen. So viel dazu...

Noch häufiger als das Schaf in Neuseeland ist das Possum (auch Fuchskusu). Dieses Beuteltier ist nicht zu verwechseln mit dem in Amerika lebenden Opossum (auch Beutelratte). Das Possum ist ursprünglich kein einheimisches Tier, sondern wurde irgendwann im 19. Jahrhundert aus Australien mitgebracht, um den Fellhandel in Neuseeland anzukurbeln. Ohne jegliche natürliche Feinde gefiel es diesem kleinen Nager jedoch so gut, dass es sich wie die Karnickel vermehrte. In einigen Quellen ist die Rede von über 70 Millionen Exemplaren, die sich somit zur größten Plage Neuseelands entwickelt haben.

In Australien steht dagegen das Possum komischerweise sogar unter Naturschutz. Darüber können die Kiwis nur müde lächeln. Sie wollen alles andere als dieses Tier schützen, und nicht nur einmal hör ich: »The only good possum is a dead one!« So werden sie auf den neuseeländischen Straßen regelrecht gejagt und es ist kein Wunder, dass die große Mehrzahl von denen, die ich zu Gesicht bekomme, ziemlich platt am Straßenrand liegt. Manchmal seh ich sogar welche, die über irgendwelche Straßenschilder gehängt wurden. Ja, es geht sogar so weit, dass einige Kneipen für jedes angeschleppte Possum ein Freibier ausloben.

# Flitzen wie Schwerverbrecher

Coromandel-Halbinsel, Neuseeland.

Von Mount Maunganui tramp ich mit dem »Anywhere«-Schildchen weiter in den Norden und lande auf der Coromandel-Halbinsel. Hier haben viele Neuseeländer aus dem nur 60 km Luftlinie entfernten Auckland ihr Wochenenddomizil. Da sind einige richtige Prachtvillen darunter. Und das ist auch nicht wirklich überraschend, denn im Vergleich zur Millionenstadt Auckland scheint es hier ziemlich entspannt zuzugehen. Und das wundert mich nicht, da auf der gesamten Coromandel-Halbinsel lediglich fünf Orte mehr als tausend Einwohner haben. Dazu ist das Wetter um Längen besser und die Strände sind ein Traum.

Mich nimmt ein netter Kiwi mit, der noch schnell irgendwelche Säcke bei seiner Schwester vorbeibringen möchte. Als wir bei ihr ankommen, ist sie nicht da, und so tragen wir die Säcke kurzerhand in die Villa. Plötzlich schrillt die Alarmanlage wie verrückt los. Es ist so laut, dass man es im Haus kaum aushalten kann und wir flitzen wie Schwerverbrecher aus dem Haus. Sieht bestimmt lustig aus. Draußen werden wir schon von der halben Nachbarschaft erwartet und ich bin froh, dass der Bruder die Situation schnell aufklären kann.

Irgendwann kommen wir in Tairua an. Da treff ich am Abend auf eine ältere deutsche Frau. Sie ist frisch pensioniert, nachdem sie ein Leben lang mehr oder weniger ungewollt als Lehrerin gearbeitet hat. Sollte ich etwa meine Berufswahl noch mal überdenken? Sie geht nicht ins Detail, aber so schlimm sei es dann letztlich doch nicht gewesen. Aber jetzt wolle sie nur noch reisen. Neuseeland gefalle ihr allerdings nicht so gut, da hier ja so viele alte Leute Urlaub machen würden. Ich entgegne ihr vorsichtig, dass sie ja auch nicht mehr die Jüngste sei. Davon will sie aber rein gar nichts wissen.

Am nächsten Tag tramp ich weiter die Halbinsel hoch und lande in Whitianga. Direkt vor meinem Hostel treff ich auf ein paar deutsche und holländische Mädels, die gerade zur »Cathedral Cove« und zum »Hot Water Beach« fahren wollen. Das klingt interessant und ich frage nach, ob sie was dagegen hätten, wenn ich mitfahren würde. Nö!? Und schon sitz ich hinten drin.

Nach einer kurzen Fahrt und einem etwa 45-minütigen Fußweg erreichen wir die imposante »Cathedral Cove«. Das ist ein vom Meer in den weißen Felsen gefressener Tunnel, der inzwischen so groß ist, dass man bei Ebbe locker mit einem riesigen LKW zu einer weiteren wunderschönen Bucht gelangen könnte. Diese weiße Kathedrale mit goldenem Sandboden sieht schon alleine ziemlich cool aus. Wenn man sich aber so stellt, dass im Hintergrund auch noch der steil aufragende Felsen im glasklaren Wasser auftaucht, kann keiner seine Kamera ruhig halten.

Der nahegelegene »Hot Water Beach« beeindruckt mich allerdings noch mehr. Und das, obwohl man eigentlich auf den ersten Blick gar nichts sehen kann. Ich mein, bis auf einige Dutzend Touristen, die an einem kurzen Strandabschnitt von einem Bein aufs andere springen. Ich hab's auch nicht geglaubt, aber das Wasser, das hier aus dem Strand sprudelt, ist kochend heiß. Einfach unglaublich!

Auch dieses Naturschauspiel ist nur während der Ebbe für etwa zwei Stunden zugänglich. In dieser Zeit buddeln sich viele mit Schaufeln oder bloßen Händen ein großes Loch in den Sand und erfreuen sich am eigenen Whirlpool. Ich probiere es natürlich auch, aber so ganz leicht ist die Wahl des richtigen Ortes nicht – entweder ist das Wasser zu heiß oder eben zu kalt. Ein Typ, den ich beobachte, ist ebenfalls auf der Suche nach der perfekten Badewanne. Er schaufelt wie ein Besessener, versucht es hier und da und immer stimmt etwas nicht. So wird er auf der Suche nach Erholung immer hektischer und erreicht nur das Gegenteil. Und selbst mit der optimalen Wassertemperatur würde er keine absolute Entspannung finden. Dafür rennen hier einfach zu viele Leute rum.

Am Abend kehren wir nach Whitianga zurück und es gibt Ärger. Ich dachte, dass die Mädels mich für lau mitnehmen und die dachten, dass ich mich am Benzin beteilige. Davon hatten sie aber nichts gesagt. Ich hatte ihnen dagegen gesagt, dass ich immer nur trampe. Und das ist ja nun mal umsonst. Na ja, ein bisschen verstehen kann ich die Mädels schon. Die wollen Gleichberechtigung. Vor allem, wenn es um die Kohle geht. Letztlich einigen wir uns darauf, dass ich den halben Preis der Mädels bezahle. Wenn's denn sein muss...

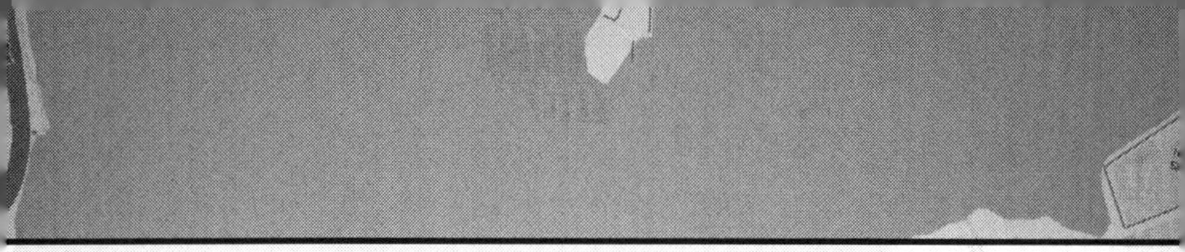

# Klappstuhl, Nachttischlampe, Stereoanlage

## Auckland, Neuseeland.

Auckland scheint fest in asiatischer Hand. Auf den Straßen der größten neuseeländischen Stadt tummeln sich jedenfalls mehr Chinesen, Inder und Japaner als Kiwis. Die Chinesen und Inder leben hier, die Japaner sind meist nur zu Besuch. So sind z. B. im Zehn-Bett-Zimmer meines Hostels neun Japaner untergebracht. Da bin ich als einziger Deutscher ganz schön in der Minderheit. Und irgendwie werde ich mit den Jungs nicht so richtig warm. Keine Ahnung, warum. Okay, wenn ich mit acht weiteren Deutschen auf dem Zimmer wäre, würde ich wahrscheinlich auch erst mit denen quatschen. Und es ist nun mal ein völlig anderer Kulturkreis. Außerdem verziehen die Burschen keine Miene und so weiß ich nie so genau, woran ich bin. In meinen Augen haben die sie nicht alle. So höflich kann man doch gar nicht sein! Wenn ich in meinem Zimmer was fallen lass, zack!, schon ist ein Japaner zur Stelle, hebt es auf und sagt »Sorry«. Okay, ist ja schon gut. Einmal drängel ich mich ein wenig flegelig in der Stadt durch eine im Weg stehende Gruppe Japaner und stoß dabei drei Japaner an. Dreimal hör ich »Sorry«. Nicht von mir, nein, von denen!

Die japanischen Jungs in meinem Zimmer schlafen und essen zu den unmöglichsten Zeiten. Einige verbringen den ganzen Tag im Bett und werden erst in der Nacht aktiv. Keine

Ahnung, wo die sich dann rumtreiben. Ausgerüstet sind sie aber wie ganz Große: Klappstuhl, Nachttischlampe, Stereoanlage und noch viel mehr. Die haben sogar einen 5er Stecker mit, um den ganzen technischen Schnickschnack zu versorgen.

Früher konnte ich die Japaner kaum von den Chinesen unterscheiden. Weder äußerlich noch vom Verhalten. In den letzten Jahren hab ich auf vielen Reisen etliche Japaner und Chinesen kennengelernt und so hat sich mit der Zeit meine Trefferquote deutlich verbessert. Hier also nun exklusiv meine pauschalisierten Vorurteile: Rein äußerlich haben die Chinesen generell eine rundere Gesichtsform mit einer flachen Nase. Dagegen ähnelt das Gesicht der Japaner eher den unseren. Also wenn man von den häufigen Schlupflidern absieht. Außerdem pflegen die Japaner häufig einen westlichen, individuellen Kleidungsstil. Und sie tragen 'ne Kamera um den Hals. Letztlich wirken auf mich Japaner im Gegensatz zu den Chinesen häufig reserviert, ja fast schüchtern. Die Chinesen sind da meiner Erfahrung nach deutlich lauter, ruppiger und direkter. Vor allem, wenn sie in großen Gruppen unterwegs sind.

Ohne eine entsprechende Erfahrung fällt eine korrekte Einordnung einfach schwer. So ähnlich verhält es sich ja auch bei den Afrikanern. Die meisten Deutschen können nur schwer einen Kenianer von einem Äthiopier unterscheiden. Für den Kenianer oder Äthiopier selbst ist das natürlich sonnenklar. Aber wenn sie selbst einen Ostfriesen von einem Portugiesen abgrenzen müssen, kommen sie ins große Grübeln. Wie will man die unterscheiden, wo doch beide weiß sind!?

In Auckland fress ich nicht wirklich viel aus. Das Wetter ist nicht überragend und ein paar Mal regnet es sogar. Außerdem hab ich gerade absolut keinen Bock auf klassisches Sightseeing. So latsch ich meistens ein wenig planlos durch die Straßen. Irgendwann lande ich beim riesigen Yachthafen und bestaune die unzähligen Segelboote. So wundert mich nicht mehr, dass Auckland auch als »City of Sails« bezeichnet wird. Später kauf ich mir 'ne neue Hose. Ich lass sie direkt an und biete die alte Buxe einem Obdachlosen vor dem Laden an. Der schaut kurz, lehnt dann aber lächelnd ab. War wohl echt Zeit für eine neue Hose.

Mein Hostel ist nur hundert Meter vom Skytower, dem Wahrzeichen Aucklands, entfernt. Ich kann ihn sogar sehen, wenn ich in meinem Bett liege. Hin und wieder stürzen sich einige Wagemutige aus 192 Metern in die Tiefe. Kopfüber und nur von einem Stahlseil gehalten. Ein anderes Mal seh ich aus meinem Fenster, dass draußen eine ziemliche Aufruhr ist. Ich geh raus und stelle erstaunt fest, dass es nur ein paar Meter weiter brennt. Es sind aber schon fünf Feuerwehrwagen da. Und natürlich Japaner, die sich vor dem Feuer fotografieren lassen müssen...

Am Abend geh ich ins Casino. Das ist gleich beim Skytower mit drin. Vielleicht gewinn ich ja unverschämt viel Geld und kann diese Reise noch etwas verlängern. Minutenlang schlender ich um die verschiedenen Tische und suche »meinen« Jackpot-Tisch. Irgendwann hab ich dann dieses Gefühl. Dieses einzigartige Gefühl, wenn du spürst, dass sich dein Leben in wenigen Augenblicken komplett verändern wird. Ich setze mich und zwei Dollar in einer der Situation angemessenen Bewegung auf »Rot«. Das Rad dreht sich und dreht sich und während ich rechne, wie oft ich diesen genialen Move wiederholen muss, um bis an mein Lebensende reisen zu können, landet das Kügelchen auf »Schwarz«. Einfach so. Als wenn es gar nicht wüsste, um was es hier geht. Scheiße, ist das deprimierend.

Ich wechsele zurück in die passive Rolle und schaue beim Black Jack zu. Und ohne Scheiß – da seh ich nicht nur einmal, dass einige Chinesen bei 20 noch eine Karte ziehen. Ehrlich! Später geht's dann zum großen Pokertisch. Dort lern ich Jeff, den Chefaufpasser vom Pokerbereich, kennen. Der ist ganz gut drauf und ich quatsche lange mit ihm. Nebenbei versorgt er mich mit Mineralwasser und Bonbons. Er erzählt mir einige verrückte Pokergeschichten von noch verrückteren Pokerspielern. Letzte Woche sei zum Beispiel ein extrem reicher Schnösel mit sechs Millionen Neuseeland-Dollar (umgerechnet etwa drei Millionen Euro) in den Laden spaziert. In kürzester Zeit habe er alles bis auf 15.000 Dollar verloren. Dann kam aber die Wende und mit einer unglaublichen Glückssträhne habe er knapp elf Millionen Dollar gewonnen. Richtig gefreut habe er sich aber nicht. Ein paar verrückte Gestalten sitzen auch hier an den Tischen. Jeff meint, die Chinesen wären die besten Spieler. Die würden keine Miene verziehen. »Ja, ja, das kenn ich«, sag ich...

An meinem letzten Tag in Neuseeland lass ich es mir gut gehen. Erst fahr ich bei einer kostenlosen Stadtrundfahrt mit, bei der es unter anderem in den Stadtteil Davenport geht. Von hier hat man eine herrliche Aussicht auf die Skyline Aucklands. In Davenport setz ich mich in ein schnuckeliges Café und genieße Kaffee und Kuchen. Ich glaub, das ist das erste Mal nach Indien. Abends geh ich dann ins Kino. Mit drei anderen sitz ich in dem riesigen Saal. So kann ich mich schön auf vier Sitze verteilen. An dem Tag fehlt eigentlich nur, dass ich mal gescheit in einem Restaurant esse. Aber allein ist das irgendwie komisch, und so geh ich nicht ein einziges Mal in Neuseeland ins Restaurant.

Tja, Neuseeland ist schon ein unglaublich schönes Land. Ich kenne kein Land, das so viele verschiedene Naturattraktionen auf einer so kleinen Fläche vereint: schneebedeckte Berge, endlos lange Strände, Vulkane, Gletscher, Regenwald, Geysire. Die Landschaft dazwischen verschlägt einem einfach die Sprache. Dazu scheinen die Neuseeländer ein ausgesprochen freundliches und liberales Volk zu sein. Zum Beispiel wurde hier das Frauenwahlrecht bereits 1893 eingeführt, also knapp hundert Jahre vor den bereits erwähnten schweizerischen Kantonen. Und auch das Zusammenleben der zugewanderten Neuseeländer mit den Maori scheint deutlich entspannter zu laufen als das der Australier mit den Aborigines. Dazu belegt Neuseeland schon seit Jahren einen Spitzenplatz bei den Ländern mit der geringsten Korruption. So ist es kein Wunder, dass Neuseeland zu den beliebtesten Einwanderungsländern gehört.

In den vier neuseeländischen Wochen habe ich wahnsinnig viel erlebt und in mehr als zwanzig verschiedenen Betten geschlafen. Im Rückblick betrachtet war das vielleicht auch manchmal etwas zu viel. Aber so unterwegs ist man ja immer in der Zwickmühle: Nimmt man sich Zeit, kann man alles viel genauer beobachten, viel mehr genießen. Dafür sieht man aber weniger. Rast man dagegen durch die Länder, sieht man zwar mehr, aber vielleicht nicht so intensiv. Vielleicht, weil man da schon immer an die nächste Attraktion im straffen Zeitplan denkt und keine Zeit zum Verarbeiten des Erlebten bleibt. Ein ausgewogenes Maß zu finden, ist wirklich schwer. Oft spukt im Hinterkopf nun mal der Gedanke, dass man vielleicht niemals wieder an diesen Ort zurückkehren wird.

Wie in jedem Land gibt's natürlich auch ein paar Dinge, die mir weniger gut gefallen haben. Wobei ich zugeben muss, dass die sich in Neuseeland wirklich sehr zurückhalten. Und wahrscheinlich ist das, was ich zum Beispiel als einen Nachteil ansehe, für die meisten sogar ein Vorteil. Denn eigentlich sollte man sich glücklich schätzen, wenn der Tourismus hier perfekt vorbereitet ist. Die landschaftlichen Highlights sind außergewöhnlich gut erschlossen, was aber gleichzeitig bedeutet, dass nahezu jeder Weg betoniert oder mit Brettern geebnet ist. Alles rollstuhlgerecht. In der Regel darf man diese Wege nicht verlassen und so bleibt wenig Raum für eigene Entscheidungen. Von Abenteuer ganz zu schweigen.

Zu Beginn meiner Zeit in Neuseeland war ich mir ja nicht sicher, ob ich das Land als Tramper bereisen soll. Im Nachhinein war das vielleicht die beste Entscheidung. Denn so konnte ich ein wenig dem Mainstream entfliehen und bin oft an Orten gelandet, die ich sonst sicher nicht auf meiner Route gehabt hätte. Außerdem konnte ich durchs Trampen viele unglaublich nette Menschen kennenlernen. Von den knapp 60 Lifts saß etwa zur Hälfte ein Kiwi hinterm Steuer. Bei der anderen Hälfte waren es Touristen, die sich einen Wagen gemietet oder gekauft hatten. Wenn ich irgendwann noch mal nach Neuseeland zurückkomme, werde ich mir wohl auch so einen Camper mieten und dann die unendliche Freiheit genießen.

Na ja, jetzt geht's wieder zurück nach Australien. Kurz vor meiner Abreise treff ich noch Wiebke aus meiner Uni. Wird echt Zeit, dass ich verschwinde. Zu viele Bekannte hier...

# Australien

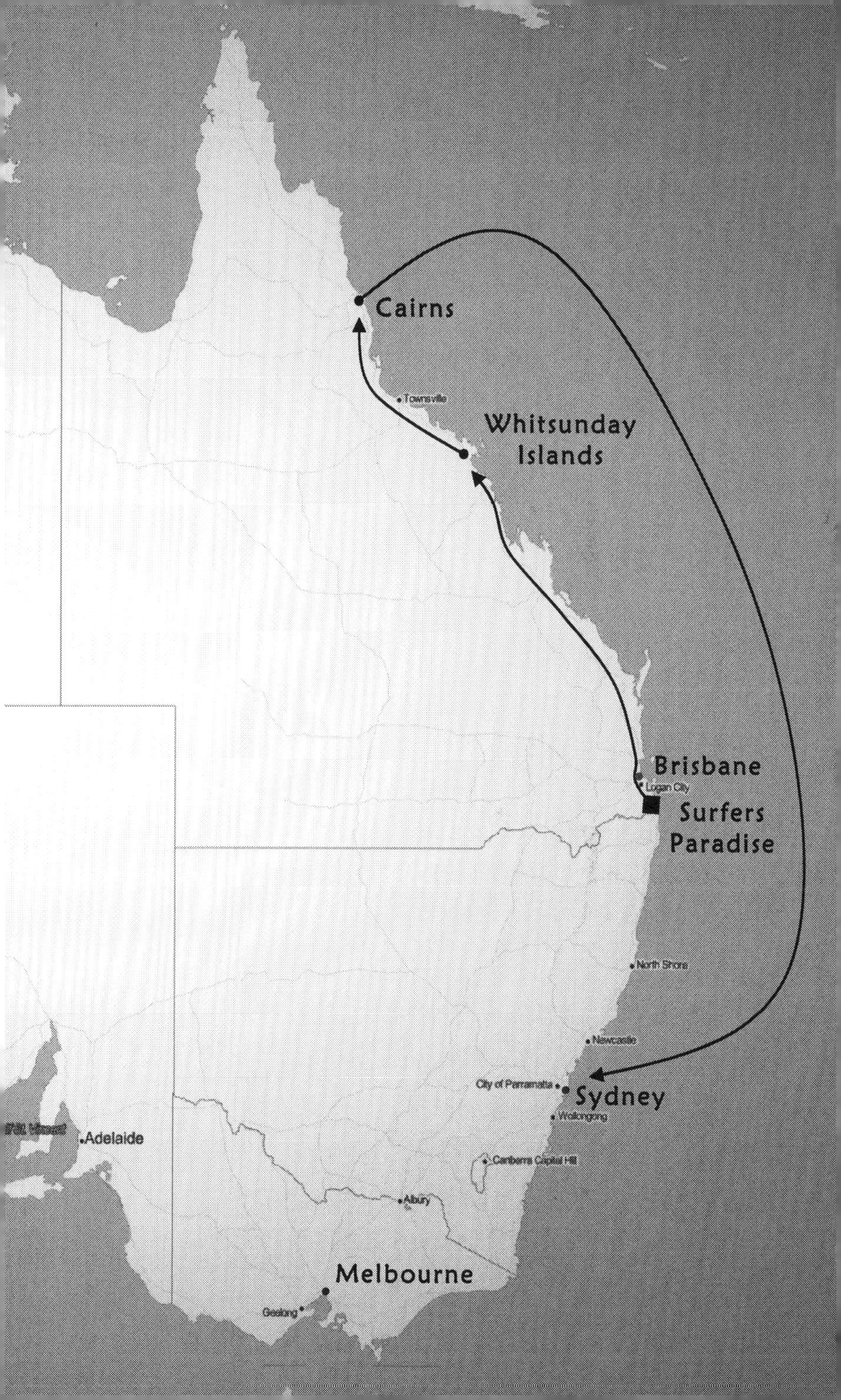

Cairns
Townsville
Whitsunday
Islands
Brisbane
Logan City
Surfers
Paradise
North Shore
Newcastle
City of Parramatta
Sydney
Wollongong
Adelaide
Canberra Capital Hill
Albury
Melbourne
Geelong

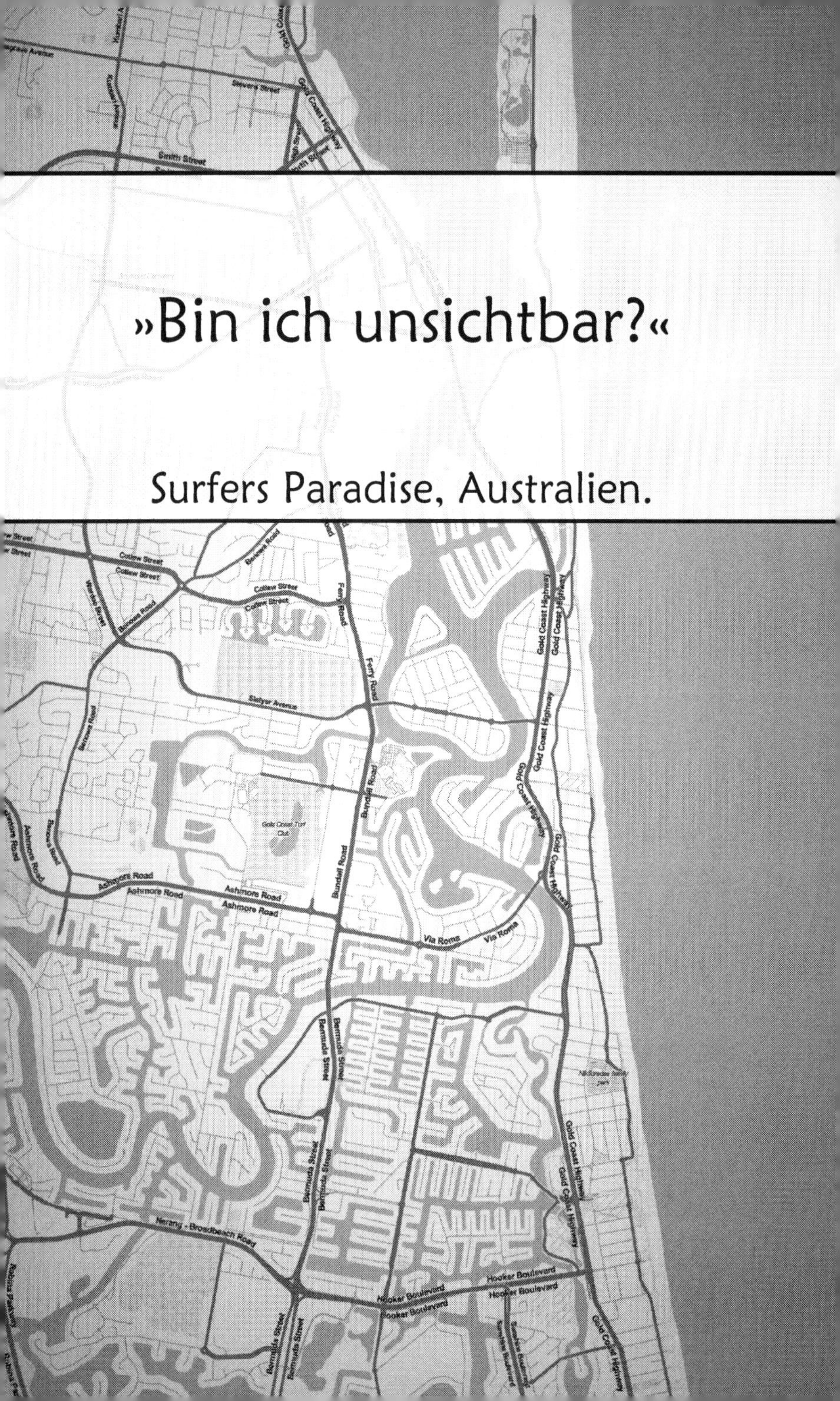


# »Bin ich unsichtbar?«

Surfers Paradise, Australien.

Von Auckland geht's mit der »Pacific Blue«-Airline nach Coolangatta. Das ist ein größeres Dorf an der australischen Goldküste, südlich von Brisbane. Ich schnapp mir meinen Rucksack und nehme den Bus nach Surfers Paradise. Ja, der Ort heißt wirklich so. Ich denk dabei an ein kleines abgeschiedenes Nest, in dem alle nichts tun außer surfen und Gras rauchen. Aber nein, Surfers – wie es meistens nur genannt wird – ist der Nabel der Goldküste. Und die Goldküste ist die Ferienregion Australiens schlechthin. Das wundert mich nicht. Es ist nicht so elendig heiß wie im Norden und etwas wärmer als der Süden. So sind die Hochhäuser in den letzten Jahren nur so aus dem Boden geschossen.

Surfers Paradise ist übrigens nicht der einzige Ort der Goldküste mit einem etwas sonderbaren Namen. Hier gibt's Mermaid Beach, Labrador, Tweed Heads. Außerdem fahr ich durch Palm Beach und Miami. Aber okay, wenn du in Ostfriesland durch Bingum, Jemgum, Midlum, Critzum und Hatzum fährst, um dann in Pogum zu landen, wunderst du dich wahrscheinlich nicht weniger.

Im Bus lern ich Rodney aus Irland kennen. Als wir in Surfers ankommen, gehen wir von einem Hostel zum nächsten.

Leider ist alles ausgebucht. Letztlich nehmen wir uns ein Doppelzimmer in einer heruntergekommenen Spelunke. Von liebevoller Führung kann man bei diesem Hostel wahrlich nicht sprechen. Wir wollen keine Sekunde zu viel in diesem Loch verbringen und schließen uns 'ne halbe Stunde später einer Backpackertruppe vom nächsten Hostel an. Mit denen kommen wir umsonst in eine Disco. Zu unserer Freude tummeln sich schon etliche hübsche Mädels auf der Tanzfläche. Und es kommt noch besser: Das kühle Blonde kostet in der aktuellen Happy Hour nur einen Aussie-Dollar und es gibt sogar kostenloses Fingerfood. Also nix wie ran an den Speck. Leider hält sich Letzteres ganz schön in Grenzen, so dass Rodney und ich unsere ganze Kreativität aufzeigen müssen, um unseren schwer verdienten Anteil abzubekommen. Gleichzeitig verpassen wir so aber auch leider die erschwinglichen Gerstensäfte. Und ohne die fehlende flüssige Nahrung fehlt uns schlichtweg der Mut, die anwesenden hübschen Ladies anzusprechen. Wir gucken hier und da, aber so nüchtern macht das keinen Sinn.

Mein Plan für die Ostküste sieht wie folgt aus: am nächsten Tag weiter nach Fraser Island, zum Segeln durch die Whitsundays und natürlich Tauchen am Great Barrier Reef. Es wundert mich nicht, dass es wieder anders kommt. Ich bleibe nicht einen, sondern gleich vier Tage in Surfers. Wahrscheinlich bin ich echt zu schnell durch Neuseeland gereist und kann gerade nichts mehr aufnehmen. Ich brauch einfach mal wieder 'ne kleine Pause, um das Erlebte zu verarbeiten. Und das geht natürlich am besten an einem Strand. Vielleicht bleib ich aber auch länger, weil Rodney und ich am nächsten Tag eine richtig günstige Unterkunft finden. Für 15 Dollar können wir in einem kleinen, stinkigen Kellerzimmer eines doch recht schicken Hotels bleiben. Okay, das fensterlose Mehrbettzimmer ist nicht der Kracher, aber uns stehen immerhin alle Annehmlichkeiten des Hotels zur Verfügung. Für uns ist das ein erstklassiger Deal. Rodney meint, er hätte in einem Jahr Australien nie so eine günstige Unterkunft gehabt. So liegen wir an dem großen Pool und genießen die Sonne. Herrlich...

Zu unserer Verwunderung tauchen immer mal wieder ziemlich hübsche Mädels am Pool auf. Und scheinbar alle allein unterwegs. Da stimmt doch was nicht! Wir sind nervös und reiben unsere feuchten Hände. Nur wenig später finde ich die Antwort auf einem Poster in der Lobby: Am kommenden Samstag findet die »Miss Hawaiian Tropic-Wahl« statt. Und der Rezeptionist verrät mir mit einem Augenzwinkern, dass alle 21 Models bereits im Hotel untergebracht sind. In unserem Hotel! Ganz aufgeregt lauf ich zu Rodney. Eigentlich möchte ich rennen und muss so meinen Schritt ganz schön bremsen. Cool bleiben, Junge. Ich erzähl Rodney von unserem Glück und er hüpft vor Freude mit einer Arschbombe in den Pool. Zum Abkühlen, wie er meint. Tja, so sind wir also für vier Tage mit 21 der schönsten Frauen Australiens im selben Hotel untergebracht. Unglaublich, aber wahr!

Nun ja, nach einigen Stunden der Träumerei – wie ich gerade an der Seite der frisch gewählten Miss Hawaiian Tropic die 200.000 Dollar Siegprämie auf Fiji verbrate – erkennen wir, dass diese Mädels nicht so ganz unsere Kragenweite sind. Die spielen definitiv in einer anderen Liga. Sie Champions League, wir Kreisliga. Maximal. Wenn es hoch kommt, quatschen wir stotternd zwei Sätze mit einigen der Mädels. Das war's dann aber auch. So schauen wir eigentlich nur mit großen Augen und offenen Mündern bei ihren Proben auf dem inzwischen im Pool eingelassenen Catwalk zu. Meistens bleiben unsere Augen dabei an den Beinen der Mädels hängen. Wie können die alle so lange, schlanke Beine haben!? Wir sind verwirrt. Aber – so unser fester Entschluss – es gibt tausend andere Mädels in dieser Party-Stadt. Und wie wir am Vorabend mit eigenen Augen sehen konnten, sogar richtig hübsche.

So wollen wir uns für den Abend eine Strategie überlegen. Eine Erfolg versprechende. Wie kleine Schuljungen liegen wir am Pool und grübeln über eine zielführende Taktik, die Models bei ihren Proben stets im Blick. Vielleicht kommt deshalb nicht allzu viel bei unseren Überlegungen raus. Aber wie soll man sich so auch konzentrieren!? Am Ende steht jedoch nach einigem Hin und Her der Masterplan: Wir müssen mehr trinken! Dann klappt das schon.

Am Abend hauen wir uns kräftige Bacardi-Cola-Mischungen rein. Zwischendurch gibt's auch Bier. Alles ganz im Sinne unseres genialen Masterplans. So sind wir schon ziemlich angeschossen, als es in die City geht. Für den Weg hat jeder noch ein paar Bier dabei: Fußpils. Voll wie wir sind, schießen wir im ersten Club direkt auf die Tanzfläche. Erst mal abrocken. Das macht Laune. Um uns herum unzählige wunderschöne Frauen. Alle mit langen, schlanken Beinen. So wie wir es mögen. Nur quatschen tun wir irgendwie mit keiner. Aber ist ja auch ganz schön laut hier. Okay, dann trinken wir eben noch einen. Und dann noch einen und dann noch einen.

Nach einigen Stunden flieg ich aus dem Laden, weil ich mit einem eingeschleusten Bier erwischt werde, das ich zwischendurch mal von draußen organisiert hatte. Voll wie ein russischer Elternabend sitzen Rodney und ich auf einer Parkbank und wissen nicht, was wir falsch machen. Rodney faselt davon, dass wir unsichtbar wären. Keine Frau würde uns beachten. Stramm wie ich bin, fällt mir partout kein Gegenbeweis ein und so schaukeln wir irgendwann Arm in Arm zurück zu unserem Hotel.

Am nächsten Tag sinnieren wir am Pool über unsere Fehler. Wir stellen ernüchternd fest, dass wir einfach zu betrunken waren. Wie will man Frauen anquatschen, wenn man schon fast nicht mehr reden kann!? Wir brauchen eine neue Strategie. Dringend. Fest steht für uns, dass wir am ersten Abend zu nüchtern und am zweiten Abend zu betrunken waren. Also einigen wir uns schnell auf einen Mittelweg. Außerdem schlag ich Rodney vor, dass wir den Frauen nicht so hinterher gucken dürfen. Wir müssten so tun, als würden wir uns gar nicht für sie interessieren. Das würde dann nämlich *ihr* Interesse wecken. Außerdem müssten die Mädels irgendwie merken, dass wir richtig coole Macker sind. Dass man mit uns unendlich viel Spaß haben kann und dass wir viele Freunde haben. Zu guter Letzt finden wir im Supermarkt noch ein wahres Wundermittel, das sämtliche Restzweifel beseitigt: Ein Duschgel mit Pheromonen namens »Attraction Force«. Macht uns angeblich unwiderstehlich. Also noch unwiderstehlicher...

Nach einer ausgiebigen Dusche setzen wir am Abend den Plan in die Tat um. Der Alkoholspiegel stimmt schon mal. Nicht zu wenig, nicht zu viel. Das ist unsere Nacht. Die Nacht der selbsternannten Attraction Force! Genau in dieser perfekten Stimmung machen wir uns auf in die Clubs. Und hier setzen wir unseren ausgeklügelten Plan akribisch um. Zuerst tun wir so, als wären wir witzig. Das heißt, einer erzählt irgendwas und der andere lacht darüber. Egal, wie witzig es ist. Dann erzählt der andere was. So erzählen wir uns eigentlich nur Nonsens. Das ist so blöde, dass wir am Ende wirklich drüber lachen müssen.

Zwischendurch grüßen wir immer mal wieder erfundene Freunde in der Masse: »Hey Chris!« oder »What's up, Matt!?« Ja, wir haben viele Freunde. Wir sind die Attraction Force! Gleichzeitig beachten wir die Frauen so wenig wie möglich. Das ist der härteste Teil unseres neuen Masterplans. So geht es einige Stunden. Und mit der Zeit werden wir richtig gut in diesem Spiel. Leider ist es nur genauso wenig erfolgreich. Egal was wir machen, die Frauen nehmen uns einfach nicht wahr. Rodney fängt schon wieder mit seiner Unsichtbar-Theorie an. So langsam glaub ich ihm. Es ist schon ziemlich spät, als wir uns 'ne Pizzaecke kaufen. Rodney bietet einigen Frauen einen Happen an. Er sagt, er erkaufe sich jetzt sein Gespräch. Aber was machen die Mädels? Entweder laufen sie durch ihn durch (ehrlich, das geht) oder sie beißen quasi im Vorbeigehen ab. Wenn's besonders gut läuft, wechseln sie zwei Sätze mit ihm. Ich lach mich kaputt und Rodney schüttelt ungläubig den Kopf.

Wir geben es auf und verziehen uns an den Strand. Da sitzen wir gerade, als vier 15-jährige Mädels auf uns zusteuern. Alle richtig betrunken. Die eine fällt gleich mit dem Gesicht in den feinen Sand und meldet sich erst mal gar nicht mehr. Die anderen drei wollen allerhand von uns wissen. Für sie sind wir noch Exoten aus der fernen Welt. So besoffen wie die sind, wollen wir aber nichts mit denen zu tun haben und gehen. Zum Abschied schenkt mir eines der Mädels einen Hubbabubba. Ob ich den mit nach Deutschland nehmen könnte? Dann könne sie ihren Freundinnen erzählen, dass ihr Hubbabubba in Deutschland sei. »Na klar, kein Problem.« Kaum sind die Mädels weg, schmeiß ich mir den Hubbabubba rein. Schmeckt natürlich scheiße und ich spuck ihn in den Sand.

»Komm Rodney, es ist Zeit fürs Bettchen.«

»Bin ich echt nicht unsichtbar?«

Als ich dann wenig später tatsächlich in der Waagerechten liege, muss ich dem Wunder-Duschgel doch noch seine magische Anziehungskraft attestieren. Um mich herum schwirrt es nur so von Dutzenden Mücken.

Am nächsten Tag wieder das gleiche Bild. Wir liegen am Pool und schauen den Models bei ihren Proben zu. Schon seit zwei Tagen üben die für eine Handvoll Schritte. Ist einfach unglaublich, wie lange die dafür brauchen. Hätte mir deswegen schon fast ein T-Shirt gekauft, das ich in der Stadt gesehen hab: »Don't feed the models!« Weiß aber nicht, wie das bei denen so angekommen wäre. Ich will ja keine der Süßen verstimmen. Vielleicht geht da ja doch noch was. Also... ganz vielleicht.

Inzwischen haben wir übrigens für fast jedes der 21 Models einen Spitznamen. Eine besonders Durchtrainierte heißt bei uns »Fitness«. Eine andere sieht aus wie »Barbie« und die, die wir am wenigsten leiden können, nennen wir »Beast«. Mein Favorit heißt »Beauty«. Natürlich schön. Rodney zieht »Asia« vor. Falls du nun endgültig den Eindruck hast, dass wir den ganzen Tag nur am Pool gelegen haben, muss ich widersprechen. Das stimmt nämlich nicht, mindestens einmal am Tag gehen wir auch an den Strand.

Bei der Analyse des gestrigen Abends kommen wir irgendwie nicht weiter. Rodney meint, ich hätte das mit dem Ignorieren übertrieben. Die Frauen kämen nun mal nicht von allein. »Das war aber unsere Strategie!« protestiere ich. Ich glaube dagegen eher, dass es an seinem Tanzstil liegt. So wie Rodney tanzt, kann es nicht klappen. Eine fiese Mischung aus Riverdance und Black. Das macht auch mir Angst. Wir versuchen fremden Rat zu Hilfe zu ziehen und fragen ein paar nette Kanadier aus unserem Kellerverlies. Die können uns irgendwie auch nicht helfen, aber sie wollen mit uns am Abend auf Tour und uns dann zeigen, wie es geht. Die Jungs nennen mich übrigens nur Mr. Miller. Weil ich angeblich haargenau wie ihr Englischlehrer aussehe. Ich frag lieber nicht, wie alt der ist.

Für diesen letzten Abend haben wir also keine noch so tolle Strategie ausgeklügelt. Vielleicht sind ja auch gerade diese Strategien Schuld an unserer Misere. Am nächsten Morgen wissen wir, ohne Strategie klappt es genauso wenig. Die kanadischen Jungs sind auch leer ausgegangen. Und die sind wirklich cool. Sie meinen, wir hätten ihnen Pech gebracht. So ein Desaster hätten sie lange nicht erlebt. Ja ja, ist ja schon gut. Trotzdem hatten Rodney und ich in diesen Tagen 'ne Menge Spaß und haben viel gelacht. Auch ohne Frauen. Oder vielleicht deswegen!? Viel Geld gelassen haben wir auch nicht. In die meisten Clubs sind wir irgendwie reingekommen. Oder durch Freitickets von einem gut vernetzten Typen, den wir am ersten Abend kennen gelernt haben. Ach ja, »Miss Hawaiian Tropic« wird übrigens »Beauty«. Das hatte ich Rodney schon am ersten Tag vorausgesagt. »Ich kenn mich halt aus mit Frauen!«, sag ich und er schlägt mir auf den Kopf.

# Gitarre und Papagei

## Whitsunday Islands, Australien.

Ich fliege weiter in den Norden. Ursprünglich hatte ich ja ein paar Tage für die auf halber Strecke liegende Fraser Island, die größte Sandinsel der Welt, eingeplant. Aber durch meinen verlängerten Aufenthalt in Surfers Paradise reicht leider die Zeit nicht mehr dafür. Der Bus zu meiner nächsten Station, Airlie Beach, bräuchte durch den fehlenden Zwischenstopp stolze 21 Stunden und wäre damit ungefähr zehn Mal länger unterwegs als der Flieger. Dazu ist der Bus sogar um einiges teurer und so schnapp ich mir lieber einen Flug von Brisbane nach Proserpine in der Nähe von Airlie Beach.

Proserpine hat einen der kleinsten Flughäfen, auf denen ich je gelandet bin. Aber das ist ungemein praktisch. Es sind nur 50 Meter bis zum winzigen Flughafengebäude und einen Ausweis will auch keiner sehen. Ein Gepäckband gibt's natürlich auch nicht und ich bekomme meinen Rucksack sogar außerhalb des Flughafengebäudes, unter freiem Himmel.

Für den knapp 40 Kilometer langen Transfer nach Airlie Beach sorgt mein Hostel. Sogar für lau. Das nenn ich mal einen feinen Zug. Und das Hostel meint es sogar noch besser mit mir. Denn in meinem Zimmer sind bereits drei süße Schwedinnen untergebracht: Emma, Johanna und Jenny. Da setzt mal augenblicklich leichte Schnappatmung ein. Die drei sehen nämlich nicht nur fantastisch aus, sondern sind sogar ganz nett. Eine ganz seltene Spezies also.

Man könnte mit den dreien über viele interessante Themen sprechen, aber wir landen irgendwie bei Sprichwörtern unserer Heimatländer. Einige wie »Der Apfel fällt nicht weit vom Stamm« werden in beiden Ländern gebraucht. Andere sind dagegen vollkommen unterschiedlich. Und ein paar weitere sind sich ziemlich ähnlich. Wenn wir in Deutschland z. B. sagen »Lieber den Spatz in der Hand als die Taube auf dem Dach!«, dann sagen die Schweden: »Lieber einen Vogel in der Hand als zehn Vögel im Wald!« Witzig, oder? Und ja, ich weiß schon, dass du lieber 'ne andere Geschichte gehört hättest. War aber nun mal so...

Wahrscheinlich kommt kein Tourist nach Airlie Beach wegen des Ortes an sich. Obwohl es weitaus schlimmere Örtchen gibt. Aber dieses kleine Nest ist nun mal der klassische Ausgangspunkt für sämtliche Segeltörns durch die berühmten Whitsunday Islands. Diese einzigartige Inselgruppe befindet sich zwischen der Ostküste Australiens und dem weiter vorgelagerten Great Barrier Reef. Von den 74 kleinen Inseln sind nur wenige dauerhaft bewohnt. Das erstaunt mich, denn die Whitsunday Islands liegen auf der Höhe von Tahiti und erinnern nicht nur durch ein vergleichbares Klima an den Südseetraum. So ist es kein Wunder, dass ein Segeltörn durch die Whitsunday Islands zu den absoluten Klassikern an der Ostküste Australiens gehört und wahrscheinlich von jedem zweiten Backpacker gebucht wird.

In Airlie Beach hat sich dementsprechend ein riesiges Angebot an Segeltörns entwickelt und es ist nicht leicht, sich einen halbwegs passablen Überblick zu verschaffen. Letztlich entscheide ich mich für einen dreitägigen Törn auf einem Segelboot namens »Spank Me« (zu Deutsch: »Verhau mich«). Diese 25 Meter lange ehemalige Rennyacht bietet Platz für 27 Gäste, die möglichst zwischen 18 und 35 Jahren sein sollen.

Am nächsten Morgen geht's direkt los. Zunächst bekommen wir unsere kleinen Kojen zugewiesen und einige Regeln erklärt. Außerdem müssen oder dürfen wir hin und wieder mit anpacken und kurbeln fleißig die Segel hoch und runter. Aber natürlich bleibt auch viel Zeit, in der man sich mit einem Bierchen an den Rand des Bootes setzt und einfach nur das hellblaue Meer genießt. Und genau das kann ich nach dem anstrengenden Partymarathon in Surfers Paradise ganz gut gebrauchen.

So kommt man natürlich fast zwangsläufig mit den anderen Reisenden ins Quatschen. Dabei könnte die Besatzung kaum internationaler sein: Engländer, Schweden, Australier, Kanadier, Italiener, Türken, US-Amerikaner, Neuseeländer, Brasilianer und... ähh... ach ja: Deutsche! Die Deutschen gibt's ja überall. Aber unglaublich, ich bin doch tatsächlich der einzige Deutsche an Bord. Das denke ich zumindest bis zum zweiten Tag. Da stell ich fest, dass noch ein Mädel aus Deutschland kommt. Dabei hatten wir schon vorher ein paar Mal miteinander gequatscht. Nur eben nicht auf Deutsch und nicht über unsere Heimat.

In unserer Multikulti-Truppe sind viele interessante Typen dabei und es macht Spaß, sich mit denen so völlig entspannt zu unterhalten. Bei einem schau ich genauer hin. Ist das nicht... hmm... ja, genau, das ist doch der Jochen aus der Schweiz! Den hatte ich vor etlichen Wochen etwa 3.000 km südöstlich kennengelernt. Witzigerweise auch auf einem Boot im Milford Sound auf der Südinsel Neuseelands.

Mit einem Holländer schnack ich besonders viel. Ich hab leider seinen Namen vergessen, aber eine wichtige Lektion hab ich dennoch von ihm gelernt. So erzählt er nach 'ner Weile, dass sich noch vor wenigen Jahren sein ganzes Leben nur um die Arbeit gedreht habe. Eine solche Ruhe wie jetzt gerade auf dem Boot hätte er nicht mal ertragen können. Damals habe er viele Jahre als Börsenmakler an der Amsterdamer Börse gearbeitet. Er war wohl ganz gut in dem, was er tat, und hat dementsprechend auch 'ne Menge Asche verdient. Was er allerdings nicht so gut konnte, war: sich Grenzen zu setzen. »Wenn es gut läuft, ist es schwer, aufzuhören«, sagt er. So arbeitete er bald rund um die Uhr und verdiente Millionen. Ohne es zu merken, fährt er jedoch alles andere vor die Wand. Aber so richtig! Irgendwann steht er völlig fassungslos da, ohne Familie und Freunde, zieht die Reißleine und kündigt seinen Job.

Für mich wird klar: So ganz ohne Geld geht es nicht. Aber sobald ich so viel Kohle verdiene, dass ich ein relativ entspanntes Leben führen kann, werde ich nicht versuchen, die Karriereleiter weiter hochzuklettern, um noch mehr Geld zu verdienen. Ab dem Zeitpunkt heißt es dann nur noch, die Arbeit so zu optimieren, dass ich mehr Zeit habe für die wirklich wichtigen Dinge im Leben.

Mit diesen Gedanken werde ich später auf meiner kleinen Pritsche im Schiffsrumpf in den Schlaf geschaukelt. Ich schlafe so fest, dass ich fast das Frühstück am nächsten Morgen verpasse. Und das wäre bitter, schließlich zaubert der Koch da einiges in seiner kleinen Kombüse zusammen. Und so ein leckerer Kaffee auf dem offenen Meer hat schon was. Definitiv. Der Captain meint später zu mir, dass Müdigkeit die ersten Anzeichen einer Seekrankheit sind. Ha, ich als Ostfriese soll seekrank sein!?

Nach dem Frühstück heißt es Anker lichten und weiter durch die vielen Inseln der Whitsundays segeln. Die wirken wie die Spitzen von untergegangenen Bergen. Alle sind dicht bewachsen in den verschiedensten Grüntönen. Der Himmel versucht ebenfalls sein Bestes, nur eben in Blau. Der Wind bläst kräftig ins Segel und stellt unser Boot ein wenig auf die Seite. Fast lautlos gleiten wir so durch das blaugrüne Wasser.

In einer schönen Bucht gehen wir am Nachmittag schnorcheln. Also bis auf eine Amerikanerin, die tatsächlich Angst vor Haien hat. Da hilft auch kein gutes Zureden. Dann halt nicht. Die Sicht unter Wasser ist jedenfalls unglaublich und die Vielfalt der Fische und Korallen einfach nur beeindruckend. Eigentlich ist alles außer Haien vorhanden. Wenn das mal keine Vorfreude auf das geplante Flaschentauchen in Cairns macht.

Als ich zur »Spank me« zurückkomme, haben ein paar Gelbhaubenkakadus das Schiff übernommen. Diese weiße, bis zu 50 cm große Papageienart ist erstaunlich zahm und so halten auch diese Eindringlinge gerne für ein Foto her. Bei einer anderen kleinen Insel legen wir einen weiteren Stopp ein. Da gibt es kleinere Wasserfälle, die natürliche Pools geschaffen haben. So lässt es sich wie im Paradies von einem Wasserbecken ins nächste rutschen.

Am Tag darauf fahren wir zum berühmten Whitehaven Beach. Diesen etwa sieben Kilometer langen Strand halten viele für den schönsten Strand Australiens. Er ist komplett von einem Nationalpark umgeben und gehört wohl auch zu den saubersten Stränden der Welt. Selbst das Rauchen ist am Strand verboten. Der Whitehaven Beach ist so schneeweiß, dass man auch bei der größten Hitze keine Angst haben muss, sich die Füße zu verbrennen. Der Sand ist dabei fein wie Puderzucker und hat einen Quarzgehalt von 99 Prozent. Laut unserem Captain sei er damit ideal zum Reinigen von Schmuck und schon starten die Mädels unserer Besatzung das große Schrubben. Nur bei Handys und anderen elektronischen Artikeln muss man gehörig aufpassen, da die feinen Sandkrümel einfach in jede noch so kleine Ritze kriechen.

Von einer kleinen Anhöhe hinterm Strand lässt sich das klassische Erinnerungsfoto des Traumstrandes schießen. So lauf ich mit ein paar anderen vom Boot über verschlungene Pfade durch den Wald den Hügel hoch. Um ein Haar lande ich dabei im Netz einer riesigen schwarz-gelben Spinne. Vor Schreck setz ich mich fast auf den Arsch. Diese Seidenspinne ist mit ihren langen Beinen ungefähr so groß wie meine Hand. Als ich die Schönheit den anderen zeige, muss ein Mädel sich fast übergeben. Eine andere will sie am liebsten in die Hand nehmen. Komisch, wie ein und dasselbe Tier solch unterschiedliche Reaktionen hervorrufen kann.

Die Tage auf der »Spank Me« vergehen wie im Flug. Meistens liegen wir in der Sonne, trinken Bier und quatschen. Einer hat sogar 'ne Gitarre dabei und stimmt den einen oder anderen Evergreen an. »California dreamin'«. Alles ist ziemlich entspannt. Aber so cool alles auch ist, trotzdem kann ich den Segeltörn nicht vollends genießen. Wahrscheinlich hatte der Captain doch recht und ich bin tatsächlich der einzige Ostfriese, der nicht völlig seetauglich ist. Ich mein, es ist nicht so, dass ich nur über der Reling hänge, aber ich hatte schon Tage in meinem Leben, an denen ich mich wohler gefühlt hab. Auch ohne Sonne, Gitarre und Papagei. Als wir nach den drei Tagen wieder in Airlie Beach ankommen, schwank ich jedenfalls im ordentlichen Seemannsgang vom Schiff.

Etwas später merk ich, dass ich dummerweise mein geliebtes Cappy an Bord vergessen hab. Leider bin ich schon auf dem Weg zum Bus nach Cairns und so bleibt für einen Umweg zur »Spank Me« keine Zeit mehr. Mist, Australien ohne Cappy ist keine wirklich so gute Idee. Und wenn man eine so große Birne wie ich hat und Hutgröße 60 braucht, wird es sicher nicht leicht, einen halbwegs modischen Ersatz zu finden.

# Die dritte Dimension

## Cairns, Australien.

Es steht also wieder eine Busfahrt an. Dieses Mal geht es von Airlie Beach weiter in Richtung Norden nach Cairns. Die Fahrt geht über Nacht und soll etwa neun Stunden dauern. Na ja, wenigstens spar ich so ein weiteres Mal die Übernachtungskosten. Und zu Beginn seh ich sogar was von der Landschaft der Ostküste Australiens. Wobei... so richtig abwechslungsreich ist die nicht gerade. Es gibt keine Berge und das Meer versteckt sich auch meistens. Um ehrlich zu sein, seh ich eigentlich nur die schnurgerade Straße, ein paar Fahrzeuge und viele Büsche. Wenn ich aber diese Busfahrt mit dem Zugfahren in Indien vergleiche, lehne ich mich zufrieden zurück und weiß den äußerst bequemen und vor allem nicht hupenden Bus sehr zu schätzen. Am späten Abend gibt's sogar einen recht guten Film und ich schlafe selig ein.

Mitten in der Nacht wird es im Bus etwas unruhig und ich werde aus meinen süßen Träumen gerissen. Unser Bus steht, und die Autos vor uns haben ihre Warnblinker an. Ich geh mit einigen anderen Passagieren raus und wir stellen fest, dass es direkt vor uns richtig gekracht haben muss. Dabei hat sich ein anderer Bus gedreht und steht jetzt quer auf der Fahrbahn. Da dies unglücklicherweise auf einer Brücke geschah, ist es ein Segen, dass der Bus nicht runtergepurzelt ist und es scheinbar nur Leichtverletzte gibt. Dummerweise kann aber natürlich auch keiner an dem Bus auf der Brücke vorbei und so geht erst mal gar nichts. Letztlich dauert es ein paar Stunden, bis Polizei und Feuerwehr den Bus aus seiner misslichen Lage befreien und wir weiter können.

Mit einiger Verspätung kommt der Bus am nächsten Morgen in Cairns an. Ich laufe direkt ins hochdekorierte »Gilligan's Backpackers«. Und wie ich da an der Rezeption warte, muss ich feststellen, dass dieses Hostel weniger ein Hostel, sondern mehr ein Hotel ist. Alles ist perfekt auf den Reisenden abgestimmt und total durchorganisiert. Mit Wehmut muss ich erkennen, dass das leider immer häufiger so ist. Früher wurden die Hostels nahezu ausschließlich von leicht durchgeknallten Reisefreaks geführt, die abends beim Bierchen von verrückten Erlebnissen aus der weiten Welt berichteten. Im Gilligan's ist das etwas anders. Hier verteilen sich über vier Stockwerke sage und schreibe 500 Betten. Dazu gibt's natürlich einen fetten Pool mit Wasserfall, ein eigenes Reisebüro und natürlich auch 'ne riesige Lounge Bar.

In Cairns will ich mir einen großen Traum erfüllen: tauchen am Great Barrier Reef, dem größten Riff der Welt. Das Schnorcheln in den Whitsundays hat mich ja schon ungemein neugierig gemacht und nun soll eben der große Bruder folgen. Das Angebot an Tauchgängen in Cairns ist noch um ein Vielfaches größer als das von Segeltörns in Airlie Beach. Dem genau entgegen steht meine Lust auf den großen Preisvergleich. So buche ich einfach zwei Tauchgänge für den nächsten Tag direkt im Reisebüro des Gilligan's. Und wenn mir das dann noch nicht reicht, kann ich unkompliziert weitere Tauchgänge dazu buchen.

Am nächsten Morgen geht's zeitig los. Noch etwas schlaftrunken schlurf ich zum vereinbarten Treffpunkt am Hafen, wo schon die meisten der anderen fünfzig Teilnehmer warten. Von der Küste sieht man übrigens vom Riff rein gar nichts und wir müssen 'ne ganze Weile mit dem Boot aufs Meer rausschippern, bis sich irgendwann die Wellen auf dem offenen Meer brechen. Das muss es also sein, das berühmte Great Barrier Reef. Ich bin überrascht, wie weit das Riff doch vom Ufer entfernt ist. Selbiges kann man schon fast nicht mehr sehen. In einigen Fällen soll das Riff bis zu 150 km vom Ufer entfernt sein. Und das passt irgendwie so gar nicht in meine Vorstellung von einem Riff. Aber das Great Barrier Reef scheint in vielen Dingen besonders zu sein. In erster Linie natürlich besonders groß. Mit einer Länge von 2.300 km und einer Breite von 60 bis 250 Kilometern nimmt es in etwa die Fläche von Deutschland, Japan oder Italien ein.

Als ich mir die Tauchklamotten anziehe und der Tauchlehrer die letzten Instruktionen gibt, fängt bei mir das große Kribbeln an. Es ist irgendwie 'ne Mischung aus Vorfreude und Nervosität. Vorfreude auf die Erfüllung eines langgehegten Traumes und Nervosität, da mein letzter Tauchgang schon 'ne ganze Weile her ist. Wenn ich so recht überlege, ist es das erste

Tauchen nach meinem Tauchschein auf der Insel Utila in Honduras. Und wie ich die ganzen Gerätschaften so vor mir seh, kommen mir einige Zweifel. Wie war das alles noch mal? So richtig viel Schlaues will mir nicht mehr einfallen. Spontan weiß ich eigentlich nur noch, dass ab einer Wassertiefe von zehn Metern das Furzen unmöglich sein soll. Das find ich zwar interessant und lustig, wird mir aber bei irgendwelchen Problemen unter Wasser nur bedingt weiterhelfen. Das Tauchen in der Tiefe ist nun mal nicht ungefährlich und kann – wenn es ganz dumm läuft – sogar tödlich enden. Von daher bin ich froh, dass ein Tauchlehrer noch mal die Basics mit zwei anderen und mir durchgeht und auch beim Tauchgang in unserer Nähe bleiben will. So sollte es doch klappen.

Dann ist es endlich so weit: Ich tauche unter und im selben Augenblick umgibt mich diese unglaubliche Stille. Ich sinke etwas herab und schwebe über farbenfrohe Korallengärten, die sich an bizarre Felsformationen geheftet haben. Dabei bin ich stets von den buntesten Fischen umringt und kann mich an dieser wundervollen Vielfalt kaum sattsehen. So viele Eindrücke überfluten mich, dass ich gar nicht weiß, in welche Richtung ich als Nächstes soll. Wie ein Schuljunge im Süßigkeitenladen spring ich planlos von hier nach da, immer mit dem Gefühl, dass hinter der nächsten Ecke noch was Schöneres kommen mag. Diese Ungeduld gepaart mit der fehlenden Routine wirkt sich allerdings nachteilig auf meinen Sauerstoffverbrauch aus. Denn wer sich hektisch und viel bewegt, verbraucht logischerweise mehr Sauerstoff. So muss ich nach etwas mehr als 20 Minuten leider schon wieder auftauchen.

Zurück an Bord werden natürlich gleich die Erlebnisse mit den anderen Tauchern ausgetauscht. Außer Nemo und dem Papageifisch kenn ich leider nur sehr wenige Fische beim Namen und muss die meisten umständlich beschreiben. Einige der Taucher sind das erste Mal unter Wasser gewesen. Natürlich mit einem Tauchlehrer, der die Frischlinge quasi durch das Wasser führt. Ihre Reaktionen könnten nicht unterschiedlicher sein. Fast so wie bei der dicken schwarz-gelben Spinne, die ich kürzlich auf den Whitsunday Islands kennenlernen durfte. Die einen sind in Panik geraten und mussten schnell wieder auftauchen, die anderen sind total fasziniert und haben dieses seltene fette Grinsen im Gesicht. Dieses Grinsen, wenn man Dinge zum ersten Mal gemacht hat und weiß, dass es definitiv nicht das letzte Mal war.

Nach einigen Stunden steht der zweite Tauchgang an. Die notwendigen Handgriffe und Vorbereitungen werden flüssiger, so dass ich mich schon viel sicherer fühle. Das lässt mich alles noch mehr genießen und ich verschmelze schnell mit dem Wasser. Ich werde zu einem zeitweiligen Gast in der »Welt der Stille«, wie es schon der berühmte französische Meeresforscher Jacques Cousteau formulierte. Und jetzt lässt die Stille dieser unglaublichen Unterwasserwelt auch mich innerlich still werden. So lass ich mich schwerelos durch diesen bunten Kosmos treiben und bewege mich kaum. Demzufolge hält mein Sauerstoff auch deutlich länger und ich kann auch in eine größere Tiefe absinken. Da unten seh ich völlig andere Fische und entdecke auch eine wunderschöne Schildkröte, die majestätisch durch das tiefe Blau gleitet. Ich folge ihr langsam, bis sie in der Tiefe verschwindet...

Tauchen gehört für mich zu den Dingen, die man zumindest einmal in seinem Leben gemacht haben sollte. Genau wie eine Safari, Skifahren, einen hohen Berg zu besteigen oder auf ein Festival zu gehen. Was genau die Faszination beim Tauchen ausmacht, ist nur schwer in Worte zu fassen. Sie können diesem Erlebnis einfach nicht gerecht werden. Denn Tauchen ist nun mal was völlig anderes und mit nichts zu vergleichen. An Land kannst du nur vor oder zurück und nach rechts und links. Beim Tauchen ist es genauso, aber hier kommt dann noch nach oben und nach unten dazu. Die dritte Dimension. Das ist wie Fliegen, nur eben unter Wasser...

Am Abend nach meinem zweiten Tauchgang merk ich, dass irgendwas an meinem Zeh nicht stimmt. Ich schaue nach, finde aber nichts. Aber wenn ich auf den Zeh drücke, dann tut's etwas weh. Hmm, komisch. Am nächsten Morgen fühlt es sich noch schlimmer an und der Zeh ist schon ziemlich rot. Als ich wieder draufdrücke, schießt etwas Eiter aus einer Mini-Wunde. Komisch, was ist das? Ich versuche, so gut es geht, den ganzen Eiter rauszudrücken. Nicht schön, aber auch kein Drama. Am Abend ist es dann schon etwas schmerzhafter. Als es sich dann am nächsten Morgen richtig Scheiße anfühlt, geh ich zum Arzt. Der meint, ich könnte mir vielleicht den Zeh beim Tauchen an einer scharfen Koralle angeschlitzt haben, so dass sich jetzt unterhalb der Haut eine Entzündung einschleichen konnte. Er stellt mich vor die Wahl: Entweder Antibiotika oder er schneidet vorsichtig den Zeh auf und säubert dann die Wunde, so dass es von innen nach außen heilen kann. Was ist das für 'ne Wahl!? Her mit den Antibiotika! Na ja, jedenfalls darf ich jetzt erst mal nicht tauchen und organisiere deswegen noch eine Nacht in Port Douglas, etwa eine knappe Autostunde nördlich vor Cairns.

Port Douglas wurde 1877 nach einem Goldfund gegründet und stieg schnell auf 12.000 Einwohner an. Sämtliches Gold war jedoch schnell gefunden und so lebten hier in den 70er Jahren nur noch hundert Fischer. Dank des aufkommenden Tourismus nennen heute mehr als 3.000 Einwohner Port Douglas ihr zu Hause. Und sie können sich glücklich schätzen. Der Ort ist bei weitem nicht so busy wie Cairns, das Great Barrier Reef ist so nah vor der Küste wie sonst nirgendwo und am palmengesäumten »Four Mile Beach« lässt es sich wunderbar entspannen. Ach ja, in den Gewässern vor diesem traumhaften Strand ist übrigens Steve Irwin, der »Crocodile Hunter«, durch den Stich eines Stachelrochens gestorben. Ich lass es in Port Douglas ruhig angehen und häng entweder am Strand ab oder in einer der zahllosen Hängematten am Pool des Hostels. Das gefällt auch meinem Zeh, der so langsam wieder der alte wird. Gerne würde ich etwas länger bleiben, doch leider muss ich schon am nächsten Tag wieder zurück nach Cairns, da mein Flug nach Sydney für den Tag darauf ansteht.

# Das falsche Knopfloch

Cairns, Australien, die Zweite.

Glücklicherweise gibt's von meinem Hostel in Port Douglas einen kostenlosen Shuttle nach Cairns. Da ich in dem Bulli vorn sitz, komm ich mit dem Fahrer Matt ins Gespräch. Der ist schon ganz gut in der Welt rumgekommen. Als ich ihm erzähle, dass ich aus Deutschland komme, blitzen seine Augen auf. »Oktoberfest«, zischt er nur und grinst breit. Er sei schon vier Mal da gewesen und hält es mit deutlichem Abstand für die größte kulturelle Errungenschaft der Deutschen. Stolz zeigt er mir eine große Narbe am Ellenbogen. Da wär er mal beim Oktoberfest vom Tisch gefallen. Schönes Souvenir aus Deutschland. Sein Bruder wäre aber noch ein ganz anderes Kaliber. Der sei schon stolze zwölf Mal auf der Wiesn rumspaziert und – wie er es nennt – »Oktoberfest-süchtig«. Ich trau mich gar nicht zu sagen, dass ich es noch nie dahin geschafft hab.

Matt lenkt das Gespräch wieder auf seine Narbe. Er meint, seine Narbe wäre ja schon eine lustige Geschichte, sein Kumpel könnte mir aber eine noch bessere erzählen. Der sei nämlich mal mit ihm in Pamplona gewesen. Dort haben sie beim berühmten Stierlauf in der Altstadt mitgemacht. Und das lief auch zunächst ganz gut, bis er auf einmal seinen Kumpel aus den Augen verloren hätte. Und auch nach dem Rennen gab's immer noch keine Spur. Er sucht ihn überall, leider ohne Erfolg. Erst am nächsten Morgen findet er ihn endlich – auf der ersten Seite der Lokalzeitung! Ein Stier hatte seinen Kumpel regelrecht aufgespießt. Das Horn hat sich durch den Arsch gebohrt und kam beim Oberschenkel wieder raus. Zum Glück hat er überlebt, aber einige Wochen im Krankenhaus waren ihm sicher.

In Cairns will ich nicht wieder ins Gilligan's und suche mir ein anderes Hostel. Ein Hostel für Hartgesottene. Es kostet nur die Hälfte, inklusive eines Gutscheines für ein »Dinner«. Da bin ich ja mal gespannt. Das Hostel ist dann auch gar nicht mal so gut. Wie heißt es noch so schön: »You get what you pay for!« Das Dinner wird in einer kleinen Kneipe serviert. Vor der Kneipe steht schon 'ne Schlange armer Backpacker, die auf die Fütterung warten. In der Kneipe geht es zu wie in der Kaserne. Teller her, Spaghetti drauf, Schlag Soße dabei und fertig. Dauert bei jedem nur zehn Sekunden. Der halbe Teller Spaghetti ist umsonst. Beilagen oder Getränke kosten extra. Also heute mal ausnahmsweise nix extra.

Am nächsten Morgen will ich mir was zum Frühstücken kaufen. Ich verlasse mein Hostel und höre es kurz darauf zweimal laut knallen. Waren das etwa Schüsse!? Leicht verschlafen denk ich mir nichts dabei und geh weiter. Als ich aber vom Supermarkt wiederkomme, wird gerade alles rund um mein Hostel weiträumig abgesperrt. Eine hektische Polizistin weist mich streng zurück. Was ist denn hier los!? Ich frag zwei andere Polizisten, aber die wollen mir auch nichts sagen. Zum Hostel darf ich jedenfalls nicht zurück. Mir wird klar, dass es mit den beiden Schüssen zu tun haben muss.

Ich setze mich auf eine Parkbank in der Nähe und frühstücke dort. Nebenbei schau ich dem aufgeregten Treiben zu. Eine Weile passiert nicht viel. Ich mein, wenn man von der Tatsache absieht, dass mittlerweile scheinbar alle Polizisten aus Cairns anwesend sind. Jetzt wäre ein guter Zeitpunkt, die Bank am anderen Ende der Stadt auszurauben. Hab ich bei »Stirb Langsam 3« gelernt. Nach einer halben Stunde wird sogar schweres Geschütz aufgefahren. Ein Sondereinsatzkommando kommt mit viel Tamtam und Scharfschützen positionieren sich auf den Dächern. Ist ein bisschen wie im Kino. Mir fehlen nur irgendwie die Hintergrundinformationen.

Irgendwann wird es mir zu langweilig. Es scheint nichts zu passieren und ich weiß immer noch nicht, was hier los ist. Außerdem haben sich in der Zwischenzeit eine Menge Schaulustige angesammelt. Ich verlasse den Ort des Geschehens und verkrümel mich ins nächste Internetcafé und später an den Strand. Danach kann ich zum Glück wieder ins Hostel. Der Rezeptionist verrät mir, was passiert ist: Ein ziemlich durchgeknallter Typ wollte einem Kongressabgeordneten mal gehörig seine Unzufriedenheit verdeutlichen. Leider war der Kongressabgeordnete nicht da, und so wurde kurzerhand die Büroangestellte als Geisel genommen. Kann man ja mal so machen. Und damit auch jeder weiß, dass der ambitionierte

Geiselnehmer es ernst meint, schießt er zweimal durchs Fenster auf die Straße. Das Büro des Kongressabgeordneten ist nun direkt neben meinem Hostel. Und vor dem Fenster des Büros laufen 'ne Menge Menschen vorbei. Ich selbst bin vielleicht zwei Minuten vor den Schüssen da vorbeimarschiert. Gut, dass ich mir erst nach dem Frühstück die Zähne putze. Jedenfalls konnte die Geiselnahme nach einigen Stunden unblutig beendet werden. Am nächsten Tag seh ich in den Gazetten ein Foto vom Geiselnehmer und erkenn ihn wieder. Den hatte ich schon ein paar Tage zuvor vor dem Postamt mit einem großen Protestschild gesehen. Da hatte ich mich noch gewundert, wogegen der vor dem Postamt protestiert. Na ja, mit ziemlicher Sicherheit hatte ihm da noch keiner zugehört.

Am Tag darauf geht mein Flug nach Sydney. Wie immer bei den billigsten Flugtickets schon am frühen Morgen. Dieses Mal um 6:25 Uhr. Die vom Hostel meinen, ich solle dann den Shuttlebus um 4 Uhr nehmen. Am nächsten Morgen schlurf ich um kurz vor 4 Uhr im Halbschlaf zum Bus. Ich bin hundemüde und schlaf im Bus sofort wieder ein. Nach gefühlten zwei Minuten erreichen wir den Flughafen und ich steh ein wenig benebelt in der Schlange zum Check-In-Schalter. Aus Langeweile werf ich einen flüchtigen Blick auf mein Ticket. Hä!? Steht da wirklich 28.03.? Sollte der Flug nicht am 27.03. sein!? Heute ist doch der 27.03. – oder? Mir wird heiß und kalt. Die Müdigkeit ist wie weggeblasen und in meinem Kopf schießen tausend Gedanken in die verschiedensten Richtungen. Hektisch frag ich 'ne Frau vor mir nach dem Datum und bekomm die Bestätigung: Heute ist der 27.03.! Ich schau noch mal auf mein Ticket und lese 28.03.! Verdammte Scheiße!! Ich bin einen Tag zu früh am Flughafen.

Es ist 5 Uhr morgens und ich könnte mich schwarz ärgern. Ich kann nicht glauben, wie ich so doof sein kann. Nicht nur, dass ich umsonst so früh aufgestanden bin und zehn Dollar für den Shuttlebus verschenkt hab. Nein, jetzt steh ich hier mitten in der Nacht auf dem Flughafen und weiß nicht so recht, was ich machen soll. Der Shuttlebus ist nämlich schon wieder weg und ein Taxi einfach unbezahlbar. Ich frage vorsichtig am Schalter nach, was eine Umbuchung des Fluges kosten würde. Die freundliche Frau am Schalter nennt mir den dreifachen Preis von meinem Ticket. Es bleibt mir also keine Wahl, ich muss einen weiteren Tag in Cairns bleiben.

Zur Strafe, so denk ich, lauf ich zurück in die Stadt. Da ich im Bus aber schon so schnell eingeschlafen bin, weiß ich nicht genau, wie weit es ist. Aber irgendwo hab ich mal was von acht Kilometern oder so gelesen. Schon ganz schön weit. Mit Trampen ist es jedenfalls in der stockdunklen Nacht auch schlecht. Da hält keiner. Hmm, ich könnte laufen und zwischendurch Pausen machen. Zeit genug hätte ich ja. Sicherheitshalber frag ich noch einen Taxifahrer, wie weit es denn wäre. Eine Kilometeranzahl kann er mir nicht nennen, aber ja, man könnte auch laufen. Ha, sag ich ja! Außerdem sieht es auf meinem Stadtplan echt nicht so weit aus. Leider ist der aber auch absolut nicht maßstabsgetreu und so kann ich es nicht richtig einschätzen. Ach, scheißegal!

So lauf ich also mit Sack und Pack los, den großen Rucksack auf dem Rücken und den kleinen vorne. Ich schätz mindestens 25 Kilo. Schnell bin ich auf dem Flughafenzubringer. Dort gibt's weder eine Straßenbeleuchtung noch einen Seitenstreifen. Es ist immer noch stockfinster und ich lauf halbwegs auf der Straße. An mir rauschen die Autos, Busse und schweren LKWs im Affenzahn vorbei. Nicht wenige hupen und fragen sich sicher, was dieser Wahnsinnige auf der Straße macht. Mir ist das egal. Ich ärgere mich immer noch tierisch über meine eigene Blödheit und marschiere in einer Kombination aus ostfriesischer Sturheit und Selbstgeißelung.

Nach einer halben Stunde bin ich immer noch auf dem Zubringer. Der nimmt einfach kein Ende! Es ist immer noch duster und ich schwitze unter dem Gewicht meiner Rucksäcke. Das sind wahrscheinlich doch mehr als 30 Kilo. Vielleicht sogar 35. Am liebsten würde ich sofort eine Pause machen, aber hier sind 'ne Menge kleinerer Bäche und ich hab 'ne Heidenangst vor den Krokodilen. Die warten sicher nur darauf, dass ich am Straßenrand einschlaf, um mich anzuknabbern. So langsam wird mir klar, dass das mit dem Laufen keine so gute Idee war. Aber was soll ich jetzt noch machen!? Zurücklaufen macht auch keinen Sinn. Also marschier ich weiter und weiter und doch ist kein Ende von diesem Zubringer zu sehen. Ja, ich kann noch nicht mal aufleuchtende Bremslichter von den Autos in der Ferne erkennen. Bin ich überhaupt noch richtig? Vielleicht bin ich ja auch in die falsche Richtung gelaufen?

Mit jedem Meter steigt mein Frust. Was soll das alles!? Was mach ich hier mitten in der dunkelsten Nacht mit 40 Kilo Gepäck im Nirgendwo!? Warum hab ich mir bloß kein Taxi geholt!? Oder auf den ersten Bus gewartet!? Was soll das ganze Rumreisen überhaupt!? Schlauer wird man offensichtlich nicht dadurch. Wieso bin ich nicht einfach in Ostfriesland geblieben!? Tja, solche und ähnliche Fragen stell ich mir für die nächsten 15 Minuten. Antworten finde ich in dieser Nacht keine. Jedenfalls bin ich heilfroh, als ich irgendwann den scheiß Flughafenzubringer verlasse und die Straßenbeleuchtung wieder beginnt. Bis zum nächsten Hostel lauf ich eine weitere halbe Stunde. Langsam wird es hell. Als ich ankomme, bin ich ganz schön durchgeschwitzt und ziemlich im Arsch. Der Nachtportier kann nicht glauben, dass ich vom Flughafen gelaufen bin. Aber er sieht es mir wohl an, dass ich gerade nicht zu Späßen aufgelegt bin.

Tja, so ist es eben beim Reisen. Als Backpacker trifft man fast zwangsläufig Fehlentscheidungen ohne Ende. Denn jeden Tag müssen 40 oder 50 Entscheidungen getroffen werden. Oft nur kleine, die sich vielleicht auch tagtäglich ähneln, aber irgendwie doch immer anders sind: In welches Hostel gehe ich? Wie komme ich von A nach B? Was gibt's heute zu beißen? Wo kann ich mal wieder meine Klamotten waschen? Was will ich besichtigen? Passt das Wetter dazu? Wie kommt das alles mit meinem Budget hin? Und mit meinem Terminplan? Man muss an so vieles denken und so vieles berücksichtigen.

Das Problem ist, dass einer Fehlentscheidung fast automatisch weitere Fehlentscheidungen folgen. Wie wenn man bei einem Hemd das falsche Knopfloch erwischt. Man kann sich nicht wie zu Hause auf bekannte Mechanismen verlassen oder sich auf sicheres Terrain zurück begeben. Nein, in der Fremde ist jede neue Situation eine völlig unbekannte. Mit dem Ärger über den »Fehler« im Hinterkopf (eigentlich ist er im ganzen Kopf!) neigt man leicht dazu, sich nicht so genau wie sonst zu informieren, sondern kurzerhand die nächste Option wahrzunehmen. Man will dann einfach nur raus aus dieser miesen Situation. Das logische Denken funktioniert offensichtlich nicht mehr so richtig und häufig wird es dann nur noch schlimmer.

Dazu kommt, dass Informationen häufig falsch oder veraltet sind. Manchmal will der Gefragte auch nur was an mir verdienen und lockt mich in das Hotel seines Kumpels oder das Restaurant seines Onkels. Und häufig sagen Einheimische auch nur irgendwas, um nicht als unwissend oder gar unhöflich dazustehen. Dann lieber mich mit meinem schweren Rucksack zwei Kilometer in irgendeine Richtung schicken.

Wenn man so sein ganzes Hab und Gut von einem Ort zum nächsten trägt, dann ist es kein Wunder, dass man auch manchmal irgendwo irgendwas vergisst oder verliert. Und wenn es ganz dumm läuft, »helfen« irgendwelche Arschlöcher auch dabei. Schließlich ist man als Ortsunkundiger und völlig überladener Backpacker ein beliebtes Ziel der Langfinger.

Ich muss an kleinere Anekdoten vergangener Reisen denken. Da hat sich in den letzten Jahren einiges angesammelt. Seien es kleinere Gaunereien wie an einem Kiosk in Marokko, als mir der Verkäufer eine Mineralwasserflasche mit Leitungswasser unterjubeln wollte. Oder auf der Grenze zwischen Honduras und Nicaragua, als mir Geldwechsler mit Hilfe von programmierten Taschenrechnern nur 80 Prozent des eigentlichen Wertes geben wollten. Schön ist beim Geldwechseln auch der Versuch, wenn alte, nicht mehr gültige Scheine angeboten werden. Ganz besonders vorsichtig bin ich immer bei Taxifahrern, und das in allen Ländern dieser Welt. Wie oft wurden mir schon unverschämte Preise genannt, die leicht mal über dem Zwanzigfachen des normalen Preises liegen!? Wie oft hab ich schon gehört, dass das Taxameter zufällig gerade »kaputt« gegangen sei!? Und wie oft hab ich von Hostels oder Restaurants gehört, die »leider« gerade abgebrannt sind und man stattdessen doch lieber in das eh viel bessere vom Cousin kommen könnte.

Richtig kriminell wird es, wenn falsche Polizisten irgendwas von einem wollen. Echte Polizisten sind häufig auch nicht viel besser und lügen einen frech an, dass man doch viel zu schnell gefahren sei oder aber sturzbetrunken! Nur komisch, wenn man schon tagelang keinen Alkohol intus hatte. Besonders vorsichtig muss man natürlich bei Gedränge sein. Egal, ob im Bus oder auf dem Markt. Mir wurde mal mein Portemonnaie im Gedränge vor dem Eingang einer argentinischen Disco geklaut.

So viel kann schief gehen, so viel kann passieren. Insbesondere wenn man hungrig oder völlig übermüdet ist. Richtig haarig wird es aber häufig erst, wenn man zu zweit oder mit mehreren unterwegs ist. Dann muss jede einzelne Entscheidung abgesprochen werden. Das kann schnell Stress geben und viele ach so verliebte Pärchen oder »best buddies« haben sich auf einer Reise getrennt. Denn natürlich entscheidet man sich manchmal auch falsch und muss mehr bezahlen als nötig oder nimmt irgendwelche dusseligen Umwege. Das Gute ist, dass man in der Regel gar nicht von der günstigeren oder schnelleren Option erfährt. Da braucht man sich dann auch nicht darüber ärgern. Und falls man doch daran zweifelt, ist die beste Strategie, dass man sich immer wieder einfach einredet, alles richtig gemacht zu haben. Irgendwann glaubt man sich schon.

So viele zu treffende Entscheidungen haben aber natürlich auch was Gutes. Man wird nämlich immer besser darin. Und richtig getroffene Entscheidungen schaffen ungemein Selbstvertrauen. Und trotzdem sind es wahrscheinlich gerade die falschen Entscheidungen, die einen weiterbringen. Wie geht noch der schöne Spruch: »Ich habe so viel aus meinen

Fehlern gelernt. Ich denke darüber nach, noch mehr zu machen.« Was sicher nicht bedeutet, dass ich ein und denselben Fehler wiederholen möchte. Im Gegenteil, in zukünftig vergleichbaren Situationen überlege ich lieber zweimal, bevor ich wieder falschliege und mich wieder maßlos ärgere. Glaub mir, ich stehe nie wieder einen Tag zu früh am Flughafen...

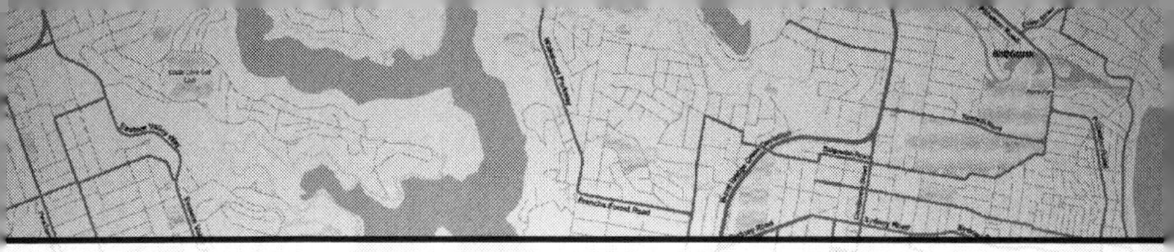

# Das große Los

Sydney, Australien.

Der Anflug auf Sydney ist einfach herrlich. Zunächst geht es einige Kilometer über die zerklüftete, leicht hügelige Küste. Hier ist der »Ku-ring-gai-Chase-Nationalpark«, der von einem saftig grünen Teppich überzogen zu sein scheint. Das davor liegende, tiefblaue Meer wird nur durch ein Band goldener Strände getrennt. Im Hintergrund nähert sich die wohl bekannteste Stadt Australiens: Sydney. Langsam werden die Strukturen deutlicher und als Erstes entdecke ich den Hafen mit der imposanten Harbour Bridge und dem davor liegenden Opernhaus. Wir fliegen in einem großen Bogen über das angrenzende Citycenter mit seinen vielen Hochhäusern und landen auf dem im Süden der Stadt gelegenen Kingsford Smith Airport.

Nach der Landung will ich noch kurz durch die Alkoholabteilung des Duty-free-Shops schlendern. Und zwar nicht, weil ich meinem Nebenjob als Hehler wieder nachkommen will. Nee nee, ich hoffe ja mal stark, dass Mikael meine EC-Karte von Darwin hier nach Sydney geschickt hat und ich bald wieder flüssig bin. Aber eine schöne Flasche Whisky hat in einem Hostel schon oft dieses besondere Talent bewiesen, dass sie aus einem ganz gewöhnlichen Abend eine außergewöhnliche Nacht zaubern kann. Augenblicklich springt mir ein Promotion-Stand von Johnny Walker ins Auge. Zum einen wegen der nett lächelnden jungen Dame, zum anderen wegen des am Stand hängenden Cappies. Das wäre doch mal ein adäquater Ersatz für meinen auf dem Segeltörn in den Whitsundays erlittenen Verlust.

Der Johnny-Walker-Hase erklärt mir, dass ich bei dem Kauf einer Flasche drei Rubbellose ziehen darf. Drei Chancen auf ein dringend benötigtes neues Cappy. Nachdem ich mich vergewissert hab, dass diese schöne, schwarze Mütze auch auf meine riesige Rübe passt, ist für mich klar, dass ich dabei bin. Schon fächert die Gute die Loskarten weit auf und ich greif spontan zu. Leider führt die anschließende Rubbelaktion schnell zum Aufdecken der ersten Niete. Mist! Nachdem ich die zweite Loskarte gezogen habe, meine ich beim Hinlegen des Loses ganz leicht durch das Aluminium zu erkennen, dass es wieder eine Niete ist. Ich kipp das Los noch mal unauffällig und tatsächlich, ich bin ganz sicher, das ist 'ne Niete. Das weiß ich schon ohne zu Rubbeln. Ich sag schnell:
»Oooh. Bei dem Los hab ich gar kein gutes Gefühl, kann ich vielleicht noch mal ein anderes ziehen?«

»Ja klar, kein Problem.«
Ich zieh ein anderes, kipp es erneut etwas gegen das Licht und erkenn wieder, dass es 'ne Niete ist. Verdammt, wahrscheinlich sind da nur Nieten drin. Aber ich kann ja nicht ewig nur aufgrund eines schlechten Gefühls die Lose austauschen und

nehme die kleine Münze wieder zur Hand. Parallel näher ich mich dem Promotiongirl geheimnisvoll:
»Du musst wissen, manche meiner Freunde behaupten, ich hätte seherische Fähigkeiten.«
Da ist die leicht naive Johnny-Walker-Maus ganz interessiert:

»Echt? Das ist ja cool! Und was siehst du bei dem Los?«
Ich schließe die Augen und atme tief ein: »Das ist sicher eine Niete!«

Ich rubbel drauflos und natürlich erscheint die zuvor von mir prophezeite Niete. Selbstverständlich ist das aber noch kein endgültiger Beweis meiner übernatürlichen Kräfte. Dafür sind da offensichtlich zu viele Nieten drin. Also frag ich mal nach, wie viele denn schon so ein Cappy gewonnen hätten, worauf sie entgegnet, dass es gerade gestern erst jemand geschafft habe.

»Aber mit deinen Fähigkeiten klappt es ja vielleicht bei deinem letzten Versuch.«
»Hmm, vielleicht hast du Recht. Die Sache ist: Das klappt meistens nur, wenn ich physischen Kontakt herstelle«, worauf sie mir sofort den Stapel Lose hinhält:

»Hier, die kannst du auch selber halten.«
Das ist meine Chance. Ich nehm den Strauß Lose und gleichzeitig eine hochkonzentrierte Haltung ein. Langsam lass ich die Lose durch meine Hände rutschen und grummel ganz leise Dinge wie »Nee.«, »Die auch nicht.« »Da fühl ich auch nichts...«, fast so, als würde ich jeden Moment in eine Parallelwelt gleiten. Natürlich werfe bei jedem einzelnen Los einen

verstohlenen Blick auf das entsprechende Rubbelfeld und versuche Unterschiede auszumachen. Bei den etwa ersten acht Losen fällt mir leider gar nichts auf und ich frag mich schon, was diese Schmierenkomödie soll. Doch nach zwei, drei weiteren Losen rutscht mir plötzlich eines zwischen die Finger, das etwas anders ist als alle anderen zuvor. Nicht viel, aber doch ganz klar zu erkennen.

Mit ernstem Blick schau ich der Whiskey-Braut tief in ihre großen Kulleraugen: »Ich spüre was... Warte kurz... Ja, ganz deutlich! Das Los hier ist anders. Irgendwie... wärmer.«

»Na, da bin ich mal gespannt!«, entzückt sich die Losfee. Ich setz mit einer großen Geste die Münze an, atme noch mal tief durch und rubbel drauflos. Und – welch Überraschung! – es ist tatsächlich das große Los zum Gewinn der Johnny-Walker-Mütze. Die Kleine kann es kaum fassen und überreicht mir mit offenem Mund die Mütze. Ich setz sie auf, zwinker der Kleinen noch mal zu und kann beim Weggehen meine diebische Freude kaum unterdrücken...

Wie schon in Melbourne, so hab ich auch für Sydney nur wenige Tage für die Erkundung dieser riesigen Metropole. Als Erstes geh ich zum Postamt und schau, ob Mikael die EC-Karte aus Darwin geschickt hat. Yes! Guter Mann! Scheint also doch noch irgendwann nüchtern geworden zu sein. Das beruhigt mich ungemein. Danach lass ich mich einfach wieder durch die Stadt treiben. Das war schon in Istanbul, Mumbai oder Singapur eine ganz gute Strategie. So verpass ich zwar die eine oder andere Sehenswürdigkeit, aber zumindest gewinne ich ein recht authentisches Gefühl für die Stadt. Und du weißt ja schon, dass ich von den großen Menschenmassen eh nicht so viel halte. Schon gar nicht, wenn die fast ausschließlich aus Pauschaltouristen bestehen.

Paradoxerweise treibe ich zunächst in den Stadtteil »The Rocks«, vielleicht dem touristischsten Viertel Sydneys. Genau an diesem Ufer begann die europäischen Besiedlung Australiens mit einem Strafgefangenenlager. Als hier 1788 die »First Fleet« an Land ging, waren immerhin 751 Häftlinge an Bord. Von den rauen Anfängen ist aber natürlich nicht viel geblieben. Heute finden sich in diesem Hafenviertel massenhaft Hotels, Cafés und Designerläden sowie einige der größten Touristenattraktionen der Stadt.

So verbindet hier die berühmte Harbour Bridge die Nord- mit der Südstadt. Die 1932 gebaute Brücke wird im Volksmund übrigens häufig »Coat Hanger« (Kleiderbügel) genannt. Ich weiß nicht, ob du gerade ein Bild von der Brücke vor Augen hast, aber aus meiner Sicht trifft es das ganz gut. Ich seh einige Menschen über die Brücke laufen und will es denen gleich tun. Von der achtspurigen Brücke hat man einen fantastischen Überblick über den ganzen Hafen. Und das beinhaltet natürlich auch grandiose Aussichten auf das klassische Wahrzeichen der Stadt, das wunderschöne Opernhaus von Sydney. Da kann man sich kaum dran sattsehen.

So schön das von 1959 bis 1973 gebaute Opernhaus auch ist, es steht ebenfalls für explodierende Kosten. Die ursprünglich angesetzten 3,5 Millionen US-Dollar beliefen sich letztlich auf das Fünfzehnfache. Das hat dazu geführt, dass der dänische Architekt Jørn Utzon 1966 von einer Gruppe junger australischer Architekten abgelöst wurde. Utzon hat danach nie wieder australischen Boden betreten. Und somit hat der Erschaffer eines der berühmtesten Gebäude dieses Planeten sein fertiggestelltes Werk nie gesehen.

Ich lauf weiter über die Brücke in den Stadtteil Kirribilli. Da die Brücke über einen Kilometer lang ist, dauert das deutlich länger, als ich gedacht hatte. Kirribilli stammt im Übrigen aus der Sprache der Aborigines und bedeutet »ein guter Platz zum Fischen«. Ob das immer noch so ist, weiß ich nicht, aber trotz der grandiosen Lage mitten in Sydney geht's hier regelrecht beschaulich zu. Da sind zu Hause in Remels an jedem gewöhnlichen Tag mehr Leute auf den Straßen. Wahrscheinlich liegt das daran, dass dieser Stadtteil von drei Seiten mit Wasser umgeben ist. So gibt's kaum Durchgangsverkehr und die daraus resultierende Ruhe hat zusammen mit der gleichzeitigen Nähe zum Stadtzentrum eine äußerst beliebte Wohngegend für Besserverdienende entstehen lassen. Ich möchte nicht wissen, was hier Grund und Boden kostet.

Bei strahlendem Sonnenschein geht es von Kirribilli mit einer kleinen Fähre zurück auf die andere Seite des Hafens. Glücklicherweise geht es fast direkt am Opernhaus vorbei. Sieht mit der imposanten Skyline im Hintergrund jetzt nicht sooo schlecht aus. Ich schlender noch ein oder zwei Stündchen durch die Gegend und gönn mir irgendwann eine Pause im wunderschönen Botanischen Garten. Dieser 30 Hektar große Garten wurde bereits 1816 gegründet, also nicht mal 30 Jahre, nachdem die ersten Europäer sich hier niedergelassen hatten.

Heute nutzen viele die traumhafte Ruhe und lesen im Schatten seltener Bäume. In einigen finde ich sogar diese weißen Kakadus, die ich zuletzt auf der »Spank Me« in den Whitsunday Islands gesehen hatte. Nach 'ner Weile hab ich mich ein wenig erholt und schau mir die ganz in der Nähe gelegene Kathedrale St. Mary an. Danach wird es schon fast dunkel und ich gehe zurück ins Hostel.

Am nächsten Tag will ich es etwas ruhiger angehen lassen. Zum einen hab ich ganz schön schwere Beine vom Vortag. War ja quasi von morgens bis abends unterwegs und hab bestimmt 30 Kilometer abgerissen. Zum anderen hab ich dann doch leichte Kopfschmerzen. Ich bin mir nicht sicher, woher die stammen, aber ganz eventuell mag es einen schwachen Zusammenhang mit der fast leeren Flasche Johnny Walker neben meinem Bett geben. Aber bei einer so äußerst sympathischen Runde wie am Abend zuvor kann ich einfach schlecht Nein sagen.

Na ja, erst mal aus dem Bett schälen und unter die Dusche hüpfen. Das hilft schon etwas. Danach frühstücke ich gemütlich und entscheide dabei, mich an einem Strand zu erholen. Immerhin soll Sydney mehr als 50 Strände haben. Ich will zum berühmtesten, dem Bondi Beach. Für die etwa acht Kilometer nehm ich ausnahmsweise mal den Bus. Laufen ist in meinem Zustand definitiv zu weit.

Der Bus hält praktischerweise direkt am Strand. Ich hau mich nach wenigen Schritten in den warmen goldgelben Sand und döse 'ne Runde. Herrlich. Irgendwann komm ich wieder halbwegs zu mir und schau mich um. Und eigentlich fällt mir an diesem 1,5 km langen, sichelförmigen Sandstrand nichts Besonderes auf. Okay, er ist recht breit, das davorliegende Meer schön grünblau und die Strandpromenade von unzähligen Cafés und netten Restaurants gesäumt. Aber reicht das schon für die weltweite Bekanntheit des Bondi Beaches!? Keine Ahnung. Wahrscheinlich ist es schlichtweg die Tatsache, dass ein ganz hübscher Strand in der Nähe einer so großen Stadt liegt.

Wie auch immer, ich geh erst mal schwimmen. Das Wasser ist nicht wirklich mollig warm, aber als Ostfriese ist man diesbezüglich ja Kummer gewohnt. Und falls mich doch ein Kälteschock in gewisse Schwierigkeiten bringen sollte, stehen hier 'ne Menge Rettungsschimmer rum. Die sind am Bondi Beach übrigens schon seit mehr als hundert Jahren im Einsatz und haben das Rettungsschwimmerwesen quasi gegründet. Denn als man gemerkt hat, dass das nicht die dümmste Idee war, hat sich das nach und nach in der ganzen Welt durchgesetzt.

Nachdem mich die Sonne wieder getrocknet hat, will ich ein wenig die Gegend erkunden. Am Tamarama Beach nebenan sollen die Wellen für Surfer deutlich interessanter sein. Und um dahin zu gelangen, muss ich einen kleineren Hügel bezwingen. Auf dem schönen Weg fällt mein Blick auf einen Typen, der auf einem Felsvorsprung ziemlich viel Krempel angehäuft hat. Der scheint da tatsächlich zu wohnen. Ich werf der wackligen Behausung einen verächtlichen Blick zu und denk zugegebenermaßen nur »Armer Penner«.

Kurz darauf erreiche ich den höchsten Punkt der kleinen Landzunge und kann die kräftige Brandung der benachbarten Bucht erkennen. Etliche Surfer liegen auf ihren Brettern im Wasser und warten auf die perfekte Welle. Aber als die ersten großen Wellen einlaufen, kann ich keinen richtigen Crack ausmachen, so dass mein Blick zurück auf die Bruchbude fällt. Hmm, eigentlich hat der von mir so bezeichnete »Penner« eine ziemlich geniale Lage gefunden. Ich schau mir alles etwas genauer an und meine vorschnelle Beurteilung schlägt nach und nach in Bewunderung um. Dieser Typ hat zweifellos eine der spektakulärsten Aussichten Australiens und zahlt keinen einzigen australischen Dollar dafür. Er hat wahrscheinlich weder Laptop noch Waschmaschine, aber braucht man das zwingend? Wieso soll man nicht so leben wie er!? Mir kommt eine Textpassage von Ben Harper in den Sinn: »When you have everything, you have everything to lose.«

Warum also immer diesen gesellschaftlichen Normen entsprechen? Warum immer das tun, was alle tun? Und warum bin ich bei allen, die nicht das tun, was alle tun, so skeptisch? Mag doch sein, dass ein Einzelgänger der breiten Masse Einiges voraus hat. Ich schäme mich für meine dümmliche und abwertende Einschätzung. Es kann doch nicht so schwer sein, erst einmal halbwegs wertfrei zu beobachten und dann ein Urteil zu fällen.

Am späten Nachmittag fahr ich mit dem Bus zurück in die City. Ich laufe noch mal durch den Botanischen Garten und entdecke neben den bekannten Kakadus etliche Flughunde, die in den Bäumen hängen. Um letztere wird derzeit eine rege Diskussion geführt. Die einen würden am liebsten die Flughunde umsiedeln, um die alten Bäume des Botanischen Gartens zu schützen, und die anderen sorgen sich eher um die Zukunft der »fliegenden Füchse«. Deren Bestand soll durch den knappen Lebensraum an der Küste schon deutlich geschrumpft sein.

Die Sonne nähert sich langsam dem Horizont und ich möchte zum nahegelegenen »Mrs Macquarie's Chair«, eine Sitzbank, welche 1810 von Häftlingen in den Felsen gehauen wurde. Hier saß die gute Frau Macquarie, um den Blick auf den jungen Hafen Sydneys zu genießen. Ihr Mann Lachlan Macquarie war in dieser Zeit der Gouverneur von New South Wales und einer der Ersten, der in Australien mehr als eine Strafgefangenenkolonie sah. So wird er von nicht wenigen als Begründer Australiens gesehen.

Die heutige Aussicht ist sicher nicht weniger spektakulär und würde bestimmt auch Mrs. Macquarie gefallen. Denn nun haben sich noch das Opernhaus und die Harbour Bridge ins Bild geschlichen. Ich komme gerade rechtzeitig und genieße einen fantastischen Sonnenuntergang. Die markanten Konturen von Opernhaus und Harbour Bridge vor der untergehenden Sonne sind ein Traum. Mehr Sydney geht nicht.

Nicht nur in Neuseeland, sondern auch in Australien konnte man sich lange nicht auf eine Hauptstadt einigen. Zu Beginn des 20. Jahrhunderts kochte die Stimmung besonders hoch. Die große Frage war, ob nicht Melbourne als größte oder Sydney als älteste Stadt die neue Hauptstadt werden soll. Im Gegensatz zu Neuseeland hat man aber nicht eine dritte Stadt als neue Hauptstadt gewählt, sondern eine völlig neue Hauptstadt am Reißbrett gegründet. So wurde 1908 einfach Canberra zur Hauptstadt Australiens bestimmt.

Die Bauarbeiten begannen allerdings erst nach weiteren fünf Jahren und den offiziellen Status der Hauptstadt Australiens erhielt Canberra letztendlich im Jahr 1927 – mit nicht mal 10.000 Einwohnern. Inzwischen ist Canberra auf beinahe 400.000 Einwohner angewachsen und liegt auf Platz acht der größten Städte Australiens. Ganz oben in diesem Ranking liegen aber weiterhin Sydney und Melbourne mit jeweils weit über 4.000.000 Einwohnern. Somit leben in etwa 40 Prozent aller Australier in einer dieser beiden Städte.

Der nächste Tag ist schon mein letzter in Sydney. Am Morgen lauf ich zum etwas alternativen Paddington Markt. Der findet seit 1973 an jedem Samstag in der Nähe einer schönen Kirche unter schattigen Bäumen statt. Hier wird keine neue Fabrikware angeboten, sondern nur nachhaltige, kreative Handwerkskunst und viel Schmuck. Ein Typ verbindet gar beide Elemente und biegt aus alten Gabeln und Löffeln ganz ansehnliche Armreifen und Ringe.

Neben diversem anderen Schnickschnack gibt's auch ein paar Stände, die zu den Klängen von Straßenmusikern eine gesunde Küche anbieten. Ich beschränke mich auf einen herrlichen Kaffee einer kleinen Privatrösterei und entdecke in der Nähe eine uralte, weiße Frau, die vor einem kleinen Tischchen auf einem Hocker sitzt. Und wenn ich »weiß« sage, meine ich »weiß«. Ihre Haut ist weiß, ihre Haare sind weiß und ihre Klamotten auch. An ihren knochigen Fingern hängen schwere diamantbesetzte Ringe. Ich nähere mich neugierig und erkenne ein Schildchen mit »Want to know about Marriage, Love, Travel, Life?« Ah, eine Hellseherin! Also quasi eine Kollegin! Ich komme mit ihr ins Gespräch und erfahre, dass sie als gebürtige Schlesierin sogar gebrochenes Deutsch spricht. Sie will mir aus der Hand oder dem Gesicht lesen. Und so gern ich doch das eine oder andere wissen möchte, ich glaub nun mal nicht an den Mist.

Wenig später komm ich auf dem Markt mit einem kleinen Mädchen von vielleicht sechs Jahren ins Gespräch. Bald merkt sie, dass mein Englisch nicht ganz original ist und es entwickelt sich folgender Dialog:

Sie: »Woher kommst du?«

Ich: »Rate doch mal!«

Sie: »China?«

Ich: »Aber nein, die sehen doch ganz anders aus. Mit so kleinen Augen und so. Rate noch mal.«

Sie: »Hmm. Afrika?«

Ich: »Okay, ich verrat's dir...«

Die Tage in Sydney sind nur so verflogen. Aber das ist ja auch kein Wunder bei dieser Wahnsinnsstadt. Es ist kaum zu glauben, wie sich aus einer Sträflingskolonie so eine fantastische Stadt entwickeln konnte. Heute hat Sydney einfach alles, was eine aufregende Stadt braucht. Angefangen mit dem schönen Hafen, der beeindruckenden Harbour Bridge und dem herrlichen Opernhaus, dessen Anblick wirklich einzigartig ist. Dazu bietet Sydney unendlich viele Freizeitmöglichkeiten in Sport, Kunst und Kultur sowie ein aufregendes Nachtleben. Trotzdem wirkt diese riesige Metropole angenehm entspannt, wozu sicher auch die vielen Strände beitragen. An jeder Ecke begegnet einem die weltoffene und lebendige Ausstrahlung dieser Stadt. Dieser kosmopolitische Flair ist nur wenig verwunderlich, wenn man bedenkt, dass etwa ein Drittel der Bewohner nicht in Sydney geboren wurde.

Ein seriöser Vergleich mit Melbourne ist nach den wenigen Tagen in diesen Städten nur schwer möglich. Wahrscheinlich fällt mir eine Wahl der »besseren« Stadt genauso schwer wie schon den Menschen die Entscheidung zur australischen Hauptstadt vor über hundert Jahren. Dazu müsste man sicher einige Jahre in Sydney und Melbourne gelebt haben. Für mich steht lediglich fest, dass beide Großstädte definitiv außergewöhnlich sind. Vom Gefühl her fand ich Melbourne aber irgendwie einen Tick cooler. Weiß auch nicht warum.

Na ja, jetzt geht's erst mal weiter nach Hawaii. Ich freu mich wie Bolle. Ein großer Traum wird in wenigen Stunden wahr werden.

# Hawaii

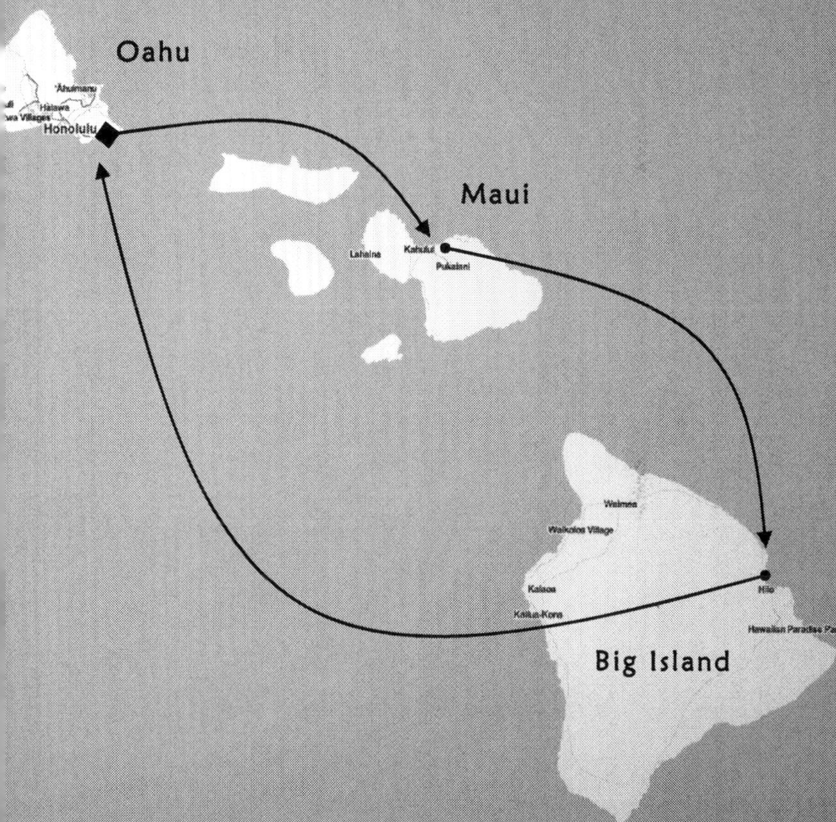
Oahu
Honolulu
Maui
Lahaina
Big Island
Waikoloa Village
Kailua-Kona
Hilo
Hawaiian Paradise Park

# Klänge einer Ukulele

Oahu, Hawaii, USA.

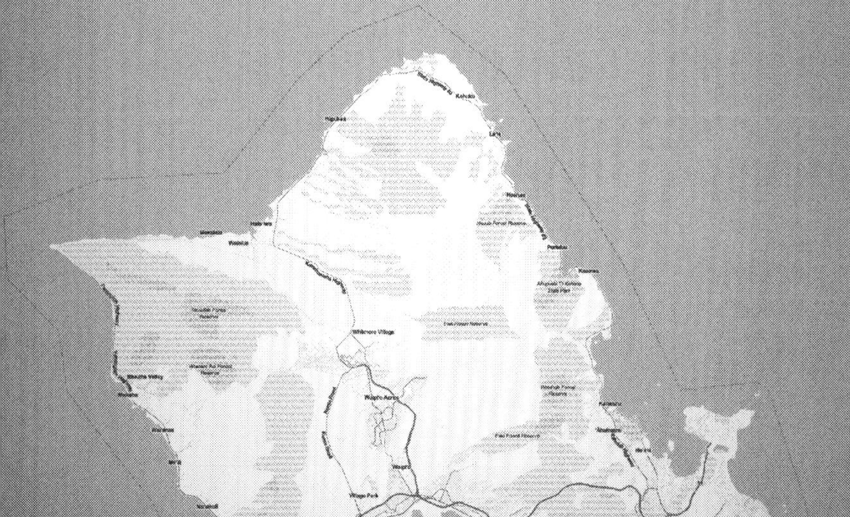

Ich sitze im Flugzeug von Sydney nach Hawaii, der abgelegensten Inselgruppe der Welt. Unter mir nur der unendliche Pazifik. Auf den meisten Landkarten wird es ja häufig nicht so deutlich, aber der Pazifik ist über doppelt so groß wie der Atlantik und enthält mehr als 50 Prozent sämtlichen Wassers auf der Erde. Von all diesen Wassermassen liegen im Übrigen 97,5 Prozent als Salzwasser vor. Und die mickrigen 2,5 Prozent Süßwasser sind wiederum zum allergrößten Teil in Eis und Schnee gebunden, so dass nur etwa 0,3 Prozent als Trinkwasser zur Verfügung steht. Vielleicht lassen einen solche Gedanken etwas sorgsamer mit diesem raren Gut umgehen.

Ich werde aus meinen Gedanken gerissen, als schräg hinter mir ein Ami anfängt, lauthals seine Nachbarschaft zu unterhalten. Ich nehm mal zumindest stark an, dass es ein Ami ist, da er wie ein Frosch quakt. Außerdem ist er offensichtlich ziemlich besoffen und labert jeden in seiner Nähe blöd an. Nebenbei schüttet er sich weiterhin ein Bier nach dem anderen rein, bis er irgendwann nicht mehr kann und tatsächlich einschläft. Das ist den meisten ganz recht so.

Leider hat aber jemand nur wenig später die sonderbare Blitzidee, den Kollegen zum Abendessen zu wecken. Das hätte man vielleicht nicht tun sollen, denn dazu ist der Ami eindeutig nicht mehr in der Lage. Auf das Besteck verzichtet er gänzlich und beim Versuch, mit den Fingern zu essen, kleckert er die Hälfte seiner Beef-Noodles auf sein Hemd. Sieht richtig lecker aus. So sind alle aus der näheren Umgebung ständig mit einem Auge bei diesem krakeelenden Kleckerkönig und warten, was denn als Nächstes so Schönes passieren mag.

Die Stewardessen scheinen derweil von alledem nichts zu merken. Sie versorgen ihn unverständlicherweise weiterhin fleißig mit Bier. Und das Biertrinken bekommt er koordinativ auch noch erstaunlich gut hin. Ich selbst bin ja niveaumäßig recht flexibel, aber als ich sein dümmliches Gequatsche einfach nicht mehr ertragen kann, geb ich einer Stewardess Bescheid, dass der Frosch ja wohl so langsam mal genug Bier hatte. Ja, das hätten sie auch gerade gemerkt. Na bitte. So wird die Nacht dann doch noch angenehm unaufgeregt.

Als ich am nächsten Morgen aufwache und das Rollo vor dem Bullauge hochschiebe, kann ich winzige Inseln in der Ferne entdecken. Das müssen sie doch sein. Hawaii, Honolulu, Waikiki Beach. Das ist Musik in meinen Ohren. Irgendwie hab ich zwar keine rechte Vorstellung von dem, was mich erwartet, aber es muss schön sein. Denn immer, wenn ich erzählt hab, dass ich nach Hawaii flieg, kam als erste Reaktion immer: »Oh, wie schön!«, oder Ähnliches. Dabei waren die meisten gar nicht selber da. Aber das Image dieser Inseln scheint jedenfalls zu stimmen. Ich bin gespannt und freue mich, dass ich es bald erfahren werde. Langsam werden die Inseln am Horizont größer.

Nur wenig später lande ich in Honolulu. Es ist 6 Uhr am Morgen des 31. März. Dabei bin ich am Abend des 31. März losgeflogen. Irgendwie komisch, aber ich habe etwa zwölf Stunden Lebenszeit »gewonnen«. Die nächsten zwölf Stunden habe ich also schon einmal gelebt. Sie sind doppelt. Aber wahrscheinlich, so denk ich mir, geht schon ein gehöriger Teil dieser Zeit bei der US-amerikanischen Immigration drauf. Die soll ja bekanntlich knallhart sein. Aber von wegen. Sie wollen zwar meine Fingerabdrücke und ein Foto, aber nach zwei Minuten ist alles erledigt und ich trete in die Empfangshalle.

In dieser erwarte ich irgendwie, dass mir spärlich bekleidete Hula-Mädchen mit gelber Blume im schwarzen Haar eine Blütenkette um den Hals legen. Natürlich inklusive eines atemberaubenden Hüftschwungs und einem Lächeln, so dass man nie wieder weg will. Aber nix da. Auch kein Palmenrauschen oder die sanften Klänge einer Ukulele. Hatte ich mir irgendwie so vorgestellt. Stattdessen steht da ein alter Japaner und raunt mir ein recht emotionsloses »Aloha« entgegen. Aber immerhin. »Aloha«, so erfahr ich später, ist noch universeller einsetzbar als unser ostfriesisches »Moin«. Denn es heißt nicht nur »Hallo«, sondern auch »Tschüss« und – man höre und staune – »Ich liebe dich«. Kommt wohl auf die Betonung und den Gesichtsausdruck an. Ich überlege kurz und stelle fest, dass der Japaner mich nicht zu lieben scheint.

Mit dem Bus fahr ich in den Stadtteil Waikiki. Nach zweieinhalb Monaten in Indien, Singapur, Neuseeland und Australien bin ich mal wieder in einem Land mit Rechtsverkehr. Das fühlt sich ziemlich komisch an und beim Straße überqueren schau ich noch 'ne ganze Weile in die falsche Richtung. Ich such mir schnell ein Hostel und geh direkt zum berühmtesten Strand der hawaiianischen Inseln. Als ich dort ankomme, bin ich allerdings etwas enttäuscht, denn dieser Strand kann mit dem aus meinen Träumen bei weitem nicht mithalten. Er ist zwar recht weiß und es gibt auch etliche Palmen, aber in den letzten Monaten habe ich weitaus schönere gesehen. Vor allem einsamere. Hier ist es dagegen richtig voll. Fast so wie im ostfriesischen Bensersiel an einem Sommerwochenende. Also falls es ausnahmsweise mal nicht regnet.

Mein Blick folgt dem Strand in Richtung Süden, wo ich einen kleinen Berg entdecke. Von da müsste man doch einen schönen Ausblick haben. Ich frag einen Ami, der mir bestätigt, dass die Sicht vom sogenannten »Diamond Head« auf Waikiki und Honolulu tatsächlich überragend sei. »Prima, dann lauf ich mal los!« Da es etwa drei Meilen bis dahin sind, kann der Ami nicht glauben, dass ich kein Taxi nehm: »Oh my god, you're crazy!« Mit der Ausdauer von vielen Amerikanern scheint es offensichtlich nicht so gut bestellt. Das wird auch auf dem letzten Kilometer zum nur 232 Meter hohen Aussichtspunkt des Diamond Heads deutlich. Hier sind einige Treppenstufen zu bezwingen und die meisten Amis schnaufen und schimpfen ohne Ende. Und einige, die tatsächlich oben ankommen, feiern sich, als hätten sie gerade den Mount Everest bezwungen.

Die Aussicht vom Diamond Head ist wirklich schön. Dennoch wird deutlich, dass Honolulu mit seinen knapp 400.000 Einwohnern keine besonders schöne Stadt ist. Zum einen hätte ich nie im Leben mit so vielen Hochhäusern gerechnet. Aber Honolulu rangiert nach New York, Chicago und Miami tatsächlich auf Platz 4 der Städte mit den meisten Hochhäusern in den Vereinigten Staaten. Also von wegen einsame Strandhütten oder so. Zum anderen gibt es in Honolulu richtig schmutzige Ecken, in denen viele Häuser nicht mehr den allerfrischesten Eindruck machen. Das hatte ich schon auf der Busfahrt vom Flughafen nach Waikiki gesehen. Erinnert mich irgendwie eher an Mittelamerika.

Leider ist es auf Hawaii längst nicht so günstig wie in Mittelamerika. Im Gegenteil, hier ist eigentlich fast alles teuer, sogar Grundnahrungsmittel: Ein Liter Milch kostet fast vier Dollar und ein labbriges Toast liegt bei drei Dollar aufwärts. Meistens kann ich mich in teuren Ländern mit Bananen ganz gut über Wasser halten. Die sind fast überall auf der Welt relativ günstig und machen ordentlich satt. Nicht so auf Hawaii. Hier ist nur günstig, was ungesund ist. Der Doublecheeseburger kostet einen Dollar, ein Snickers 30 Cent und eine Packung Pringels 1,20 Dollar. Zwei Liter Cola (1,20 Dollar) sind günstiger als ein Liter Wasser (2 Dollar). Dabei hab ich immer gedacht, dass Cola hauptsächlich aus Wasser besteht. Oder ist der Zucker so teuer? Es wundert mich jedenfalls nicht mehr, dass hier der ein oder andere leicht Übergewichtige durch die Straßen schlurft. Wenn man arm oder geizig ist, wird man hier automatisch fett. Ich bin arm *und* geizig.

Der Bauchumfang leidet ebenfalls unter der Tatsache, dass die Portionen leicht überdimensional sind. Bei Burger King bestell ich einmal die größte Portion (kostet nur 80 Cent mehr) und bekomm daraufhin einen Karton Pommes und ein Fass Cola. »Refill« ist natürlich auch noch drin. Dabei fällt mir auf, dass es gar keine kleinen Portionen mehr gibt. Früher gab es »small«, »medium« und »large«. Jetzt gibt es nur noch »medium«, »large« und »King« oder »supersize«, je nach Fastfoodkette. Ein anderes Mal bestell ich einen kleinen Kaffee, der immerhin noch 0,3 Liter umfasst. Der mittlere hat 0,5 und der große 0,7 Liter. Da kann man zwei Tage nicht schlafen.

Mit Brian, einem 42-jährigen Nordiren aus meinem Zimmer, miete ich am nächsten Tag ein Auto. Wir wollen einmal um die Insel fahren. Diese Insel mit dem Hauptort Honolulu heißt übrigens Oahu und ist ungefähr halb so groß wie Ostfriesland. In zwei Tagen sollten wir das also schaffen.

Nach 30 Minuten machen wir an hohen Klippen einen kurzen Stopp und genießen die Aussicht. Auf einmal entdeckt Brian einen Wal. Zwar in einiger Entfernung, aber doch ganz deutlich zu erkennen: Wie er auftaucht, durch sein Blasloch pustet und dann langsam wieder in der Tiefe verschwindet. Zum Schluss ragt nur noch die große Schwanzflosse für einen

Moment aus dem Wasser. Wahnsinn, wie groß der ist! Ich kann es nicht fassen! Jetzt ist mir doch noch ein Wal über den Weg gelaufen. Tja, manchmal will man etwas unbedingt und bekommt es erst, wenn man nicht mehr damit rechnet. Später sehen wir noch weitere Wale. Einmal sogar eine Mutter mit ihrem Baby.

Das Wetter ist an diesem Tag leider nicht so dolle. Meistens ist es ziemlich bewölkt und hin und wieder regnet es sogar. Das passt so gar nicht zu meiner Vorstellung vom Hawaii-Wetter. Aber besser an so einem Tag eine Inselrundfahrt machen als am Strand zu liegen. Außerdem sieht es schon ziemlich beeindruckend aus, wie die dicken Wolken an den zerklüfteten, saftig grünen Bergketten hochziehen.

So zuckeln wir gemütlich von einem Küstenort zum nächsten. Auf den Straßen fahren wir meistens nicht schneller als 45 Meilen (etwa 70 km/h). Selbst auf den Highways ist das Tempolimit bei maximal 55 Meilen (etwa 100 km/h). Auf einer Heckklappe vor uns entdecke ich einen Aufkleber »Slow down! This ain't the mainland!« Alles easy going hier. Sogar die Motorradfahrer scheinen keinen Helm tragen zu müssen.

Viele Ortschaften haben hier sehr ähnliche Namen: Waikane, Waianae, Waialua. Oder: Kahlua, Kaaawa, Kaneohe. Irgendwo hab ich gelesen, dass das hawaiianische Alphabet nur zwölf Buchstaben kennt. Neben den fünf Vokalen, wie wir sie auch kennen, gibt's nur noch die Konsonanten H, K, L, M, N und W. Das war's. Kein Wunder also, dass hier alles so gleich klingt. Außerdem ist eine Ähnlichkeit zur Sprache der Maori in Neuseeland nicht zu verkennen. Aber das ist kein Zufall, da es sich bei beiden um eine polynesische Sprache handelt. Als Volk von Seefahrern und Fischern sollen die Hawaiianer übrigens mehr als 60 verschiedene Wörter für ihre Fischernetze haben. Das ist eben ihr Element und so werden viele feine Unterschiede gemacht. Ganz ähnlich verhält es sich bei den Eskimos oder den Aborigines. Die einen unterscheiden vielfältige Arten von Schnee und die anderen von Sand. Da fällt mir ein: Wie viele Arten von Regen kennen wir Ostfriesen eigentlich?

Am Abend kommen wir an der Nordseite der Insel an. Hier sind die berühmten Surferstrände wie Waimea Beach oder Banzai Pipeline. Hier sind die »Big Waves«, die im Winter locker zehn Meter hoch werden können. Und nicht selten brechen sich Surfer in diesen Wellen das Genick. Sie werden einfach mit voller Wucht auf den Meeresboden geschlagen. Vor einigen Jahren ist so einer der besten und bekanntesten Surfer, der Tahitianer Malik Joyeux, am Banzai Pipeline Beach gestorben. Jetzt im Frühling mag man das kaum glauben, da die Wellen absolut harmlos aussehen. Nicht wirklich aufregend für einen Ostfriesen.

Langsam wird's dunkel. Wir wollen im Auto pennen und müssen uns noch ein wenig die Zeit vertreiben. Also trinken wir noch ein paar Bier in einer Kneipe und quatschen ein bisschen. Natürlich wieder über die drei F: Fußball, Frauen, Familie. Das funktioniert nicht nur in Istanbul, sondern fast überall auf der Welt. Danach suchen wir uns ein ruhiges Plätzchen zum Schlafen. Auf dem Parkplatz einer Appartementanlage fühlen wir uns wohl. Motor aus und »Gute Nacht«.

Ich schlaf schnell ein, aber Brian pennt in dieser Nacht keine Sekunde. Ihm ist es einfach viel zu kalt und zu unbequem. So machen wir uns schon um kurz vor 6 Uhr wieder auf den Weg. Als Erstes gönnen wir uns einen Kaffee bei McDonald's. Groß natürlich. Danach fahren wir an die Westküste der Insel und bestaunen die Künste einiger Surfer. Ist schon klasse, wie elegant die sich auf den Wellen bewegen. Und es sieht so traumhaft leicht aus. Ich wunder mich dabei immer wieder, wie früh die Surfer schon auf den Beinen oder eher gesagt auf den Brettern sind. Ich dachte immer, die saufen die halbe Nacht durch und pennen dann ordentlich aus. Hang loose und so. Aber nix da! Egal wie früh ich in Hawaii aufgestanden bin, die Surfer waren immer schon im Wasser.

Später fahren wir nach Pearl Harbor. Das kennst du vielleicht aus dem Geschichtsunterricht oder wenigstens aus dem Kino. Der damalige japanische Überraschungsangriff vom 7. Dezember 1941 gilt als Wendepunkt des Zweiten Weltkriegs, da er den Kriegseintritt der Vereinigten Staaten auslöste. Dabei waren die hawaiianischen Inseln zu dem Zeitpunkt noch kein US-amerikanisches Staatsgebiet, sondern lediglich aufgrund ihrer großen strategischen Bedeutung annektiert. Erst im Jahr 1959 wurde Hawaii zum 50. Bundesstaat der Vereinigten Staaten.

Viel zu sehen gibt's in Pearl Harbor eigentlich nicht mehr, aber die Entwicklung und die Konsequenzen dieses Konflikts werden detailliert dargestellt. Neben über 2.400 gefallenen Soldaten wurde der amerikanische Flottenstützpunkt Pearl Harbor in allen Bereichen schwer getroffen. Unter anderem wurden alle acht großen Schlachtschiffe zerstört. Die Reste der fast 200 Meter langen USS Arizona liegen immer noch im Hafen. Eine Bombe traf die Sprengstoffkammer und führte zu einer Kettenreaktion mit unglaublichen 450 Tonnen Sprengstoff, was das Schlachtschiff fünf bis sechs Meter anhob und in zwei Teile zerbrechen ließ. Innerhalb von Minuten ist das Schiff auf den nur wenige Meter tiefen Meeresgrund gesunken und 1.177 der 1.400 Mann starken Besatzung kamen ums Leben.

Der japanische Angriff fand so überraschend in den frühen Morgenstunden statt, dass ein Großteil der Soldaten noch friedlich in den Kojen schlummerte. Aufgrund der gewaltigen Explosionen hatten sie so gut wie keine Überlebenschance. 1.102 der 1.177 Opfer sind übrigens nie geborgen worden, da man nach dem Angriff entschied, dass alle nicht an die Wasseroberfläche gespülten Opfer an Ort und Stelle gelassen werden. Und auch heute noch können die Überlebenden der Katastrophe sich nach ihrem Ableben im Wrack der Arizona beisetzen lassen.

Seit 1962 befindet sich über dem gesunkenen Wrack der USS Arizona eine beklemmende Gedenkstätte. Auf einer riesigen Marmorwand sind die Namen der gefallenen Soldaten festgehalten und an einigen Stellen erhält man einen Blick auf das Wrack im Wasser. Der Großteil liegt knapp unter der

Wasseroberfläche und nur ein paar rostige Teilchen sind zu sehen. So ist nur zu erahnen, dass es sich dabei um ein riesiges Schiff handelte, aus dem selbst heute noch jeden Tag einige Liter Öl an die Wasseroberfläche dringen – überall tauchen kleinere Ölteppiche auf, die als »Tränen der Arizona« bezeichnet werden.

Für die Japaner war der Angriff zunächst ein enormer Erfolg und der japanische Kommandant hat hier – militärisch betrachtet – ein taktisches Meisterstück abgelegt. Als Resultat wurde ein Großteil der amerikanischen Flotte zerstört, so dass die Japaner für einen längeren Zeitraum die absolute Überlegenheit im Pazifik besaßen. Allerdings darf nicht unterschätzt werden, dass der fatale Angriff ohne vorherige Kriegserklärung zu starken Rachegelüsten der Amerikaner geführt haben muss. So gibt es nicht wenige, die behaupten, dass die beiden Atombomben auf Japan nur noch wegen des Angriffs auf Pearl Harbor abgeworfen wurden. Der Krieg war ja quasi schon vorbei.

In diesem Zusammenhang gibt es eine weitere interessante Geschichte, die den japanischen Flieger Fuchida Mitsuo betrifft. Dieser befehligte die erste Angriffswelle auf Pearl Harbor mit knapp 200 Bombern und später ebenfalls den schweren Luftangriff auf das australische Darwin. Als am 6. August 1945 die erste Atombombe auf Hiroshima abgeworfen wurde, war Mitsuo nur durch einen Zufall nicht vor Ort. Einen Tag darauf reiste er als Teil einer Untersuchungskommission nach Hiroshima. Später sterben alle Mitglieder dieser

Kommission an den Folgen der immensen Strahlung. Nur Mitsuo hatte überraschenderweise keinerlei Folgeschäden zu beklagen. Vermutlich ist er jedoch durch diese Vorkommnisse gehörig ins Nachdenken gekommen, schließlich ist er später ein evangelischer Pfarrer geworden und hat sogar lange in den Vereinigten Staaten gelebt.

Na ja, ich muss weiter zum Flughafen, da ich bei »Aloha Airlines« einige Flüge zu benachbarten Inseln gebucht hab. Die kosten jeweils nur knapp 25 Euro und so kann ich mir auch noch die beiden Inseln Maui und Big Island ansehen. Brian setzt mich am Flughafen ab und bringt den Wagen zurück. Mach's gut, Brian! Meinen großen Rucksack hatte ich schon vor unserer Inselrundfahrt im Hostel in Waikiki gelassen und bin jetzt nur noch mit meinem kleinen unterwegs. So habe ich für die nächsten acht Tage nur Folgendes dabei:

- 2 T-Shirts
- 1 Badehose
- 1 Longsleeve
- Flipflops
- Badetuch
- Johnny Walker-Cappy
- Zahnputzzeug
- Schlafsack-Inlett
- Fotoapparat

Das war's! Ach ja, 'ne Strandmatte noch. Die hat mir ein Mädel aus meinem Hostel geschenkt. Aber bei diesem traumhaften

Wetter braucht man auch nicht mehr. Egal, ob Tag oder Nacht, es ist einfach immer angenehm warm.

Nun geht's erst mal nach Maui. Ich freu mich schon voll drauf. Dabei weiß ich rein gar nichts von dieser Insel. Hab nur mal gehört, dass es im Vergleich zu Oahu auf allen anderen hawaiianischen Inseln ruhiger zugehen soll. Also schau ich mal lieber noch schnell im Bücherladen des Flughafens in den Lonely Planet Maui. So erfahr ich, dass Maui zwar etwas größer als Oahu ist, aber von weniger als der Hälfte der Oahu-Touristen angesteuert wird. Von den jährlich etwa acht Millionen Hawaii-Touristen ist im Übrigen nur jeder 200. Besucher ein Deutscher. Dagegen kommt mehr als jeder Sechste aus Japan.

Leider hab ich bis zum Abflug nur wenig Zeit, und ich notier mir hastig einige Highlights und Telefonnummern in mein Büchlein. Kurz vor dem Flug versuch ich noch ein Hostel auf Maui zu organisieren. Leider erreiche ich niemanden. Na ja, mal schauen. Jetzt muss ich erst mal zum Schalter. Dort treff ich auf einen Ami, der mal ein Jahr für die US-Army in Deutschland stationiert war. Ohne dass ich ihn danach frage, gibt er zu, dass er in dem ganzen Jahr nur einen deutschen Satz gelernt hat. Aber dieser Satz wäre für die Soldaten der wichtigste überhaupt. Ich bin gespannt und er legt los: »Ich möchte bitte Menü Nummer 4!«. Immerhin fast akzentfrei.

# 52 Meilen und 620 Kurven

## Maui, Hawaii, USA.

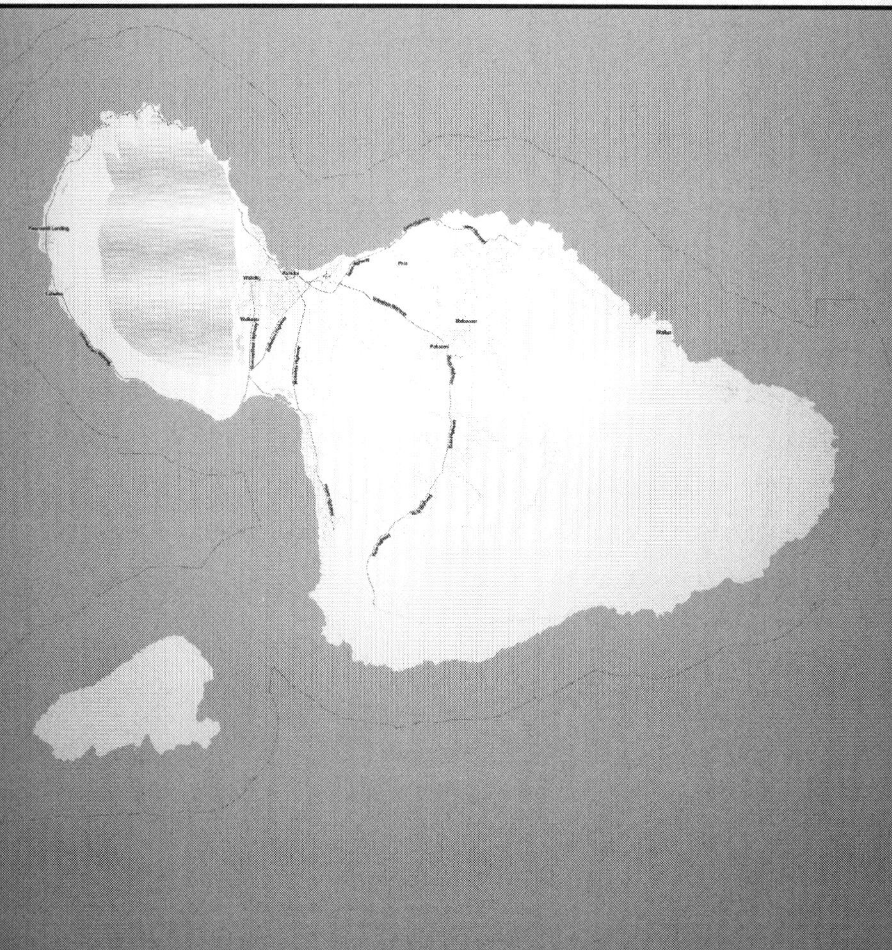

Der Flug von Honolulu nach Kahului, dem Hauptort Mauis, dauert nicht mal 40 Minuten. Natürlich fliegt der Flieger auch nicht so hoch und man hat eine herrliche Aussicht auf diese unvergleichbar abwechslungsreichen Inseln. Landschaftlich gesehen gibt's hier alles: saftig grüne Bergkämme, riesige Lavafelder, goldene Strände. Maui ist die zweitgrößte aller Hawaii-Inseln und besteht im Wesentlichen aus zwei Vulkanen. Dem »Mauna Kahalawai« oder »West Maui Mountains« (1.764 m) und dem »Haleakala« (3.050 m). Zwischen diesen beiden Vulkanen besteht eine flache Landzunge, die wie ein Tal zwischen diesen beiden Vulkanen wirkt.

Ich sitz im Flieger und mache mir Gedanken über die nächsten drei Tage auf dieser Insel. Drei Tage sind wahrlich nicht viel, um wenigstens die wichtigsten Schönheiten der Insel zu besichtigen. Außerdem mach ich mir Sorgen um meine Finanzen, denn billig ist das Leben auf Hawaii weiß Gott nicht. Genaugenommen ist hier so ziemlich alles teuer. Okay, das Fastfood bildet eine Ausnahme, das weißt du schon. Aber das krieg ich so langsam auch nicht mehr runter. Ansonsten hab ich das Gefühl, als ob mir das Geld nur so zwischen den Fingern zerrinnt. Dabei gönn ich mir fast nix. Aber so ist es nun mal in »teuren« Ländern. In »günstigen« Ländern ist ja fast alles billig und Sparen macht nicht viel Sinn. Wenn ich da richtig geizig bin und statt einer 10 Euro teuren und relativ passablen Unterkunft nur 5 Euro für die letzte Spelunke zahle, ist das ungefähr so, als wenn ich hier 100 oder 50 Euro für eine Unterkunft zahle. Nur mit dem Unterschied, dass ich im »teuren« Land 50 Euro sparen würde und im »günstigen« gerade mal 5 Euro. Also kann man es sich da auch mal gut gehen lassen. Dann fällt einem das Sparen in den »teuren« Ländern auch gleich leichter. So wie hier auf Hawaii.

Mein Entschluss steht jedenfalls fest: Ich muss irgendwie sparen. So beschließe ich als Erstes, die nächsten Tage im Auto zu übernachten. Ein Mietwagen kostet nur wenig mehr als ein Bett in einem Hostel. Und das Benzin ist recht billig. Milch kostet das Vierfache. So spar ich mir die Übernachtungen und außerdem die unbezahlbaren Tagesausflüge, da ich ja alles mit dem Mietwagen selber abfahren kann. Als ich auf Maui lande, hol ich mir direkt am Flughafen einen Mietwagen, einen fast neuen Honda Civic. Echt schick. Es ist aber schon Nachmittag und ich kann nicht mehr viel an diesem Tag machen. Außerdem hab ich das Problem, dass der Akku von meiner Kamera nicht mehr will. Und ohne Unterkunft gibt's natürlich auch keine Steckdose. Darum versuch ich es hier und da. Zweimal werde ich von der Security aus einem Shopping Center vertrieben. Aber beim Woolworth hab ich Glück und finde hinter einem Getränkeautomaten eine freie Steckdose. So kann ich mich fast 'ne Stunde nicht entscheiden, was ich trinken soll.

Im riesigen Woolworth ist außerdem auch ein McDonald's. Ich kann aber kein Fastfood mehr sehen und kauf mir stattdessen einen halben Einkaufswagen voll mit Konserven: Baked Beans, halbe Birnen, Erbsen und Möhren. Alles Mögliche. Ein paar Dosen Mais sind auch dabei. Ich guck leider nicht genau auf die Verpackung und merk später, dass es gestampfter Mais ist. Hast du eine Ahnung, wie gestampfter Mais aussieht? Und vor allem, wie der kalt aus der Dose schmeckt!? Schnell 'ne Dose Mandarinen zum Nachtisch! Glaub mir, kaltes Dosenfutter ist auf die Dauer auch nicht das Wahre. Vor allem nicht in solchen Massen.

Am späten Abend such ich mir einen ruhigen Ort zum Übernachten. Es dauert 'ne Weile, bis ich eine Siedlung finde, die einen halbwegs soliden Eindruck macht. Also schnell Motor und Licht aus, rein in mein Schlafsack-Inlet und nicht mehr bewegen. Im Gegensatz zu Brian empfinde ich die Nächte übrigens nicht als zu kalt. Mit dem Schlafsack-Inlet passt es für mich einwandfrei. Und tagsüber ist es längst nicht so heiß, wie ich ursprünglich erwartet hatte. Da klettert das Thermometer zu dieser Jahreszeit auf etwa 27 Grad und so fühlt es sich einfach nur angenehm an. In der Regel schwanken die Temperaturen auf Hawaii zwischen 20 und 30 Grad, so dass die jährliche Durchschnittstemperatur bei etwa 25 Grad liegt. Zum Schwitzen zu kalt und zum Frieren zu warm. In Ostfriesland liegt dagegen die Durchschnittstemperatur bei unglaublich mageren 9 Grad. Und die Wassertemperatur der Nordsee klettert nur selten auf 21 Grad – auf Hawaii liegt sie nie darunter.

Trotz der passablen Nachttemperaturen sind die Nächte im Auto kein Zuckerschlecken. Ich teste jede Nacht einen anderen Schlafplatz. Mal auf dem Beifahrersitz, mal auf dem Rücksitz, dann im Kofferraum. Richtig bequem ist es nirgendwo. Oft wach ich nach ein paar Stunden auf, weil mir irgendwas weh tut. Oder weil irgendein Körperteil von der Blutzufuhr abgeschnitten ist.

Am nächsten Morgen wache ich trotz der ungemütlichen Nacht mit den ersten Sonnenstrahlen auf. Es ist kurz vor 6 Uhr und ich brauche ein paar Sekunden, um zu checken, wo ich überhaupt bin. Puuh, erst mal strecken und Fenster auf. Im selben Moment zieht mir der Geruch von frischgebackenem Brot durch die Nase. Herrlich. Ich schlüpfe aus Schlafsack und Auto und folge dem Duft.

Es dauert nicht lange, bis ich durch die massive Holztür einer uralten Bäckerei trete. Ich bestell bei einer kleinen Oma einen Kaffee und ein Schokocroissant und bin von diesem Ort einfach nur verzückt: Die Strahlen der Morgensonne wagen sich zaghaft durch die milchige Fensterfront. Sie treffen auf den hölzernen Verkaufstresen und die kleine Sitzecke aus verschnörkelten, gusseisernen Stühlen. Auf den Tischen liegen rot-weiß karierte Tischdecken und im Hintergrund läuft französische Musik der 20er Jahre aus knisternden Lautsprechern.

Ich schlürf meinen frisch gemahlenen Kaffee, genieße das fabelhafte, noch warme Croissant und schau dem morgendlichen Treiben zu. Ist das herrlich hier! Mich verzaubert dieser Ort. Ein Ort, von dem ich zehn Minuten zuvor nichts gewusst habe! Die harte Nacht ist augenblicklich vergessen.

Nach einer halben Stunde brech ich auf, um den westlichen der beiden Vulkane zu umfahren. Ich genieße es sehr, dass auf den Straßen so früh morgens nichts los ist. So brauch ich mich kaum aufs Fahren konzentrieren und kann in aller Ruhe die Schönheit der Insel aufsaugen. Schon bald wird der Kahekili Highway zu einer engen, einspurigen Straße, der sich stets an der schroffen Küste entlang schlängelt. Macht richtig Spaß, den Civic durch die scharfen Kurven zu treiben. Dabei geht's ganz schön hoch und runter. Und nach jeder Kurve gibt's 'ne neue Aussicht. Links auf die grünen Berge, rechts aufs strahlend blaue Meer mit der langsam steigenden Sonne im Hintergrund. Ich liebe die Freiheit eines eigenen Autos. Anzuhalten, wann immer ich will. Das nutze ich ausgiebig und halte auf einigen Kilometern bis zu zehn Mal. Nur um eben kurz zu gucken. Viele Strände gibt's aber nicht, dafür ist dieses Ufer einfach zu zerklüftet.

So fahr ich durch kleine Dörfer, die scheinbar nicht viel mit dem Tourismus zu tun haben. Das wundert mich, irgendwie hatte ich vorher gedacht, dass es auf Hawaii so gut wie kein »normales« Leben gibt. Dass alles auf die Touristen ausgerichtet ist. Aber das stimmt nicht und der Tourismus konzentriert sich offensichtlich auf einige wenige Orte, die dann auch völlig überfüllt sind. So komm ich z. B. in den Ort Kaanapali, in dem die großen Hotels wie das Sheraton, Marriot oder Hyatt Regency sind. Alle direkt nebeneinander.

Nur wenig später fahr ich nach Lahaina, wo ich einen günstigen Obsthändler finde, bei dem ich gleich einen ganzen Sack Äpfel und Bananen kauf. Endlich mal was Vernünftiges. Das Obstangebot auf Hawaii ist an sich traumhaft. Kein Wunder, da hier ja auch fast alles wächst. Ich kann mir nur nach wie vor nicht erklären, warum das Obst hier so teuer ist. Teilweise das Dreifache der deutschen Preise.

Gegen Mittag hab ich den westlichen Vulkan umrundet. An einem Aussichtspunkt stopp ich für eine kleine Pause. In der Ferne entdecke ich wieder einige Wale, die durchs blaue Meer wandern. Als sei es selbstverständlich, dass an einen solch schönen Ort auch Wale gehören. Einfach majestätisch. Hier an der Westküste Mauis kann man theoretisch an jedem Strand Wale sehen. Man braucht nur ein wenig Geduld. Später finde ich einen einsamen Strand und hol ein bisschen Schlaf nach. Hier ist echt nicht viel los. Ich hab fast den ganzen Strand für mich. Das Wasser ist herrlich. Nachdem ich die ganze Nacht und den halben Tag im Auto verbracht habe, fühl ich mich wie neugeboren und stink auch nicht mehr ganz so schlimm.

Ich fahre in den Süden der Insel. Durch die Orte Kihei, Wailea und Makena. Irgendwann wird die Straße nur noch zu einem Rumpelpfad. Im Jahr 1790 gab's einen riesigen Vulkanausbruch, so dass so ziemlich der komplette südliche Teil der

Insel von einer Lavaschicht bedeckt war. Nun ist dieser Ausbruch »erst« 200 Jahre her und die Natur braucht noch ein paar Jährchen, damit alles wieder grün ist. Einige Strände sind allerdings noch ziemlich schwarz, da sich durch die Brandung einfach kein Grün etablieren kann. Aber zumindest haben die Wellen über die Jahre das scharfkantige Lavagestein schön abgestumpft, so dass man barfuß ins Wasser kann.

Leider kann ich den Haleakala, den östlichen Vulkan der Insel, nicht umrunden. Es gab im letzten Jahr ein gehöriges Beben und die dabei zerstörte Straße ist leider noch nicht repariert worden. So mach ich mich wieder auf den Weg Richtung Kahului. Die Nacht verbring ich in einer ruhigen Siedlung des Örtchens Paia.

Für den nächsten Tag habe ich mir die »Road to Hana« vorgenommen. Diese wunderbare Straße schlängelt sich an der Ostküste Mauis entlang bis nach Hana und sogar darüber hinaus. Am frühen Morgen besorg ich mir einen großen Coffee-to-go und genieße die gerade aufgehende Sonne über dem glitzernden Meer. Ein paar Etagen höher ziehen mächtige Fregattvögel am tiefblauen Himmel ihre Kreise. Bei einer Spannweite von über zwei Metern müssen diese meisterhaften Gleiter so gut wie nie mit den Flügeln schlagen. Sie können sogar wochenlang in der Luft bleiben und schlafen dann im Flug.

Die Straße schlängelt sich schon bald durch die saftig grünen Berge, deren Spitzen so früh morgens noch von Nebelschleiern umgeben sind. Ich nehm einen Schluck Kaffee und frag mich, woher der Name »Highway to Heaven« stammt, wie die Straße auch genannt wird. Vielleicht bereitet das Fahren dieses Highways durch die wilde Natur einfach ein himmlisches Vergnügen? Oder sind es vielleicht doch eher die 620 Kurven und 54 einspurigen Brücken, die so einige Gelegenheiten bieten, dem Himmel näher zu kommen?

Auf den ersten Kilometern ist die Straße jedoch noch sehr gut ausgebaut und frei von scharfen Kurven. Mir fällt ein Schildchen »Twin Falls« ins Auge. Und auf meiner kleinen Karte sind die auch eingezeichnet. Also halte ich und lauf den kurzen Weg zum Wasserfall. Als ich da ankomme, bin ich enttäuscht. Wie so oft bei Wasserfällen. Dieser ist nur wenige Meter hoch, endet in einer ziemlich braunen Suppe und von Zwillingen kann ich auch nichts erkennen.

Wasserfälle gehören häufig zu den überschätzten Dingen auf dieser Welt. Ich mein, es gibt ja zweifellos traumhafte Wasserfälle wie z. B. die gewaltigen Iguazú-Wasserfälle an der Grenze zwischen Argentinien und Brasilien oder den wunderschönen Plitvice-Wasserfall in Kroatien. Wahrscheinlich verknüpfen deshalb viele Menschen automatisch das Wort Wasserfall mit ihrer traumhaften Vorstellung des perfekten Wasserfalls und halten reflexartig an. Findige Verkäufer nutzen dieses Wissen aus und weisen jeden noch so kleinen Wasserfall mit einem großen Schild aus. Hier bei den »Twin Falls« steht ein lokaler Farmer, der Smoothies, Bananenbrot und frisches Obst anbietet. Da ist der Besucher zwar vom Wasserfall enttäuscht, aber wenn man schon mal hier ist, kauft man eben einen kleinen Drink oder einen Apfel und die Kasse klingelt wieder. Es müsste eine Regel geben, ab welcher Höhe ein Wasserfall denn auch als Wasserfall bezeichnet werden darf. Zehn Meter oder so. Alles darunter wäre dann ein Wassersturz, 'ne Kaskade oder sonst was. Ich möchte nicht wissen, wie oft ich in meinem Leben schon einem dämlichen Wasserfall-Schild gefolgt bin, um dann einen erbärmlichen Wasserfall von 1,20 Meter zu sehen.

Kurz nach dem sogenannten Wasserfall wird die Straße schmaler und die ersten scharfen Kurven und einspurigen Brücken lassen mich erahnen, dass ich auf der etwa hundert Kilometer langen »Road to Hana« nicht wirklich schnell vorankommen werde. Meinen nächsten kurzen Stopp leg ich bei einem Botanischen Garten ein, der sich ganz bescheiden »Garden of Eden« nennt. Weniger bescheiden sind die geforderten 15 Dollar Eintritt. Dann eben nicht. War ja vor Kurzem noch im Botanischen Garten von Sydney und der ist eh viel cooler. Ganz bestimmt.

Die enge Straße schlängelt sich jetzt direkt an der schroffen Steilküste durch das saftige Grün. So macht Autofahren Spaß. Ich halte hier und da und genieße überragende Aussichten. Unterwegs passiere ich die »Upper Waikani Falls« und die »Makapipi Falls«. So schnell fall ich nicht wieder auf den »Wasserfall-Trick« rein. Außerdem ist die Straße inzwischen so eng, dass man kaum parken kann. Die Schlucht ist sogar so eng, dass es noch nicht mal einen Shop gibt.

Einige Stunden und unzählige Haarnadelkurven später erreiche ich die »Seven Sacred Pools«. Das sind natürliche Schwimmbecken, in denen ich mich endlich mal wieder mit Süßwasser waschen kann. Eigentlich merk ich immer erst nach dem Waschen, dass ich mich vielleicht schon ein wenig eher hätte waschen sollen. Hinter den sieben Pools beginnt der zweistündige »Pipiwai Trail«. Ein kleiner, aber feiner Wanderweg, auf dem ich die heimische Flora bestimmt so gut bestaunen kann wie in dem überteuerten »Garten of Eden«. Durch die isolierte Lage Hawaiis leben über 90 Prozent der einheimischen Pflanzen und Tiere tatsächlich nur hier auf diesen Inseln. Nirgendwo auf der Welt gibt's mehr endemische Arten, nicht mal auf den Galapagosinseln.

Zu den nicht einheimischen Pflanzen gehört auf diesem Trail ein imposanter Banyan-Baum, der ursprünglich aus Indien stammt. Mit seinen weit gefächerten Luftwurzeln hat er einen gigantischen Umfang und bietet gleichzeitig vielen anderen Arten Schutz. Etwas später führt der geschwungene Trail durch ein dichtes Bambus-Wäldchen, das bestimmt eine Höhe von zehn Metern erreicht. Weiter geht's an saftigen Farnen vorbei zu zwei Wasserfällen. Ja genau, Wasserfälle. Aber diese Wasserfälle haben die Bezeichnung ausnahmsweise verdient.

Ich fahr weiter und lande in Kipahulu. Hier befindet sich das Grab von Charles Lindbergh, von dem oft behauptet wird, dass er 1927 in seiner »Spirit of St. Louis« als Erster den Atlantik überflog. In Wirklichkeit gebührt diese Ehre dem nahezu unbekannten Briten John Alcock und seinem Navigator Arthur Whitten Brown, die bereits 1919 in ihrem Doppeldecker über den großen Teich setzten. Lindbergh war jedoch derjenige, dem die erste Alleinüberquerung des Atlantiks gelang und der so zu einem der berühmtesten Flieger der Vereinigten Staaten wurde. Dieser Ruhm hat Lindbergh jedoch nicht nur Gutes gebracht. So wurde u. a. eines seiner Kinder entführt und ermordet. Später verbrachte Lindbergh viel Zeit in Deutschland und pflegte neben seiner amerikanischen Ehefrau Beziehungen zu drei deutschen Frauen, aus denen sieben weitere Kinder hervorgingen. Erst in den letzten Jahren seines Lebens fand Lindbergh seine Ruhe hier auf Maui, wo er 1974 starb.

Nur zu gerne würde ich dieser Straße weiter gen Westen in Richtung Wailea folgen, wo ich schon gestern war. Aber wie gesagt, die Umrundung der Insel ist derzeit mit dem Auto nicht möglich. So bleibt mir nichts anderes übrig, als den Rückweg erneut über die Ostseite der Insel anzutreten. Allzu negativ wirkt sich dies nicht auf meine Laune aus, da diese Straße sicher nicht die schlechteste Straße der Welt ist. Vielleicht ergeben sich ja auch so ein paar neue Perspektiven. Ich muss zugeben, dass ich wenig später nur äußerst selten noch den Blick von der Straße nehme. Denn auf dem Rückweg liefere ich mir mit zwei anderen Autos eine kleine Verfolgungsjagd. Weiß auch nicht warum. Ich glaub, es sind diese traumhaften Kurven, die von kleinen, unvernünftigen Jungs einfach schnell gefahren werden wollen. Außerdem gibt es so gut wie keinen Gegenverkehr, da zu dieser Zeit fast alle zurück nach Paia oder Kahului fahren. So düsen wir einige Kilometer Stoßstange an Stoßstange durch die traumhafte Landschaft. Allerdings sind die Kurven uneinsichtig und die Straße schmal. So ganz ohne ist das nicht und ich muss an den Aufdruck eines T-Shirts denken, das ich bei den »Seven Sacred Pools« gesehen und belächelt hatte: »I survived the Road to Hana!«

Natürlich kommt es, wie es kommen muss. In einer engen Kurve zwingt plötzlich auftauchender Gegenverkehr den ersten Fahrer dazu, ordentlich in die Eisen zu treten. Der zweite muss schon eine gepflegte Vollbremsung hinlegen und kracht um ein Haar beim Ersten hinten drauf. Ich fahr als Dritter und sehe alles noch später. Mit voller Kraft tret ich die Bremse durch und krall mich ans Lenkrad. Reifen quietschen laut auf und beißender Gummigestank steigt mir in die Nase. Ich rutsche meinem Vordermann immer weiter entgegen. Zehn Zentimeter vor seiner Stoßstange bleibt meine Karre stehen und ich seh in große, aber dankbare Augen im Rückspiegel vor mir. Ich bin nicht weniger dankbar, dass dieser Ritt gut ausgegangen ist. Hab schließlich nicht mal 'ne Versicherung fürs Auto abgeschlossen...

Ein oft genanntes Highlight auf Maui ist das Erlebnis des Sonnenaufgangs vom Gipfel des Haleakala-Vulkans. Das passt ganz gut in den Zeitplan meines letzten Tages auf dieser Insel. Dafür muss ich allerdings schon nachts um 3 Uhr aufstehen, da ich über eine Stunde in nicht enden wollenden

Haarnadelkurven die 3.000 Höhenmeter zur Spitze des Vulkans rauffahren muss. Die Steigungen sind teilweise ganz schön heftig und ich bin froh, dass mein Civic das alles recht gut wegsteckt.

In dieser Höhe ist es so früh morgens arschkalt und ich ziehe alle Klamotten an, die ich dabei hab. Das reicht allerdings noch längst nicht und so wickel ich mich sogar in mein Schlafsack-Inlet. Trotz der eisigen Kälte warten schon etliche Touristen auf den Sonnenaufgang. Ich hock mich auf einen Stein und schau in die Richtung, in die alle schauen. Bald muss die liebe Sonne doch kommen. Nach zehn Minuten langweiliger Warterei ist es immer noch stockduster. Inzwischen bin ich so dermaßen durchgefroren, dass ich noch mal zurück ins Auto muss, um mich ein wenig aufzuwärmen.

Als es langsam etwas heller wird, lauf ich zurück zu meinem Stein. Der ist natürlich jetzt besetzt und ich darf stehen. Na toll. Völlig übermüdet warte ich so in dunkelster Nacht inmitten von Hunderten anderen Touristen auf die große Erleuchtung. Um kurz nach 6 Uhr – ich bin schon wieder tiefgefroren – tauchen endlich die ersten Sonnenstrahlen über der dicken Wolkendecke auf. Nur wenige Momente später ist die Sonne schon komplett zu sehen und taucht den flauschigen Wolkenteppich unter uns in ein warmes Rot. Schlagartig wärmer wird es leider nicht. Und der Sonnenaufgang ist zwar ganz schön, aber das ganz große Kino ist es eben auch nicht. Vor allem, wenn ich den Aufwand betrachte.

Natürlich ist jeder Sonnenaufgang anders und immer ein wenig Glückssache. Die besten Sonnenauf- und -untergänge hab ich immer erlebt, wenn der Horizont nicht oder nur kaum und der restliche Himmel stark bewölkt ist. Nur so werden die Wolken schön von unten angestrahlt und leuchten in sämtlichen Rottönen. Hier auf dem Haleakala sitz ich oberhalb der Wolken und darüber sind nur die langsam steigende Sonne und der nackte Himmel zu sehen. Da kann also nichts angestrahlt werden. Ich warte trotzdem noch eine Weile auf irgendwelche Veränderungen, verschwinde dann aber doch recht zügig und etwas enttäuscht in mein Auto, um 'ne Mütze Schlaf nachzuholen.

Eine knappe Stunde später wach ich auf und freu mich über die gestiegenen Temperaturen und den Abzug der meisten Wolken. Ich besteige einen kleinen Berg oberhalb des Parkplatzes und bestaune einen fantastischen Panoramablick. Auf der einen Seite kann ich bis zur 30 km entfernten Küste schauen. Der Blick auf die andere Seite verschlägt mir jedoch den Atem und lässt augenblicklich die Enttäuschung über den nur mittelmäßigen Sonnenaufgang verblassen. Vor mir ist eine Kraterlandschaft, wie sie beeindruckender nicht sein könnte. Denn innerhalb des großen Haleakala-Kraters türmen sich viele kleinere Krater auf. Gigantisch. Ich kann mir nicht vorstellen, dass ich diesen traumhaften Ausblick jemals vergessen werde. So ungefähr muss es auf dem Mond aussehen. Ich bin fasziniert und obwohl ich eigentlich nicht mehr viel

Zeit hab, muss ich noch unbedingt ein wenig durch den Krater laufen.

So folge ich dem schmalen »Keonehe'ehe'e-Trail« ins Kraterinnere. Gleich zu Beginn des Weges sagt mir ein kleines Schildchen: »Walk slowly at this elevation!« Das passt leider nicht so ganz zu meiner gerade geweckten Neugierde und der knappen Zeit. Dennoch folge ich dem Trail mit leicht angezogener Handbremse durch den rostbraunen Krater. In einiger Entfernung liegt vor mir einer der kleineren Krater, aber irgendwie nähere ich mich ihm trotz der gut zu laufenden Wege nur kaum. Wahrscheinlich unterschätze ich einfach die enormen Distanzen. Hier im Krater gibt es keine Bäume und nur wenige Wanderer und so fehlt jeder Größenvergleich.

So schön der Haleakala-Krater in seinen Formen und Farben auch ist, er wirkt äußerst lebensfeindlich. Auf den ersten Blick scheint es nur Steine und Staub zu geben. Pflanzen oder irgendwelches Leben sind zu dieser Jahreszeit kaum zu sehen. Etwas später entdecke ich dann doch noch zwei Tiere. Einmal ein gestreiftes Rebhuhn, das »Chukar« genannt wird, und ein anderes Mal trete ich um ein Haar auf eine ziemlich fette braun-schwarze Spinne.

Irgendwann erreiche ich schweren Schrittes den kleinen Krater. Die kurze Nacht und die große Höhe machen sich langsam, aber sicher bemerkbar. Außerdem muss ich mich schon bald auf den Rückweg machen, da heute Mittag mein Flug nach Big Island ansteht. Also noch mal schnell einen Blick in den Krater werfen und dann wieder zurück zum

Auto. Für mich steht fest: Falls ich es tatsächlich noch mal nach Maui schaffen sollte, werde ich erst am frühen Nachmittag hierher kommen. Da könnte ich in Ruhe durch diese einzigartige Kraterlandschaft wandern und am Abend den Sonnenuntergang genießen. Da ist längst nicht so viel los und es ist sicher auch nicht so arschkalt.

Auf dem Weiterflug nach Big Island habe ich das große Glück, einen fantastischen Blick über die Kraterlandschaft des Haleakala zu erhaschen. Nur der Gipfel mit seinen vielen Kratern ragt aus dem weißen Wolkenmeer heraus und ich kann kaum glauben, dass ich noch vor wenigen Stunden durch diese bizarre Mondlandschaft gewandert bin.

# Meine alten Flipflops

## Big Island, Hawaii, USA.

Hawaii besteht im Wesentlichen aus acht Inseln. Mein Flieger landet butterweich auf Big Island, der südlichsten und auch größten Insel von Hawaii und sogar der gesamten Vereinigten Staaten. Und ich mag es kaum glauben, aber Hilo, der Hauptort der Insel, gilt ebenfalls als feuchteste Stadt der Vereinigten Staaten und als eine der regenreichsten Städte der Welt. Als Ostfriese ist man ja der festen Überzeugung, dass die allesamt in Ostfriesland liegen, aber weit gefehlt. Denn in Hilo kommt mit jährlich etwa 3.400 mm mehr als das Vierfache an Regen runter (Ostfriesland: ca. 800 mm). Vielleicht ist das ein Grund dafür, warum es nur ein Zehntel der jährlich 7.000.000 Hawaii-Touristen nach Big Island verschlägt.

Vom Flughafen nimmt mich netterweise mein Sitznachbar aus dem Flugzeug ins Stadtzentrum mit, wo ich wieder einen Mietwagen einem Zimmer vorziehe. Die Dusche muss also noch ein paar Tage warten. Aber immerhin kann ich es noch so gerade mit mir aushalten und andere treffen mich nur kurz. An diesem Tag läuft jedenfalls nicht mehr viel. Ich geh noch kurz einkaufen, was essen und ins Internetcafé. Muss mal wieder ein paar Mails schreiben und dringend die nächsten Flüge buchen. Danach ist es schon dunkel und ich mach mich auf die Suche nach einem Parkplatz für mein Nachtquartier. Am Rande von Hilo werde ich bei einem kleinen Supermarkt fündig. Nicht wirklich grandios, aber ich hatte schon schlechtere Nächte.

Am nächsten Morgen fahre ich mit meinem neuen Mietwagen von Hilo in Richtung Nordwesten, immer der Küste entlang. Hier lassen sich an einigen schroffen Küstenabschnitten noch immer Lavareste finden. Und das, obwohl der letzte Ausbruch des Mauna Kea schon vor mehreren Tausend Jahren war. Dieser Vulkan ist mit 10.205 Metern der höchste Berg der Welt. Das stimmt tatsächlich, allerdings liegen nur 4.205 Meter über dem Wasser. Im Grunde genommen sind es nur die Spitzen von gigantischen Vulkanen – der Rest ist unterhalb der Wasseroberfläche. Wenn man die Höhe vom Meeresgrund berechnen würde, wären die drei größten Berge Hawaiis allesamt höher als der Mount Everest. Macht man aber nicht. Dennoch ist es erstaunlich, wie hoch die Berge auf diesen relativ kleinen Inseln sind. So ist die Insel Big Island mit dem 4.205 Meter hohen Mauna Kea nur in etwa dreimal so groß wie Ostfriesland. Eine wahrlich reife Leistung.

Wirklich erstaunlich wird es aber, wenn man Ostfriesland mit Maui vergleicht. Denn Maui ist nur etwa halb so groß, aber der höchste Berg, der Haleakala, den ich gestern noch hochgefahren bin, ist noch über 3.000 Meter hoch. Also sogar höher als der höchste deutsche Berg, die Zugspitze mit 2.962 Metern. Der höchste »Berg« in Ostfriesland ist übrigens eine Düne auf Norderney und nur etwas über 20 Meter hoch. Zumindest wenn man die leicht höheren Mülldeponien nicht in die Wertung einfließen lässt.

Vom Örtchen Hawi, an der nördlichsten Spitze der Insel, folge ich der Küste in Richtung Süden. Über diese abwechslungsreiche Strecke mühen sich jedes Jahr die Radfahrer in sengender Hitze beim legendären Iron Man. Aktuell ist es aber alles andere als unangenehm. Ich lasse die Scheiben runter, tauche meinen Arm in den warmen Fahrtwind und genieße das sanfte Gleiten über die saftig grünen Hügelketten bis nach Kailua Kona an der Westküste der Insel.

In der Nähe dieses Örtchens stolpere ich mehr oder weniger zufällig in eine kleine Kaffeeplantage und erhalte eine interessante Führung über die Produktion des berühmten Kona-Kaffees. Eine anschließende Verkostung lässt mich als Kaffeeliebhaber mit der Zunge schnalzen. Der Geschmack verliert erst ein wenig von seinem Glanz, als ich den Preis erfahre. Denn ein Kilo dieses Kaffees kostet etwa 70 Euro, womit der Kona-Kaffee zu den teuersten Kaffeesorten der Welt zählt. Natürlich ist das völlig überzogen, aber diese großartigen Kaffeebohnen werden eben nur auf einem schmalen Streifen von 3 Kilometern Breite und 30 Kilometern Länge angebaut.

Ich fahre weiter zum Strand von Kailua Kona und geh da ein wenig spazieren. Schnell entdecke ich im seichten Wasser bunte Fische und mächtige Schildkröten, die seelenruhig das wenige Grün aus den Felsspalten grasen. Da die Sonne schon langsam untergeht, entschließe ich mich, die Nacht hier in Kailua Kona zu verbringen. In einer ruhigen Siedlung finde ich schnell einen perfekten Parkplatz.

Mitten in der Nacht muss ich schiffen. Ich dreh mich gefühlte zwanzig Mal und kann es doch irgendwann nicht mehr aushalten. Schlaftrunken klettere ich aus dem Auto in die Dunkelheit. Langsam bekomme ich die Augen halbwegs auf und tapse zum nächsten Busch. Und wie ich da gerade entspanne, blicke ich hoch und sehe so viele Sterne, wie ich nie zuvor in meinem Leben gesehen hab. Inklusive der fantastischen Milchstraße. Es ist der absolute Wahnsinn! Ich gehe ein paar Schritte zurück, leg mich auf die Straße und genieße dieses ganz große Kino. Ich weiß nicht, wie lange ich da so liege, aber ich kann mich kaum sattsehen. Es fühlt sich an, als müsste ich nur die Hand ausstrecken, um die Sterne zu berühren...

Am nächsten Morgen folge ich der Küste in Richtung Süden. Wie ich diese frühe Morgenzeit doch liebe! Manchmal habe ich fast das Gefühl, der einzige Mensch auf der Insel zu sein. Beim Autofahren höre ich übrigens den ganzen Tag Radio. Von dem hawaiianischen Singer-Songwriter Jack Johnson hab ich komischerweise noch nie ein Lied gehört. Weiß auch nicht warum. Ist der etwa nur außerhalb von Hawaii bekannt?

Ich passiere das kleine Örtchen Captain Cook, das wie so viele andere Orte auf der Südhalbkugel nach dem britischen

Seefahrer benannt wurde. Aber wenn man bedenkt, dass James Cook auf drei großen Reisen für ganze 12 Jahre den Pazifik erforscht hat, ist das nur wenig verwunderlich. Hawaii selbst wurde von ihm Anfang 1778 entdeckt. Damals taufte er sie noch die Sandwich-Inseln. Ein Jahr später kehrte Cook zurück und fand – ganz in der Nähe dieses kleinen Ortes – im Kampf mit Eingeborenen den Tod.

Nachdem ich die südlichste Ecke von Big Island umrundet habe, häufen sich die erhärteten Lavaströme und es wird wieder mal deutlich, dass die Natur noch einige Jährchen brauchen wird, um diese zu durchbrechen. Kein Zweifel, langsam nähere ich mich dem »Hawaii Volcanoes National Park«. Dieser liegt im Südosten der Insel und umfasst neben den aktiven Vulkanen Mauna Loa und Kilauea riesige Lavafelder und ganze sieben ökologische Zonen.

Der auf 1.247 Metern gelegene Vulkan Kilauea (hawaiianisch für »spucken«) gehört zu den aktivsten Vulkanen der Welt. Seit dem jüngsten Ausbruch im Jahr 1983 fließt ununterbrochen Lava aus dem Erdinneren und bahnt sich seinen Weg den Berg hinunter. Mit der ausgeflossenen Menge kann man angeblich zehn Straßen zum Mond pflastern.

Ich umfahre den riesiger Krater auf dem knapp 18 km langen »Crater Rim Drive«. Hier und da halte ich und schau mich um, aber viel zu sehen gibt es eigentlich nicht. Denn aus dem gigantischen Hauptkrater des Vulkans sprudeln keine Lavaströme. Zumindest seh ich keine, was auch an der bescheidenen Sicht liegt. Denn von oben drücken heute dicke

Wolken und von unten entweicht stinkender Schwefeldampf aus jeder kleinen Erdritze. Na ja, wenigstens fällt so nicht auf, dass ich nach drei weiteren Tagen und Nächten im Auto immer noch nicht geduscht hab.

Ich will aber unbedingt frische Lava sehen – am liebsten wie sie im großen Bogen ins Meer schießt. So folge ich der 30 km langen »Chain of Craters Road«, die 1.100 Höhenmeter zur Küste hinabführt. Irgendwann geht es mit dem Auto nicht mehr weiter. Hier wurde die Straße vor etlichen Jahren von der Lava überrollt. Und da das auf einer Länge von 16 km geschah, lässt sich das auch nicht mal eben so einfach wegfegen. Also lauf ich zu Fuß auf der erstarrten Lava weiter. Eigentlich hat die glühend heiße Lava beim damaligen Ausbruch ja alles auf ihrem Weg vernichtet, aber nach wenigen hundert Metern entdecke ich ein Schild »No Parking«, das buchstäblich vom Lavastrom verschluckt wurde, aber ansonsten fast unversehrt scheint. Hier ist definitiv kein Parken mehr möglich. Was für eine unfassbare Naturgewalt!

Nur wenig später seh ich in der Ferne gewaltige Dampfwolken. Das muss es sein. Das ist der Ort, bei dem die 1.100 Grad heiße Lava ins Meer läuft. Da muss ich hin! Seit dem Ausbruch von 1983 ist die Insel so um einige hundert Hektar gewachsen. Eilenden Schrittes hüpf ich in meinen alten Flipflops von einem erstarrten Lavablock zum nächsten. Leider schmerzen mit jedem Schritt meine Füße immer mehr. Denn jede noch so kleine Unebenheit der scharfkantigen Lava drückt sich durch die ausgelatschten Gummisohlen. So bereue ich bitter, dass ich keine richtigen Schuhe dabei hab. Unter Schmerzen lauf ich noch einige hundert Meter weiter, muss aber dann erkennen, dass es so keinen Sinn macht und kehre schweren Herzens um.

Ich fahre die wenigen Kilometer zurück nach Hilo und will mich und meine geschundenen Füße auf dem »Merrie Monarch Festival« erholen. Das ist ein Fest der hawaiianischen Kultur, das mir gestern ein Typ empfohlen hatte. Zugegebenermaßen interessiere ich mich in erster Linie für den Hula-Wettbewerb, der für alle Altersklassen ausgeschrieben ist. Von kleinen Mädels, die noch keine Zähne haben bis ältere Damen, die gar keine Zähne mehr haben.

Aber auch in meiner Altersklasse finde ich zwei, drei Schönheiten, die ich nur zu gern bei meiner Landung in Honolulu gesehen hätte. Wie unfassbar hübsch die sind! Einige kreisende Bewegungen scheinen tatsächlich eine hypnotisierende Wirkung zu haben. Teilweise weiß ich nicht mal mehr, ob ich stehe oder sitze. Ich erwisch mich sogar dabei, wie ich um ein Haar in einen Traum mit der heißesten Hula-Tänzerin abdrifte. So in etwa wie mit Cintia in Mumbai oder mit »Natural Beauty« in Surfers Paradise.

Noch halb in Trance wäge ich die Erfolgsaussichten einer aufrichtigen, ostfriesischen Anmache ab: »Na, du auch hier?« Okay, eventuell besteht die Gefahr, dass der Hula-Schönheit die Eckpfeiler der ostfriesischen Flirtkultur nicht gänzlich bekannt sind. So scheint eine suboptimale Entwicklung unseres weiteren Kennenlernens fast vorprogrammiert. Was, wenn das Mäuschen mich spontan zu einem Tänzchen auffordert? Was, wenn meine derzeitige Duschabstinenz aufgedeckt wird? Ich weiß nicht, was peinlicher wäre und breche den Versuch im letzten Moment ab...

Wenige Stunden vor meinem Abflug von Big Island zurück nach Honolulu stolpere ich mehr oder weniger zufällig über ein relativ großes Unternehmen namens »Big Island Candies«. »Candies« klingt ja schon mal nicht so schlecht und da hier viele Leute ein- und ausgehen, will ich auch einen Blick riskieren. Neugierig öffne ich die große Tür und trete in den klimatisierten Verkaufsraum. Sofort springen mir Schokoladen aller Art ins Auge. In einem weiteren Bereich lässt sich die Produktion der süßen Versuchungen beobachten. Ich konzentriere mich allerdings eher auf die kostenlose Verkostung der Kostbarkeiten. Und wie schön, auch der gute Kona-Kaffee wird hier gratis ausgeschenkt. Einige der ausgelegten Schokopralinen sind einfach ein Traum und ich esse so viele, wie ich nur kann, ohne halbwegs unangenehm aufzufallen. Ich überlege sogar kurz, ob ich mich noch mal umzieh, um eine weitere Dosis dieser kostenlosen Keks- und Schokoladen-Proben zu ergattern. Aber das ist dann selbst mir zu peinlich und ich verschwinde zum Flughafen.

Es ist also Zeit, Hawaii zu verlassen. Zunächst fliege ich zurück nach Honolulu, um mir meinen großen Rucksack aus dem Hostel zu schnappen. Danach geht's direkt wieder zum

Flughafen, da ich mir vor einigen Tagen einen günstigen Flug nach Vancouver im äußersten Südwesten Kanadas ergattert hab. Bin ja schon mal auf die Temperaturen da gespannt. Von Vancouver möchte ich dann die Westküste Amerikas runterreisen.

Ich warte im kleinen Abflugterminal und denke über meine Zeit auf Hawaii nach. Dabei wird mir bewusst, wie dankbar ich für diese einmalige Chance sein kann. Schließlich können diese Inseln kaum weiter von Deutschland entfernt sein. Natürlich haben sich mit dem Besuch auch einige meiner romantischen Vorstellungen in Luft aufgelöst. Es gibt hier eben nicht nur einsame Holzhütten am palmengesäumten Strand, auf dem sich vereinzelt halbnackte Hula-Mädchen räkeln. Auch auf Hawaii ist nicht alles rosarot und auch hier finden sich zwischen den Hochhäusern Honolulus dreckige Ecken und viele Obdachlose.

Aber als Obdachloser würde ich wahrscheinlich auch nach Hawaii fliehen. Ich war nie an einem Ort, der das ganze Jahr über angenehmere Temperaturen aufweist. Und auf einer Fläche so groß wie Schleswig-Holstein gibt es so viele Vegetationszonen, die mit ihrer wahnsinnig abwechslungsreichen Flora und Fauna ihresgleichen suchen. So ist es wenig verwunderlich, dass es diese Momente gibt, in denen man denkt, dass die Schönheit dieser Insel doch nicht real sein kann. Als hätte ein begnadeter Künstler das Paradies gemalt...

# Nordamerika

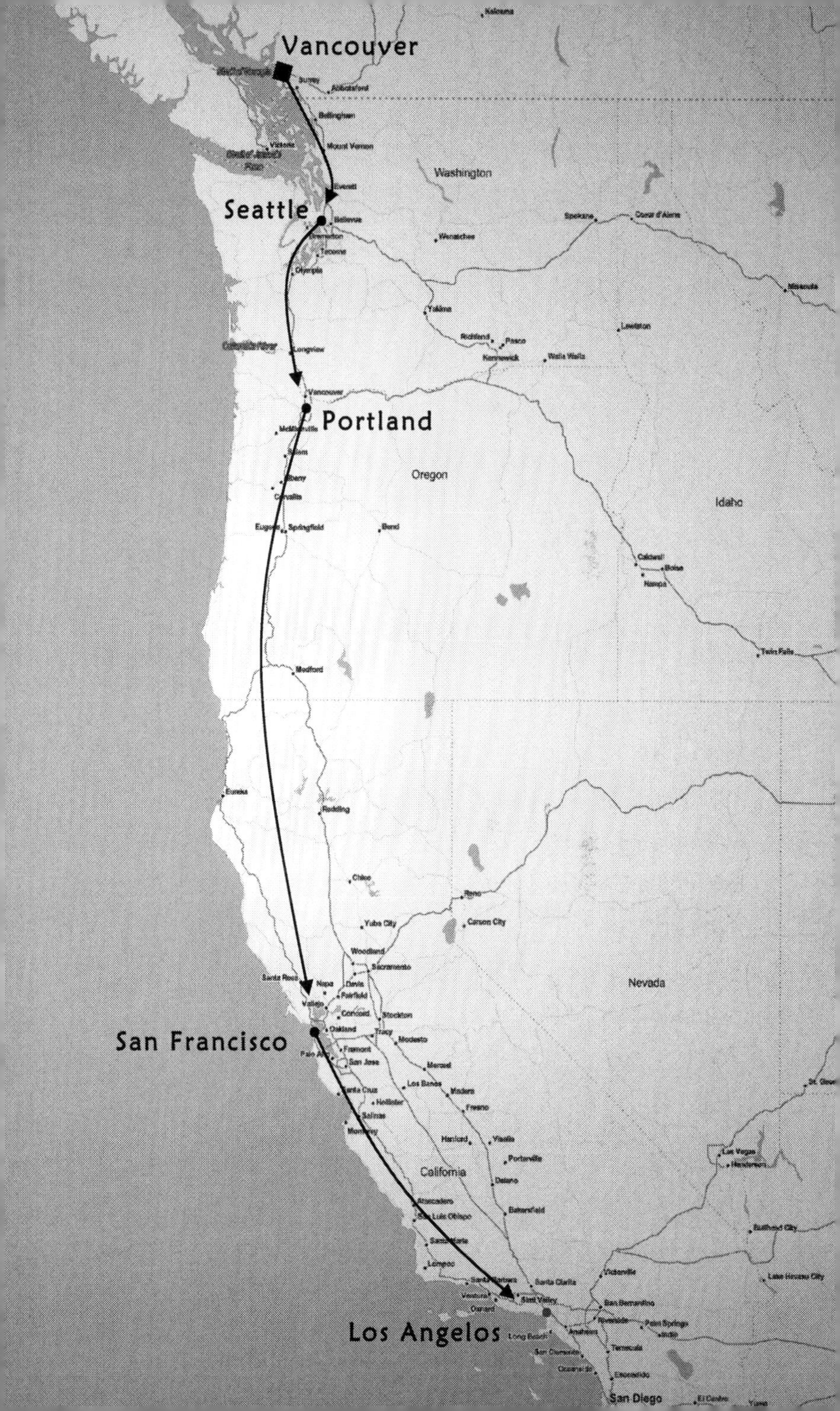

Vancouver
Seattle
Portland
San Francisco
Los Angelos
Washington
Oregon
Idaho
Nevada
California
Bellingham
Mount Vernon
Everett
Bellevue
Tacoma
Olympia
Spokane
Wenatchee
Yakima
Richland
Pasco
Kennewick
Walla Walla
Lewiston
Missoula
Longview
Vancouver
Salem
Corvallis
Eugene
Springfield
Bend
Caldwell
Boise
Nampa
Twin Falls
Medford
Eureka
Redding
Chico
Reno
Carson City
Yuba City
Woodland
Sacramento
Santa Rosa
Napa
Davis
Fairfield
Vallejo
Concord
Stockton
Oakland
Tracy
Modesto
Fremont
San Jose
Merced
Santa Cruz
Los Banos
Madera
Hollister
Fresno
Salinas
Monterey
Hanford
Visalia
Porterville
Las Vegas
Henderson
Delano
Atascadero
San Luis Obispo
Bakersfield
Santa Maria
Lompoc
Santa Barbara
Santa Clarita
Victorville
Ventura
Oxnard
San Bernardino
Riverside
Palm Springs
Long Beach
Anaheim
Temecula
Escondido
San Diego
El Centro
Bullhead City
Lake Havasu City

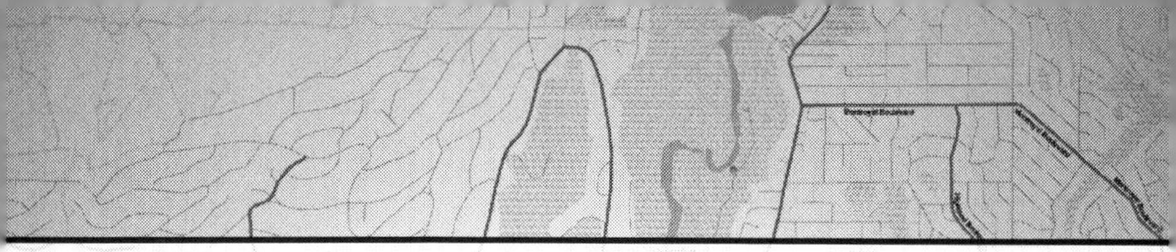

# »Twenty-tlee yeals«

## Vancouver, British Columbia, Kanada.

Von Hawaii fliege ich mit einer kurzen Zwischenlandung in San Francisco nach Vancouver. Ich freu mich auf diese Stadt. Denn ähnlich wie Hawaii genießt auch Vancouver einen exzellenten Ruf. So hab ich schon oft gehört, dass sie zu den schönsten Städten der Welt gehören soll. Und aus dem Heftchen der »Westjet-Airline« erfahre ich außerdem, dass in Vancouver die Lebensqualität nach Zürich am höchsten sein soll.

Ich lande früh morgens und der Flughafen macht schon mal einen sehr vielversprechenden Eindruck. In der Empfangshalle gibt's einen kleinen Wasserfall und alles andere ist ein bisschen wie im Museum. Hier lern ich, dass Vancouver erst 150 Jahre alt ist. Die Stadt ist nach dem britischen Entdecker George Vancouver benannt. Dessen Name stammt ursprünglich vom niederländischen »van Coevorden«, was sich wiederum von der Stadt Coevorden ableitet, die keine 70 Kilometer von Ostfriesland entfernt ist. Noch vor hundert Jahren haben nicht mehr als 26.000 Bewohner Vancouver als ihre Heimat bezeichnet. Danach ging es aber stetig bergauf, so dass inzwischen mehr als zwei Millionen Einwohner hier leben.

Ich tausche noch ein paar amerikanische in kanadische Dollar und verlass das Flughafengebäude. Ist ganz schön kalt hier. Dabei schwärmen alle gerade von dem ach so tollen Wetter. Aber nach drei Monaten mit ständig um die 20 bis 30 Grad kann man mir die 8 Grad nicht wirklich schön reden. Na ja, zumindest scheint die Sonne. Lieber Sonne und kalt als heiß und bedeckt.

Mit dem Bus fahr ich nach Chinatown, wo häufig die billigsten Hostels sind. Das Chinatown von Vancouver ist übrigens weltweit das drittgrößte. Viele Chinesen kamen während des großen Goldrauschs in der zweiten Hälfte des 19. Jahrhunderts. Da sie allerdings alles andere als willkommen waren, blieben die Chinesen meist unter sich, wodurch sich an der Westküste Amerikas große Chinatowns etablierten.

Ich bin hundemüde und am liebsten würd ich mich erst mal für ein paar Stunden hinhauen. Und das ist kein Wunder. Auf Hawaii hab ich fast nur im Auto gepennt. Also versucht. Und der Nachtflug steckt mir auch noch in den Knochen. Da ich aber nicht mal drei volle Tage in Vancouver habe und nur heute schönes Wetter sein soll, bleibt mir keine andere Wahl. Bevor es losgeht, spring ich aber noch schnell unter die Dusche. Endlich mal wieder! Und wenn auch das Wasser nur lauwarm aus dem rostigen Duschkopf tröpfelt, fühlt es sich grandios an.

Als Erstes schau ich mich ein wenig im Zentrum um. Hier scheinen alle Kulturen vertreten zu sein und ich fühle mich an Melbourne erinnert. Alles Multikulti. An einer Ecke knutscht ein Chinese mit einer Weißen und gleich daneben laufen eine

Latina und ein Schwarzer Hand in Hand. Kanada ist eben ein Land der Einwanderer. Sie kamen zunächst aus Europa, später dann aus Indien, Lateinamerika und China, so dass sich fast zwangsläufig dieses Vielvölkergemisch ergeben hat. Nirgendwo in der Welt habe ich so viele interkulturelle Pärchen gesehen. Alle Hautfarben, alle Nationalitäten leben ganz selbstverständlich miteinander. Scheint echt ein tolerantes Völkchen zu sein.

Gegen Mittag lauf ich am schönen Yachthafen entlang und zum auf einer Halbinsel gelegenen Stanley Park. Von hier hat man einen netten Blick auf die Skyline von Vancouver. Und hin und wieder kann ich sogar beobachten, wie Wasserflugzeuge im Hafen landen. Später fahr ich mit dem Bus ins nur wenige Kilometer entfernte Skigebiet Grouse Mountain und finde einige traumhafte Holzhäuser in dichten Wäldern aus mächtigen Douglasfichten. Mit dem Lift geht es das letzte Stück den Berg hoch. Von oben genieße ich ein grandioses Panorama auf Vancouver und den Pazifik. Noch nie in meinem Leben zuvor hab ich in einem Skigebiet auf einen Ozean geblickt. Irgendwie surreal. Und auch wenn ich hier oben eine recht gute Aussicht habe, so kann ich die Größe dieses riesigen Landes nur erahnen. Kanada ist das zweitgrößte Land der Welt und 28-mal so groß wie Deutschland. Dennoch hat Kanada nur die Hälfte der deutschen Bevölkerung. Wobei von der kanadischen Bevölkerung wiederum nur knapp die Hälfte in Kanada geboren ist.

Vor wenigen Tagen war in diesem Skigebiet ein großes Snowboard-Event, so dass sich hier immer noch einige der besten Snowboarder der Welt tummeln. So hab ich das Glück, dass ich der Snowboarder-Elite bei ihren Kunststücken zusehen darf. Es ist der absolute Wahnsinn, was die da bringen und ich bedaure, dass der Akku meiner Kamera den Geist aufgegeben hat. Aber die Bilder im Kopf bleiben ewig.

Ich liebe es, wenn jemand in irgendeiner Sache richtig gut ist. Was auch immer es ist. Wie heute hier die Snowboarder oder wie vor einigen Tagen die Surfer auf Hawaii. Wie sie völlig in ihrer Sache aufgehen, dabei Zeit und Raum vergessen und sich im totalen Flow von ihrer Außenwelt lösen. Wie ein Musiker, der eins mit seinem Instrument zu werden scheint. Oder wie ein Kind beim verträumten Spielen. Was für ein beneidenswerter Zustand der Glückseligkeit!

Während ich da so im Schnee hocke, überlege ich, was ich denn eigentlich besonders gut kann. Hmm, so spontan fällt mir da erst mal nichts ein. Also weite ich meine Überlegungen aus. Es muss ja auch nicht ganz so grandios sein wie die Snowboarder hier. Und vielleicht gibt's ja auch eine Sache, in der ich irgendwann mal besonders gut sein werde. Nun ja, um ehrlich zu sein, will mir da leider immer noch nichts einfallen. Bin ich tatsächlich völlig talentfrei?

Okay, das muss ich mir irgendwie schnell schönreden. So geil ist das nämlich auch nicht, wenn einer irgendwas total gut kann. Denn um dahin zu kommen, musste derjenige bestimmt voll hart trainieren und hatte deswegen keine lustige

Kindheit. Immer nur das endlose Einschleifen ach so wichtiger Prozesse! Dann doch lieber mal 'ne halbe Stunde mit Lego spielen. Und jetzt wandelt der große Künstler ständig auf der Schwelle zwischen Genie und Wahnsinn. Dabei wird er ständig nur auf »seine« Kunst reduziert. »Der kann doch eh nur Snowboarden!« Dann doch lieber ein fröhlicher Allrounder, der nichts richtig gut kann, aber alles ein wenig. Also fast alles. So!

Zurück in Vancouver bin ich so platt, dass ich mich kaum noch auf den Beinen halten kann. Ich torkel mehr oder weniger zurück nach Chinatown. Außerdem tun mir die Füße saumäßig weh. Besser gesagt die Blasen, die ich mir gestern auf Hawaii geholt hab, als ich mit meinen labbrigen Flipflops über die erstarrte Lava gelaufen bin. Trotzdem bin ich heute bestimmt wieder weit mehr als zwanzig Kilometer gelaufen. Eigentlich nicht so das Problem, aber in meinem Zustand war das ein bisschen viel. Ohne mir ein Abendessen zu kochen, fall ich todmüde ins Bett. Wie ich da so liege, überwältigt mich noch mal der Gedanke von eben: »Gestern noch auf Hawaii über die erstarrte Lava spaziert und heute schon durch den kanadischen Schnee!« Was für ein Glückskeks ich doch bin! Mit einem fetten Grinsen gleite ich in einen komatösen Schlaf...

Am nächsten Tag regnet es wie angekündigt. Schade, aber so kann ich es mal etwas ruhiger angehen lassen. Also erst mal ganz entspannt frühstücken. Ich wechsel ein paar Worte mit dem chinesischen Portier. Der lebt hier seit 23 Jahren und spricht ein Englisch, als sei er gestern erst angekommen. »Twenty-tlee yeals«, sagt er und bricht sich fast die Zunge dabei. Ich geh mal stark davon aus, dass er Chinatown nicht so häufig verlässt. Und in dem Fall braucht er auch kein Englisch, da hier wirklich alles auf Chinesisch ist. In Supermärkten und Restaurants gibt's fast ausschließlich chinesische Produkte und jeder Laden hat seine Reklame auf Chinesisch. Fehlt eigentlich nur die Mauer. Außerhalb von Chinatown treff ich auf recht viel Französisch. Das überrascht mich. Ich dachte immer, dass sich der französische Einfluss auf den Osten Kanadas beschränkt.

Irgendwann wird der Regen weniger und ich wage mich raus. Zuerst geh ich zum Busbahnhof und kauf mir für morgen ein Ticket nach Seattle. Danach geht's zum überdachten Markt von Granville Island. Der erinnert mich ein wenig an den Paddington Markt von Sydney. Auch hier herrscht eine nette Atmosphäre aus Galerien, Handwerkskunst, Ateliers und Straßenmusikern. Daneben wird Streetfood aus aller Herren Länder angeboten. Ich entdecke sogar Schwarzwälder Schinken und Nürnberger Würstchen. Jetzt im April ist schon recht viel los und ich kann mir vorstellen, dass die Touristenmassen im Sommer nur so einfallen.

An einem Stand komm ich mit dem Fotografen Bill Keay ins Gespräch. Der zieht seit Jahrzehnten durch die kanadische Wildnis und bringt wunderschöne Aufnahmen von Adlern, Schwarzbären und anderen Wildtieren mit zurück. Teilweise, so erzählt er, dürfe er sich tagelang in seinem Unterschlupf nicht rühren. Viel Aufwand für das perfekte Foto.

Vancouver ist wahrlich 'ne schöne Stadt. Leicht und liebenswert. Es gibt zwar auch einige Wohnblöcke, aber die sind nicht einfach emotionslos hochgezogen worden, sondern eigentlich ganz schick. Ein besonderes Highlight ist definitiv die Lage mit der von mir so geliebten und seltenen Kombination von Bergen und Meer. So kann man im Winter Skifahren und im Sommer die Wale vor Vancouver Island beobachten. Ist das nicht ein Traum!?

# Zigarette im Mundwinkel

## Seattle, Washington, USA.

Von Kanada, dem zweitgrößten Land der Erde (9.984.700 km$^2$), geht es über die Grenze in die nur unwesentlich kleineren Vereinigten Staaten (9.826.700 km$^2$). Ich mein, ich war ja schon auf Hawaii, das seit 1959 zu den Vereinigten Staaten gehört. Aber Hawaii ist anders und zählt nicht so richtig. Ein Ire meinte mal zu mir, dass man mit Grenzübertritt den Unterschied zwischen Kanadiern und US-Amerikanern erkennt. Da bin ich ja mal gespannt.

Wie es der Zufall will, kommt es direkt bei der ersten Pause in den Vereinigten Staaten zum Eklat: Wir stehen draußen vor dem Greyhound-Bus. Ein Typ steckt sich ein paar Meter vom Bus entfernt 'ne Zigarette an. Der Fahrer sieht es und dreht völlig durch: »Willst du, dass der ganze Bus in die Luft fliegt!? Du bist eine Gefahr für die Menschheit.« Wohl zu viele Actionfilme gesehen, der Gute. Aber jetzt weiß ich, was der Ire meint. Ja ja, der Ami neigt offensichtlich ein wenig zum Dramatisieren. Ein anderes Mal bekomm ich mit, wie ein Vater seinem Sohn vom letzten Angelausflug erzählt. Es klingt allerdings eher wie eine fantasievolle Kombination der Filme »Der weiße Hai« und »Der alte Mann und das Meer«. Seemannsgarn pur!

Im Bus neben mir sitzt ein Chinese und schnarcht wie ein Wahnsinniger. Es wird schlimmer und schlimmer. Irgendwann kann ich es einfach nicht mehr ertragen und ich schubs ihn an. Er merkt aber nichts und ich greif zu rabiateren Methoden. So fällt aus Versehen der Stock der Gardine in sein Gesicht und endlich ist Ruhe. Du kannst dir gar nicht vorstellen, wie unschuldig ich gucken kann.

Kurz vor Seattle fahren wir mit dem Bus durch das Städtchen Everett. Hier steht angeblich die größte Fabrik der Welt, die von Boeing. Ich hab natürlich gleich mal gegoogelt, wie groß die Meyer-Werft in Papenburg ist und musste leider feststellen, dass die Meyer-Werft mit 63.000 $m^2$ nicht mal ein Sechstel der Fläche der Boeing-Fabrik mit 398.000 $m^2$ einnimmt. Dabei hatte ich mal bei einem Besuch der Meyer-Werft gedacht, dass das gar nicht größer geht. Boeing ist eh so ein komisches Wort mit gleich drei Vokalen hintereinander. Ich google weiter und erfahre, dass der Firmengründer William Boeing ein Sohn des deutschen Auswanderers Wilhelm Böing ist, der gebürtig aus dem Sauerland stammt. Aha...

Nach drei Stunden Fahrtzeit erreiche ich Seattle, die Hauptstadt des Bundesstaates Washington. Das ist nicht zu verwechseln mit der Hauptstadt Washington, die fast 4.000 Kilometer Luftlinie weiter östlich auf der anderen Seite des Landes liegt. Seattle ist nach dem Indianerchef Sealth benannt worden. Statt Tipis stehen hier aber jetzt nur noch Wolkenkratzer. Unglaublich, in welchem Tempo diese junge Stadt gewachsen sein muss. Dennoch wird Seattle immer noch als

»The Emerald City«, also die Smaragdstadt bezeichnet, da sie von großen Wäldern umgeben ist. Und neben dem vielen Grün gibt's auch 'ne Menge Blau. Denn durch ihre geniale Lage auf einer Landzunge zwischen dem Puget Sound auf der einen und dem Lake Washington auf der anderen Seite ist die Stadt von viel Wasser umgeben.

Neben dem bereits erwähnten Boeing-Werk stammen auch Starbucks und Amazon direkt aus Seattle. Dazu Microsoft aus Redmond, einem Vorort von Seattle. Ist es ein Zufall, dass mit Jeff Bezos und Bill Gates die reichsten Menschen auf diesem Planeten aus derselben Ecke kommen? Für mich ist allerdings wesentlich bedeutender, dass neben diesen äußerst erfolgreichen Menschen auch die Helden meiner Jugend, nämlich die Jungs von Nirvana und Pearl Jam, hier groß geworden sind. Und Jimi Hendrix kommt gebürtig auch von hier. Der gehört übrigens genau wie Kurt Cobain zum »Club 27«. Im Stadtzentrum finde ich eine Statue von Jimi Hendrix, der hier nach wie vor von seinen Fans versorgt wird – mit 'ner echten Zigarette im bronzenen Mundwinkel.

Ich laufe weiter zum Wahrzeichen der Stadt, der sogenannten »Space Needle«. Dieser 184 Meter hohe Aussichts- und Restaurantturm wurde 1962 zur Weltausstellung errichtet und beherrscht das Stadtbild mit seiner außergewöhnlichen Architektur. Ich freu mich, dass sich langsam die Sonne durch die Wolken kämpft und geh weiter zum schönen Lake View-Friedhof. Obwohl recht zentral gelegen, ist es hier sehr ruhig und erstaunlich grün. Fast parkähnlich. Außerdem liegt der Friedhof etwas höher, so dass man einen schönen Ausblick über die Stadt hat. Und nicht zuletzt ist hier das Grab von Bruce Lee und dessen Sohn Brandon, der auf äußerst tragische Weise bei den Dreharbeiten zum Filmklassiker »The Crow« tödlich verunglückte.

In meinem Hostel hatte ich gehört, dass es in der Innenstadt ein nettes Buffet zum kleinen Preis geben soll. Also nix wie hin. Das würde sich sogar schon mit der Hälfte meines Hungers lohnen. Ich hab so Kohldampf, dass ich schon befürchte, keinen Einlass zu erhalten: »Tut mir leid, mit so einem knurrenden Magen können wir Sie leider nicht reinlassen, da fühlen sich die anderen Gäste bedroht.«

Zum Glück bestätigt sich das nicht und ich haste eilenden Schrittes zur Fleischabteilung. Salat geht ja vielleicht auch noch später. Vor mir in der kurzen Schlange steht ein Typ, der in etwa einen Elan hat, wie ich nach einer durchzechten Nacht mit zwei Promille Restalkohol. Wobei mein derzeitiger Heißhunger sich nicht gerade positiv auf meine ohnehin schon dürftige Geduld auswirkt. Nach reiflicher Überlegung entscheidet er sich dann doch fürs Schnitzel und hievt es im Zeitlupentempo auf seinen Teller! Na prima! Dann kann ich ja endlich! Ich schaufel relativ wahllos drauflos und bin schon ein wenig stolz, was alles so auf einen Teller passt. Während ich mir zufrieden einen Tisch in der Ecke des Lokals suche, verrät mir ein Blick in die Runde, dass mein gut gefüllter Teller von den anderen Gästen scheinbar unbemerkt bleibt. Schön, so brauch ich mich noch nicht mal schämen.

Als gerade das erste kleine Frikadellchen auf den Grund meines Magens purzelt, bemerke ich eine hektische Frau auf der anderen Seite der Fensterfront. Mit großen Augen reißt sie die Tür des Lokals auf und springt geradezu ans Buffet. Wow, und ich dachte schon, ich hätte Hunger! Die Frau ist quasi das Gegenteil der Schnecke vor mir. Was ich dann aber mit offenem Mund ansehen muss, verdirbt mir meinen Appetit gründlich. Die Gute schaufelt sich in Sekunden den Teller am Buffet voll. Und ich red jetzt von richtig, richtig voll, nicht so amateurmäßig wie ich. Die Hand, die den Teller hält, sorgt gleichzeitig dafür, dass zumindest auf der einen Seite nichts vom Teller purzelt. Auf dem Weg zum nächstgelegenen Tisch schiebt sie sich mit der anderen Hand schon einige Löffel rein. Selbst beim Hinsetzen verliert sie keine Zeit und löffelt schmatzend weiter. Wobei es eigentlich nur ein Runterschlingen ist. Kartoffelhälften, die andere noch zwei- oder dreimal teilen würden, werden direkt in den scheinbar nimmersatten Schlund geworfen. Von Kauen ist rein gar nichts zu erkennen.

So ist es auch kein Wunder, dass die hungrige Dame nach gefühlten zwanzig Sekunden den Teller leer hat und ohne zu Zögern erneut ans Buffet hechtet. Wieder wird der Teller randvoll gekloppt. Nur kann sie dieses Mal noch nicht mal der Versuchung widerstehen, direkt vom Buffet zu essen. Wenn das mal keine Fressattacke par excellence ist! Das ist inzwischen auch den anderen Gästen nicht entgangen. Am Nachbartisch hat ein Mann schon vollends die Kontrolle über seine Gesichtszüge verloren. Das letzte Mal, als ich ein vergleichbar angewidertes Gesicht gesehen hab, war ich noch ein kleiner Junge. Da hab ich meinem Bruder beim Fußnägelknipsen ein besonders stolzes Exemplar direkt in den Mund geschossen.

Gemeinsam verfolgen alle Augen des Restaurants den Weg der schwitzenden Fressmaschine zurück an den Tisch. Hier wird auch die zweite Runde in einem unvergleichlichen Rekordtempo runtergeschlungen. Kauen wird nach wie vor überbewertet. Erst als der Teller völlig leergeputzt ist, atmet die Gute für zehn Sekunden durch. In ihren Augen meine ich jedoch den Gedanken lesen zu können, ob sie den Teller vielleicht noch ablecken soll. Da fällt mir auf, dass ich mein eigenes Essen komplett vernachlässigt hab. Und irgendwie hab ich auch gar nicht mehr so einen Hunger wie noch vor zweieinhalb Minuten. Außerdem kommt mir eine erschreckende Statistik in den Sinn, von der ich vor wenigen Tagen gelesen hab: Weltweit soll es inzwischen mehr Übergewichtige als Unterernährte geben. Dazu tragen bestimmt sämtliche Industrienationen bei, aber die Vereinigten Staaten liegen sicher in dem Ranking ziemlich weit vorne.

Wie auch immer, jetzt geht es weiter gen Süden, wieder mit dem Greyhound-Bus nach Portland im Bundesstaat Oregon. Im Hostel hat man mir gesagt, dass Oregon berühmt für seine vielen Brauereien ist, weswegen es auch »Beervana« genannt wird. Ob ich das aber ausgiebig testen kann, wage ich zu bezweifeln. Meine Reise steckt in den letzten Zügen, ich bin müde und auch ein wenig am Kränkeln. Mag vielleicht auch daran liegen, dass ich in letzter Zeit zu viele Orte in zu kurzer Zeit besichtigt hab.

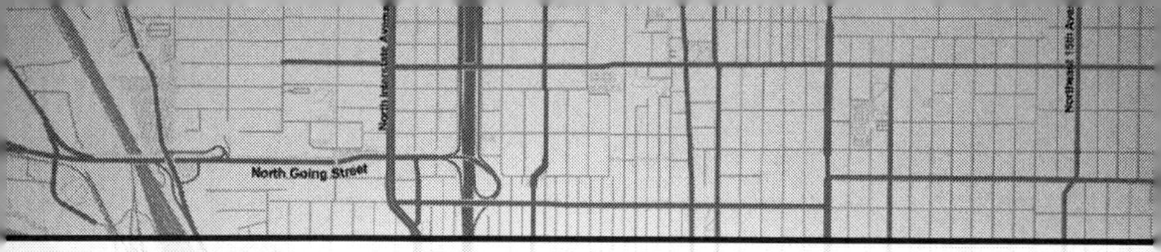


# Amerikaner und Geographie

## Portland, Oregon, USA.

In nur vier Stunden geht es im Greyhound-Bus von Seattle über Olympia, der Hauptstadt des Bundesstaates Washington, nach Portland im Bundesstaat Oregon. Ich hatte gehofft, dass ich während der Fahrt den in der Nähe gelegenen Mount Rainier erspähen kann. Doch leider verhindert die dicke Wolkendecke einen Blick auf den mit 4.392 Metern vierthöchsten Berg der Vereinigten Staaten.

Wie so ziemlich alle Städte im Nordwesten der USA ist Portland nur etwas über 150 Jahre alt. Damit sind sie also noch um einige Jahre jünger als beispielsweise Melbourne oder Sydney. Und wie so oft in diesen jungen Städten hat sich eine Struktur im Schachbrettmuster entwickelt. Da ist jeder Block gleich lang und breit und die Straßen haben häufig keinen Namen, sondern sind nur durchnummeriert. Da lob ich mir doch die verwinkelten Straßen von organisch gewachsenen deutschen Städten. Im Vergleich zu den nordamerikanischen Städten sind sogar die des relativ spät besiedelten Ostfrieslands schon fünfmal so alt. Und selbst das Schützenfest meines Heimatortes Remels wird schon seit weit mehr als 450 Jahren gefeiert. Trotz Ebbe und Flut und Oldenburgern. Da ist es schon erstaunlich, dass viele Amerikaner trotz der jungen Geschichte ihres Landes große Patrioten sind.

Wenn ich durch so große Städte wie Seattle oder Portland laufe, dann kann ich mir kaum vorstellen, dass hier vor gar nicht langer Zeit wirklich nur Wälder waren. Die Wälder waren abertausende Jahre da und nur weil plötzlich irgendein Hansel einen etwas leuchtenden Klumpen findet, dreht der Mensch innerhalb eines Jahrhunderts alles auf links. Und schon sieht man nicht mehr hohe Bäume, sondern nur noch hohe Häuser. Mein nettes, leicht alternatives Hostel scheint dem zumindest ein wenig entgegenzuwirken. Bei dem wächst das Gras nämlich nicht nur vor dem Haus, sondern auch darauf.

Eigentlich ist Portland für mich nur eine Durchgangsstation und ich schaue mir rein gar nichts in der Stadt an. Die wenige Zeit, die ich hier habe, will ich zum Shoppen nutzen. Denn Oregon soll der einzige Staat der USA sein, in dem keine Umsatzsteuer erhoben wird. Mein Rucksack ist zwar schon mehr als voll, aber bei den Preisen kann ich nicht widerstehen. Da müssen halt ein paar abgeschliffene Klamotten aussortiert werden. Ist eh überfällig. So trifft es sich gut, dass Nike, der größte Sportartikelhersteller der Welt, seinen Sitz im nur wenige Kilometer entfernten Beaverton hat und einige unschlagbare Angebote raushaut.

Auf dem Weg zum ersten Shop weht mir urplötzlich ein Papierschnipsel entgegen. Ich schau genauer hin und erkenn, dass es ein Dollarschein ist. Also mal lieber schnell den Fuß drauf. Da die Dollarscheine ja farblich alle recht ähnlich sind und sich von der Größe auch nicht wesentlich unterscheiden, freu ich mich wie ein kleines Kind, als ich seh, dass es tatsächlich ein 100-Dollar-Schein ist! Genial! Das passt ja mal zu meiner anstehenden Shoppingtour. Ich mache einen etwas ungelenken Hüpfsprung, der das Interesse einer älteren Dame auf der anderen Straßenseite erregt. Also mal lieber cool bleiben und sich nichts anmerken lassen! Nicht, dass sie die Kohle noch verloren hat. In dem Moment muss ich an Gloria denken, die mich vor einigen Wochen in Neuseeland ein Stückchen mitgenommen hat. Sie hatte ja ebenfalls mal 100 Dollar gefunden und das als ein großes Zeichen gedeutet. Ist das bei mir vielleicht auch so!? Sind diese 100 Dollar vielleicht die Wende in meinem Leben!? Ich kehre kurz in mich und schaue mich aufmerksam um. Ich merk aber nichts und latsch dann unauffällig weiter…

In dem Shop kann ich aber nicht anders und muss dem erstbesten Verkäufer von meinem wertvollen Fund erzählen. So erfahre ich, dass mein Glück kaum hätte größer sein können. Denn ein Schein mit einem höheren Wert als 100 Dollar wird aktuell nicht gedruckt. Ähnlich wie in Großbritannien, wo der größte Schein einen Wert von nur 50 Pfund hat, will man so illegale Geschäfte erschweren.

So gut sich der Verkäufer auch mit Banknoten auskennt, von Geographie hat er absolut keine Ahnung. Denn der weitere Verlauf unseres Gespräches ist ungefähr so:

Er: »Woher kommst du?«

Ich: »Aus Germany.«

Er: »Bitte was, woher?«

Ich: »Aus GERMANY!«

Er: »Sorry, ich verstehe nicht.«

Ich zweifle zwar kaum daran, dass es an meiner Aussprache liegt, aber noch viel weniger kann ich glauben, dass er noch nie was von »Germany« gehört hat. Also schreibe ich ihm das mal mit meinem Handy auf: GERMANY

Er: »Das kenn ich nicht. Bei welchem Land liegt das?«

Mit einem Ami über Geografie zu reden macht häufig ungefähr so viel Sinn, wie mit einer esoterischen Spanierin über deutsche Fußballlegenden. Aber nicht selten kommt was Lustiges dabei raus und so ertappe ich mich immer wieder dabei, dass ich geradezu provozierend das Gespräch auf das Thema Geographie lenke.

Ein anderes Mal spreche ich in einem Café mit der Bedienung. Sie verrät mir, dass sie gebürtig aus Äthiopien stammt und ist ziemlich baff, als ich ihr die Hauptstadt Addis Abeba nenne. Sie meint, ich könne kein Amerikaner sein. Und wenige Minuten später erhalte ich die Bestätigung. Da fragt mich ein Ami in dem Café: »Du kommst aus Deutschland? Cool. Bist du den ganzen Weg gefahren?« Ich erzähl's der Bedienung und wir können uns vor Lachen kaum halten.

Mein liebster Dialog hat sich allerdings schon vor ein paar Tagen ereignet. Da komm ich mit einem weiteren Amerikaner ins Gespräch:

Er: Woher kommst du?

Ich: Aus Deutschland!

Er: Oh, aus Deutschland! Ost- oder Westdeutschland?

Ich: Westdeutschland. Aber die Mauer gibt's ja schon 'ne Weile nicht mehr.

Er: Ja, stimmt! Hat David Hasselhoff die nicht zum Einsturz gebracht!?

Das Repertoire an lustigen Dialogen scheint nahezu unendlich. Ich finde vor allem erstaunlich, dass die Amis immer eine Antwort raushauen, egal, wie unwissend sie sind. Dass die Schwachsinnsantworten dann häufig kein gutes Licht auf sie werfen, scheint ihnen nicht bewusst zu sein. Vielleicht sollte ich wahllos Passanten auf der Straße ansprechen und sie in ein Gespräch über unsere schöne Welt verwickeln. Da könnte bestimmt ein lustiges Buch rausspringen.

Ich geh zurück ins Hostel und mach mir zum zweitausendsten Mal auf dieser Reise eine Spaghetti Bolognese. Ich wette, dass in allen Hostel-Küchen dieser Welt mindestens jedes dritte Essen aus dieser klassischen Backpacker-Mahlzeit besteht. Ist einfach unschlagbar: Schnell, lecker und günstig! Beim Essen mach ich mir ein paar Gedanken über die nächsten Tage. Als irgendwann feststand, dass ich die Westküste Amerikas bereise, hatte ich davon geträumt, den berühmten Highway 101 abzufahren. Spätestens ab Oregon und am liebsten im eigenen Cabrio. Der Highway schlängelt sich bis nach Kalifornien immer an der Westküste entlang und soll wunderschön sein. Leider muss ich diesen Traum ein anderes Mal träumen. Denn einerseits hab ich keine Kohle mehr und andererseits – und das ist viel schlimmer – bleiben mir nur noch wenige Tage. Ich hab nämlich vor ein paar Tagen die letzten beiden Flüge dieser Reise gebucht: Von Los Angeles flieg ich zunächst nach Dublin und wenig später weiter nach Hamburg-Lübeck in die geliebte Heimat. Ein bisschen Wehmut kommt da schon auf...

Noch geht's aber mit dem Bus weiter. Dieses Mal in einer zehnstündigen Fahrt nach San Francisco. Schon kurz nach der Abfahrt fahren wir an dem Städtchen Berlin vorbei. Witzig, denk ich. Aber mein Sitznachbar verrät mir, dass es wohl über 30 Berlins in den Vereinigten Staaten gibt.

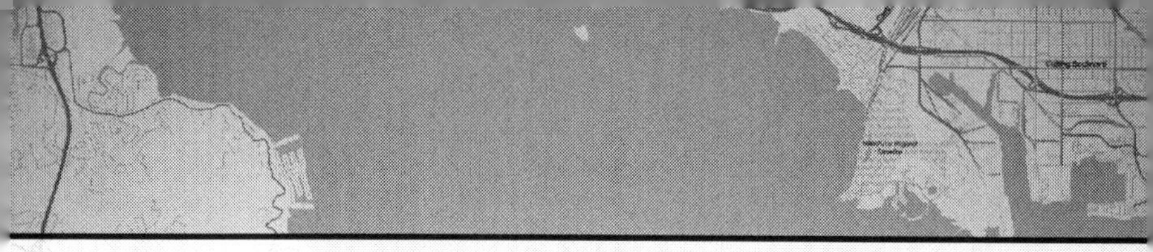

# Die schönste Stadt!?

San Francisco, Kalifornien, USA.

Langsam rollt mein Bus in Richtung San Francisco. Diese Stadt gehört zweifellos zu den bekanntesten Städten der Welt. Dabei hat sie mit ihren etwa 800.000 Einwohnern nicht mal 5 Prozent der Einwohner Mumbais. Selbst Hamburg ist mehr als doppelt so groß. Auch San Francisco würde sich bestimmt gern in alle Richtungen ausbreiten, aber da die Stadt auf einer Halbinsel liegt, fehlt ihr schlichtweg der Platz zum Wachsen.

Zur Mitte des 19. Jahrhunderts sah das noch ganz anders aus. Da konnte sich jeder Dahergelaufene quasi aussuchen, wo er denn sein Lager aufschlagen möchte. Doch mit dem ersten Goldfund war das vorbei. Da strömten Tausende Abenteurer aus der ganzen Welt nach Kalifornien, um hier das große Glück zu suchen. In dieser Zeit entwickelte sich San Francisco zu einer Ausgangsbasis des Goldrausches an der Westküste Amerikas, so dass die Bevölkerung innerhalb eines einzigen Jahres von 1.000 auf 25.000 Einwohner anstieg.

Mein Hostel »Green Tortoise« liegt in etwa zwischen Chinatown, Little Italy und dem Red Light District. Eine bunte Ecke also. Das Chinatown von San Francisco ist eine Sehenswürdigkeit an sich und soll mit seinen rund 100.000 Einwohnern zu den größten Chinatowns weltweit gehören. Die fast ausschließlich chinesischen Geschäfte und Restaurants sind wie in Vancouver fast ausnahmslos mit chinesischen Schriftzeichen bemalt. Und so ist die Wahrscheinlichkeit, hier Mandarin oder Kantonesisch zu hören, definitiv größer als Englisch.

Mir geht's nicht gut. Ich hab im Bus nur wenig bis gar nicht geschlafen und Kopfschmerzen. Ich müsste echt mal wieder ordentlich auspennen, aber wie schon in Vancouver soll nur heute das Wetter einigermaßen sein und sich dann in den nächsten Tagen verschlechtern. Das bekommt meinem Biorhythmus so gar nicht, aber da muss ich wohl noch einmal durch. Denn im Regen ist auch die schönste Stadt nicht schön.

Aber der häufige Schlafmangel in der letzten Zeit hat mir den hohen Wert des Schlafens bewusst werden lassen. Warum sitz ich zu Hause oft abends immer noch so lang auf dem Sofa und schau irgendwelchen Nonsens im TV!? Schlafen ist eine so wertvolle und dazu kostenlose Investition mit enorm hohen Erträgen. Das sollte ich definitiv bald mal ändern. Die Umsetzung dieser wichtigen Erkenntnis muss allerdings auf die Zeit nach dieser Reise warten.

Also checke ich schnell ins Hostel ein, schmeiß meinen schweren Rucksack auf das schmale Etagenbett und zieh direkt wieder los. Als Erstes muss ich natürlich zur Golden Gate Bridge, dem Wahrzeichen San Franciscos und gleichzeitig wahrscheinlich die bekannteste Brücke der Welt. Die Golden Gate Bridge wurde 1937 gebaut, also nur fünf Jahre nach der Harbour Bridge in Sydney. Im Vergleich zur Harbour Bridge ist sie aber mehr als doppelt so lang und war somit für viele

Jahre die längste Hängebrücke der Welt. Ihre außergewöhnliche Anziehungskraft verdankt die Brücke aber weniger ihrer enormen Größe, sondern vielmehr ihrer schlichten Schönheit. So pilgert wahrscheinlich jeder San Francisco Besucher fast reflexartig dahin. Aber nicht nur der: Fast 2.000 Menschen sind seit der Eröffnung von hier in den Freitod gesprungen.

Da ich mich so schlapp fühle, nehme ich den Stadtbus zur Golden Gate Bridge. Dieser nähert sich über das Nordufer der Brücke, so dass ich schon von Weitem einen Blick erhaschen kann. Joah, sieht schon ganz nett aus. Ich steig aus dem Bus und schau mir die Brücke von rechts an. Hmm, so schön rot wie ich es immer auf den Fotos gesehen hab, ist die aber nicht! Wahrscheinlich weil die Sonne die Brücke von der anderen Seite anstrahlt. Ich lauf einmal unter der Brücke durch und schau von links. Na ja, schon etwas besser, aber so richtig prickelnd find ich die Brücke immer noch nicht. Lässt etwa mein angeschlagener Gesundheitszustand keine Euphorie zu? Oder sind meine Erwartungen einfach zu hoch?

Das ist schon irgendwie Scheiße. Da ist was eigentlich ganz toll, aber weil einem tausendfach gesagt wird, wie geil die Brücke ist, glaubt man, dass einem beim Anblick Blitze durchzucken müssten oder so. Du kennst das Gefühl bestimmt von dem Kinofilm, den du unbedingt sehen musst, weil alle ihn überragend finden. So läuft das aber nicht. Große Erwartungen führen leider schnell zu kleinen Enttäuschungen. Und ein anderes Mal läuft man irgendwo ein wenig planlos über einen Hügel, schaut in ein unbekanntes Tal und könnte vor Freude heulen, so schön ist das. Steht aber in keinem Reiseführer. Und wahrscheinlich ist es auch in dem Moment nur für einen selbst so schön. Ein anderer sieht vielleicht genau dasselbe und bleibt völlig unberührt.

Im Stadtgebiet von San Francisco sind 42 kleinere Hügel, so dass es immer ein bisschen rauf und runter geht. Cable Cars helfen schon seit dem Jahr 1873 bei der einen oder anderen Steigung. Ich laufe zur Lombard Street, die angeblich die kurvenreichste oder auch krümmste Straße der Welt sein soll. Acht enge Haarnadelkurven führen in nur 145 Metern den »Russian Hill« rauf. Der heißt übrigens so, weil Siedler hier noch zu Zeiten des Goldrausches einen kleinen Friedhof mit Gräbern russischer Pelzhändler und Seefahrer des frühen 19. Jahrhunderts entdeckten. Heute ist es eine der vornehmsten Gegenden San Franciscos. Kein Wunder bei dem schönen Panoramablick über die Stadt.

Die Hügel der Stadt sind letztendlich das Resultat der nahegelegenen San-Andreas-Verwerfung, bei der die Pazifische Platte an der Nordamerikanischen Platte vorbeidriftet. Das letzte schwere Erdbeben war 1906, als in San Francisco ungefähr 3.000 Menschen ihr Leben ließen und Dreiviertel der Stadt zerstört wurde. Es gibt nicht wenige, die behaupten, dass es nur eine Frage der Zeit sei, bis es wieder kracht. Und das nächste große Beben, »the Big One«, soll weitaus schwerwiegendere Folgen haben.

Am nächsten Tag ist das Wetter – wie angekündigt – schlechter. Es ist ziemlich bewölkt und manchmal regnet es sogar. Ich wundere mich jedenfalls nicht mehr über den Spitznamen »Fog City«. Ich laufe durch diese eigentlich schöne Stadt, aber es ist wie überall auf der Welt: Wenn das Wetter nicht mitspielt, ist alles nur halb so schön.

So entschließe ich mich, die legendäre Gefängnisinsel Alcatraz zu besichtigen. Stimmungsmäßig passt da dieses Wetter definitiv besser. Die kleine Insel von etwa 500 Metern Länge liegt direkt vor San Francisco und ist leicht mit einer Fähre zu erreichen. Früher hieß die Insel »La Isla de los Alcatrazes«, was so viel wie »Insel der Basstölpel« bedeutet. Okay, ich gebe zu, »Alcatraz« oder einfach »The Rock« klingen da deutlich cooler.

Schon ab 1861 war hier ein Gefängnis, aber in den 1930er Jahren wurde Alcatraz zur reinen Gefängnisinsel umgebaut. Allerdings wurde das Gefängnis bereits 1963 aufgrund zu hoher Unterhaltskosten wieder geschlossen. Wenige Jahre danach kam Alcatraz noch mal in die Schlagzeilen, als einige Indianer für fast zwei Jahre die Insel besetzten. An den Gebäudemauern sind immer noch Graffitis aus dieser Zeit zu sehen.

Die bewegte Geschichte der Insel mit all ihren Mythen und Legenden hat letztlich dazu geführt, dass Alcatraz heutzutage zu den größten touristischen Highlights der Stadt gehört. In einem äußerst interessanten Museum wird das damalige Leben auf der Gefängnisinsel detailliert gezeigt. Natürlich werden auch die berüchtigtsten Insassen wie der legendäre Al Capone (»Scarface«) oder Robert Stroud (»Birdman«) vorgestellt. Letzterer hat von seinen 54 Jahren im Gefängnis ganze 43 Jahre in Einzelhaft verbracht – Rekord!

Bei meinem Besuch ist sogar ein ehemaliger Gefangener vor Ort, der ein wenig von seiner langen Haftzeit erzählt und auch seine Biografie verkauft. Außerdem werden einige der besonders einfallsreichen Fluchtversuche beschrieben. Und die waren zum Teil wirklich clever. Ein großer Freiheitsdrang in Kombination mit viel Zeit und wenig Raum sorgen offensichtlich für eine expandierende Kreativität. Aber angeblich gelang keinem einzigen Insassen die Flucht aus diesem Hochsicherheitsgefängnis. Das Wasser sei einfach zu kalt und die Strömung zu stark, um eine Flucht zu überleben. Und allzu gerne wurde dieses tödliche Image von der Gefängnisleitung gepflegt. Allerdings gibt es deutliche Hinweise, dass zumindest drei Insassen die Flucht gelang.

In den USA sind im Übrigen mehr Menschen eingesperrt als in jedem anderen Staat der Welt. Im Verhältnis zu Deutschland fast zehn Mal so viele. Insgesamt sitzen knapp 2,5 Millionen Menschen in amerikanischen Gefängnissen. So sind in etwa 25 Prozent aller Gefängnisinsassen weltweit US-Amerikaner. Und das, obwohl der Anteil der Amerikaner gerade mal fünf Prozent der Weltbevölkerung entspricht.

Am nächsten Morgen finde ich ein nettes Café mit einem grandiosen Cappuccino. In meinen Augen gibt es nicht viel

Schöneres, als an einem sonnigen Morgen so dazusitzen und das Treiben der Menschen zu beobachten. Das könnte ich stundenlang. Das Café wird voller und Chris setzt sich zu mir an den Tisch. Wir kommen ins Gespräch und landen ziemlich schnell beim Thema Reisen. Chris hat mit seinen 25 Jahren sein Land noch nie verlassen. Und er besitzt – wie viele seiner Landsleute – nicht mal einen Reisepass. Aber natürlich ist das auch nicht mit der Situation in Deutschland zu vergleichen. Die USA sind flächenmäßig doppelt so groß wie die EU und rein klimatisch wahnsinnig abwechslungsreich. Da ist ein Reisepass einfach nicht so nötig wie in Deutschland, wo die Sommer oft durchwachsen und der Weg ins Ausland nicht weit ist.

Chris ist neugierig und fragt mich nach den bisherigen Stationen meiner Reise. Von einigen Ländern und vielen Orten hat er noch nie was gehört. Außerdem sei »San Francisco eh die schönste Stadt der Welt«, wie er stolz behauptet. Da bräuchte er doch gar nicht zu reisen.

Ich bin mir dessen nicht ganz so sicher. Es gibt so viele wunderbare Orte auf dieser Welt. Aber nicht nur Chris behauptet, dass San Francisco zu den schönsten Städten gehören soll. Vor vielen Jahren – auf einer meiner ersten Reisen durch Südamerika – hat mir mal jemand gesagt, dass Kapstadt, Sydney, Rio de Janeiro und eben San Francisco die vier schönsten Städte der Welt sein sollen. Ich war jetzt in all diesen Städten, aber ich weiß nicht so recht. Selbstverständlich sind sie allesamt aufregende Metropolen, die definitiv was Besonderes haben. Aber sind Buenos Aires, Vancouver, Auckland oder Barcelona weniger faszinierend!? Mir persönlich sind die vier genannten Städte einfach zu groß, zu voll und zu jung. Da nehm ich doch lieber eine kleinere Stadt mit etwas Geschichte in den engen Gassen und alten Gemäuern. Und wenn die dann noch am Meer liegt und gleichzeitig Berge im Hintergrund auftauchen, bin ich dabei...

Ich verlasse das Café und schlender durch die Straßen. Nur wenig später entdecke ich einen Straßenmusiker und bleibe wie einige andere auch bei ihm hängen. Der Bursche ist ein wahrer Meister an der Gitarre und hat eine einzigartige Stimme. Ich genieße die Abendsonne und schaue in glückliche Gesichter von entspannten Menschen. Und plötzlich – ganz unverhofft – passiert es: Ich erlebe einen dieser ganz seltenen Glücksmomente. Ich kann mir nicht genau erklären, was zu diesem wohligen Gefühl geführt hat. Diese verrückte Kombination verschiedener Faktoren, die sich dummerweise nicht gezielt zusammensetzen lassen. Aber ich fühle mich auf einmal so wunderbar leicht und sicher, so warm und zufrieden. Bin so unendlich dankbar für diese Reise und mein Leben. Irgendwie muss ich an Mikael aus dem australischen Darwin denken. Wahrscheinlich hatte der nach seiner akrobatischen Tanzeinlage zu den Backstreet Boys einen Gesichtsausdruck, der mit meinem derzeitigen vergleichbar ist. Ist San Francisco vielleicht doch die schönste Stadt der Welt!?

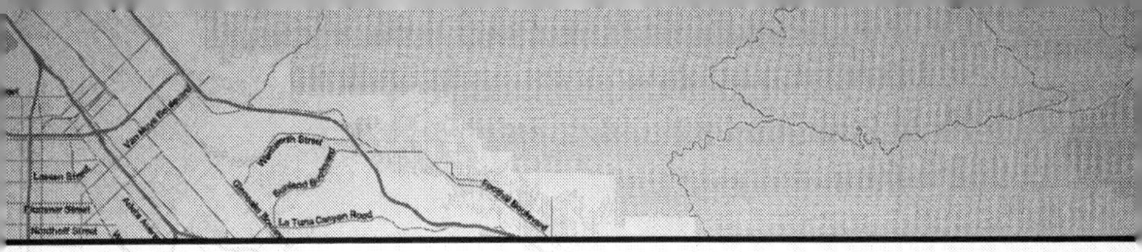

# Der Ostfriesen-Alemão

Los Angeles, Kalifornien, USA.

Meine Reise geht weiter in Richtung Süden. Der Bus von San Francisco nach Los Angeles benötigt für die etwas mehr als 600 Kilometer knapp acht Stunden. Seit Vancouver bin ich nun etwa 2.000 Kilometer die Westküste Amerikas heruntergereist. Bis zur Grenze Mexikos wären es jetzt nur noch drei Stunden.

Los Angeles ist mit knapp vier Millionen Menschen die zweitgrößte Stadt der Vereinigten Staaten. Nur New York ist noch größer. Mit den im Umland lebenden Menschen sind es sogar 19 Millionen. Aber irgendwie sieht man von denen nicht viel. Ich mein, es ist ja weiß Gott nicht so, dass hier auf den Straßen nichts los ist – im Gegenteil, die sind rappelvoll, aber auf den Gehwegen ist kaum jemand unterwegs. Das kenne ich sonst eigentlich nur von Dubai.

Mein Hostel liegt etwas außerhalb und ich lauf 'ne halbe Ewigkeit, um nach Hollywood zu kommen. Ich hatte ja schon auf Hawaii mitbekommen, dass die Amis absolut nicht gern zu Fuß unterwegs sind. Und so bin ich meistens der Einzige auf dem Gehweg. Dabei werde ich von einigen Autofahrer angestarrt, als liefe ich nackt über den Nordpol. Wahrscheinlich wird hier jeder, der mehr als 500 Meter am Stück läuft, in die Kategorie »nicht ganz knusper« einsortiert.

Los Angeles hat die höchste Kraftfahrzeugdichte der Welt. Neun von zehn Menschen fahren hier mit dem eigenen Auto zur Arbeit, und die nur äußerst dürftig ausgebauten öffentliche Verkehrsmittel werden wenig genutzt. Mag daran liegen, dass Los Angeles im Gegensatz zu San Francisco eine sehr weitläufige Stadt ist. So bleibt genügend Raum für vier- oder gar achtspurige Straßen und riesige Parkflächen. Und bis auf das relativ kleine Stadtzentrum mit einigen Hochhäusern besteht die Stadt fast ausnahmslos aus Siedlungen mit Einfamilienhäusern, die natürlich auch alle Platz für das eigene Auto haben. So witzel ich gerne, dass es in den USA leicht ist, an Orte zu kommen, an denen nie zuvor ein Mensch gewesen ist. Du musst einfach nur das Auto verlassen. Das macht der Ami nämlich nur im Notfall. Der Drive Inn bei Imbissketten ist ja schon vor Jahrzehnten nach Deutschland übergeschwappt. Aber hier gibt's das auch bei Banken, Apotheken, Cafés und Supermärkten.

Ich laufe weiter in Richtung Hollywood und versuche ein Gefühl für die Stadt zu entwickeln. Aber irgendwie gelingt mir das hier nicht. Also, ich hab schon ein Gefühl, nur eben kein gutes. Von der »Stadt der Engel« kann ich beim besten Willen nicht viel erkennen. Aber wie auch, wenn mir immer nur diese rollende Blechlawine entgegenkommt. Wirklich abwechslungsreich ist das nicht. Und ohne Menschen gibt's nun mal kein Gefühl. Und Engel schon gar nicht. Alles andere reißt mich auch nicht gerade vom Hocker. Ich hab jedenfalls irgendwie den Eindruck, als sei die Stadt einfach nicht »normal« gewachsen.

Und in Los Angeles scheinen die Leute noch oberflächlicher zu sein als sonst wo in den USA. Hatte ja eigentlich gedacht, dass das gar nicht mehr zu toppen sei, aber Los Angeles spielt tatsächlich noch mal in einer anderen Liga. Und ja – das betrifft natürlich alle! Ausnahmslos. Hier herrscht nur Kommerz und Fake. Ich hab das Gefühl, dass hier alle auf dicke Hose machen. Nur mit 'ner teuren Karre und coolen Klamotten bist du 'ne große Nummer. Ich passiere ein Shopping Center und finde beim Eingang die passende Ansage: »Shop till you drop!« Nee, lass mal, hab weder Lust noch Kohle. Wahrscheinlich ist diese Stadt keine gute Wahl für arme Reisende.

Ich muss an den netten Ryan aus Alaska denken, den ich in Neuseeland auf der Nordinsel kennengelernt hatte. Dieser besonnene und clevere Kerl. Seine Warnung vor seinen Landsleuten scheint durchaus berechtigt. Irgendwie mag ich die Amerikaner tatsächlich nicht besonders. Und das liegt wahrlich nicht allein an den zweifelhaften Geographiekenntnissen. So frag ich mich beispielsweise immer häufiger, warum die immer nur so entsetzlich laut sind. Liegt es an dem vielen Raum, den sie in diesem riesigen Land haben? Standen die deswegen früher so weit auseinander, dass sie schreien mussten, damit der andere auch alles versteht? Keine Ahnung...

In dem Zusammenhang fällt mir eine schöne Anekdote ein, die mein nicht gerade glänzendes Bild des typischen Amerikaners unterstützt: 1994 gab es in Los Angeles aufgrund eines Erdbebens einen Stromausfall, so dass etliche Straßenzüge völlig im Dunkeln lagen. Daraufhin gerieten Dutzende Leute aufgrund des »komischen Himmels« in Panik und alarmierten Polizei und andere Behörden. Es hat ein wenig gebraucht, bis diese erkannten, worum es bei den Anrufern ging. Die Rede war von den Sternen am Himmel, deren Anblick viele wohl nicht kannten...

Natürlich kann man den Amerikanern nicht vorwerfen, dass sie nicht höflich oder gar herzlich sind. Aber mir erscheint das oft nur aufgesetzt und nicht wirklich ernst gemeint. Das läuft nach der ostfriesischen Leitkultur eben anders. Da grummeln sich zwei Ostfriesen erst ein paar Jährchen an, aber dann – wenn sie merken, dass der andere tatsächlich nichts Böses will – hält diese Freundschaft ein Leben lang.

Als ich endlich am Hollywood Boulevard ankomme, muss ich anerkennen, dass doch tatsächlich nicht alle Gehsteige in Los Angeles völlig verwaist sind. Denn hier beim berühmten »Walk of Fame« tummeln sich geradezu die Menschenmassen. Seit den 1960er Jahren sind über 2.500 Sterne von mehr oder weniger bekannten Persönlichkeiten in den Boden eingelassen worden. Nur der Stern des ehemaligen Box-Champions Muhammad Ali befindet sich an der Fassade des Dolby Theaters, da er nicht wollte, dass die Leute auf dem Namen des Propheten Mohammed herumtrampeln. So eilen sämtliche Touris von Stern zu Stern und freuen sich einen Keks, wenn sie den einen oder anderen Promi auf den Sternen kennen. Geradezu das Größte scheint es für einige zu sein, wenn sie sich mit dem Stern ihres Idols fotografieren lassen können. Kein Scheiß – ich hab da einige Freudenschreie und Glückstränen gesehen.

Zwischen den ganzen Touristenmassen finden sich reichlich durchgeknallte Typen. Ich glaub, nirgends auf der Welt ist die Freak-Quote so hoch wie hier auf dem Walk of Fame. Einige machen nur Show und verkleiden sich als Winnie Puuh, Darth Vader oder Elvis und andere sind wirklich fertig. Ich glaube, ich trete da keinem zu nahe, wenn ich behaupte, dass bei dem ein oder anderen Drogen im Spiel sind. Für die Geschäfte am Hollywood Boulevard scheint dieser ganze Auflauf Fluch und Segen zugleich zu sein. Natürlich freut sich jeder Inhaber über den großen Andrang, aber ich wette, dass die meisten Touristenaugen ständig am Boden kleben, so dass einige Geschäfte völlig übersehen werden.

Übrigens, einen echten Promi seh ich nicht, obwohl ich schon fast den ganzen Tag in Hollywood bin. Aber alle anderen, mit denen ich zufällig ein paar Sätze wechsle, haben natürlich irgendeinen gesehen. Angeblich. Die ganz Verrückten gehen ja noch einen Schritt weiter und entscheiden sich für eine Hollywood Star Tour. Bei der fährt man dann vor die Protzvillen von Tom Cruise oder Jennifer Lopez und schaut sich deren imposante Eingangstore an. Super!

Da wähle ich doch lieber einen anderen L. A.-Klassiker und laufe zu den in der Nähe gelegenen Hollywood Hills, um den berühmten Schriftzug zu sehen. Wieder sind die Gehsteige fast menschenleer. Vielleicht ist das der Grund, warum sich trotz der dichten Besiedlung tatsächlich immer mal wieder Pumas in diese Gegend verirren. Einmal soll sogar ein Puma über Abwasserkanäle ins Stadtzentrum gelangt sein. Da war die Panik groß.

Auf der Karte sah der Weg zum Hollywood-Schild gar nicht so weit aus. Und schnell erkenne ich das Schild auch schon in der Ferne. Aber so ist es noch ganz schön klein und ständig verhindern Häuser, Bäume oder Stromleitungen ein passables Foto. Am Ende bin ich dann doch wieder etliche Kilometer gelaufen. Und ehrlich gesagt hätte ich mir den Weg sparen können, denn das ach so berühmte Schild ist nämlich nur ein Schild.

Ich flüchte in ein Café und treffe doch tatsächlich auf weitere lebende Wesen. So lerne ich zufällig einen Schauspieler kennen. Einen schwulen Juden, was er mir gleich nach zwei Minuten offenbart. Scheint also wichtig zu sein. Der Typ hat ein immenses Mitteilungsbedürfnis und bei einigen seiner Meinungen stimme ich nur zu, um keine große Diskussion anzufachen. Bei einem Punkt sieht es aber anders aus. Da sagt er: »Tu was Gutes und es kommt doppelt zurück!« Er erklärt: »Zum einen ist da die eigene Freude, wenn man jemand anderem eine Freude bereitet. Und zum anderen lassen gute Taten weitere gute Taten folgen, so dass irgendwann einen selbst

wieder eine gute Tat erwischt.« Okay, damit bin ich einverstanden.
An meinem letzten vollen Tag in Los Angeles möchte ich einen Ausflug zum berühmten Venice Beach in Santa Monica machen. Zuvor lern ich beim Frühstück in meinem Hostel David aus England kennen. Der fragt mich, ob ich heute Abend auch beim wöchentlichen Fußballspiel dabei sei. Da träfe sich eine bunte Horde Backpacker aus den Hostels der Umgebung zu einem internationalen Freundschaftsspiel. Hmm, ich hab zwar nur meine ausgelatschten Sneaker dabei, aber ein wenig Bewegung in etwas höherem Tempo als sonst wird nicht schaden. Und ganz ehrlich – es gibt gerade nicht vieles, was ich mehr vermisse, als mal wieder 'ne ordentlich Runde zu kicken. Also sag ich zu.

Mit dem Bus fahr ich die 15 Kilometer nach Venice Beach. Echt schön, mal wieder am Meer zu sein. Es ist noch recht früh am Tag und so ist nicht viel los. Ich folge dem sogenannten Boardwalk, wo einige joggen, Inliner oder Longboard fahren. Andere powern sich in den Freiluft-Fitnesscentern aus. Natürlich ist auch viel »Sehen und Gesehen werden« dabei. Aber die Atmosphäre ist wunderbar entspannt. Der Frühling ist endlich ausgebrochen und vom Meer weht eine laues Lüftchen. Ich genieße angenehme 18 Grad, was in etwa auch der jährlichen Durchschnittstemperatur von Los Angeles entspricht.

Zwischen den bunten Geschäften, die hauptsächlich Beachklamotten und allen möglichen Krimskrams anbieten, finden sich viele freie Künstler, die Bilder malen, Musik machen oder verrückte Sandburgen bauen. Ich kann mir gut vorstellen, dass mit zunehmender Tagesdauer mehr und mehr Menschen kommen und es abends so richtig brummt.

Aber im Moment interessiert mich das alles nicht wirklich. Ich folge lieber meiner derzeitigen Lieblingsbeschäftigung und geh in ein nettes Café – diesmal mit Blick auf den breiten Sandstrand und die hochaufgeschossenen Palmen. Als ich es mir gerade gemütlich gemacht habe, spricht mich ein Typ an. Ich muss schmunzeln. In Kalifornien kann man wirklich schnell Menschen kennenlernen. Sind das alles einsame Seelen? Dieses Mal handelt es sich um einen Drehbuchautor. Irgendwie sind hier scheinbar alle ganz groß im Movie-Business. Sehr erfolgreich scheint er allerdings nicht zu sein. Er hält minutenlange Monologe, die langweiliger nicht sein könnten, und es wundert mich nicht, dass es bei ihm gerade nicht so richtig rund läuft. Außerdem finde ich es ziemlich verwirrend, dass er in jedem zweiten Satz »Vertrau mir!« sagt. Das weckt bei mir eher Misstrauen. Vernünftige Leute sagen das nicht. Da vertrau ich lieber meinen Instinkten, meinem Gefühl. Ich bin mir ziemlich sicher, dass durch das Reisen in Länder, deren Muttersprache man nicht spricht, das Nonverbale besonders geschult wird. So erhält man über die Jahre ein ganz gutes Gefühl dafür, welchen Menschen zu trauen ist und bei welchen die Hand sicherheitshalber am Portemonnaie bleibt.

Ich bin ja davon überzeugt, dass in jedem Land dieser Welt das zahlenmäßige Verhältnis von »guten« und »schlechten« Menschen vergleichbar ist. Und zum Glück sind die guten Menschen in der deutlichen Überzahl. Ich tippe mal auf eine Relation von mindestens 95 zu 5 Prozent. Als Reisender hab ich trotzdem manchmal das Gefühl, dass die Anzahl von Arschlöchern in einigen Ländern gefühlt höher liegt. Aber wie gesagt, ich schiebe das eher auf die Tatsache, dass Touristen in vielen Ländern außergewöhnlich reiche Leute sind und allein durch ihre bloße Anwesenheit mehr Verbrecher anziehen. Und je größer die Arm-Reich-Schere auseinanderklafft, desto lukrativer ist nun mal das Ausnutzen der Touristen. Lediglich die ganz armen Länder, die von nur wenigen tausend Touristen im Jahr besucht werden, bilden da häufig eine Ausnahme. Da hat sich das einfach noch nicht so rumgesprochen.

Jedenfalls bin ich aus diesem Grund bei Menschen, die mich ansprechen, in der Regel erst mal deutlich zurückhaltender. Frage ich selber einen fremden Menschen um Rat, so bin ich noch nie enttäuscht worden. Und es ist ja auch schade, dass eine schlechte Erfahrung zu Misstrauen führt. Da will mir ein Fremder aufrichtig helfen und ich trau ihm zu Unrecht nicht und verpass vielleicht so, einen wunderbaren Menschen kennenzulernen.

Ob es sich bei dem Drehbuchautor um einen wundervollen Menschen handelt, kann ich definitiv nicht beurteilen. Aber mir gefällt nicht, dass er so viel redet und nur so wenig zuhört. Also verabschiede ich mich und such mir ein nettes

Plätzchen am Strand, um ein kleines Nickerchen zu machen. Später schlender ich weiter über den Boardwalk und mir fällt auf, wie viele Menschen hier Spanisch sprechen.

In den Vereinigten Staaten haben mehr Menschen Spanisch als Muttersprache als in Spanien selbst. Kalifornien trägt einen nicht unerheblichen Teil dazu bei. Schon in San Francisco war die spanische Sprache allgegenwärtig. Vielleicht kannst du es dir denken, aber selbst der Name San Francisco stammt von den damaligen Missionaren, die die Stadt nach dem Heiligen Franz von Assisi benannt haben.

In Los Angeles sprechen sogar mehr Menschen Spanisch als Englisch. Klar ist das nicht ganz so auffällig wie mit dem Chinesischen in den Chinatowns von Vancouver oder San Francisco. Aber zu überhören ist es definitiv nicht. Und sogar McDonald's macht Werbung auf Spanisch: Statt »I'm loving it« steht hier »Me gusta«. Fun Fact am Rande: Spanisch sprechende Menschen sagen im Übrigen nicht: Das kommt mir Spanisch vor! Sondern: Das kommt mir Chinesisch vor! Lustig, oder!?

Als ich am Abend zum Hostel zurückkomme, wartet David schon mit einigen anderen Fußballern an der Rezeption. Wir laufen zum in der Nähe gelegenen Bolzplatz, wo bestimmt schon fünfzehn andere Kicker bereitstehen. Schnell einigen wir uns auf das Spiel »Europa« gegen den »Rest der Welt«. Da ich so lange nicht gekickt habe und meine Kondition wahrscheinlich ziemlich mies ist, sortiere ich mich mal lieber in die

Abwehrreihe ein. David sieht das wohl ähnlich und steht mir bei.

Schnell müssen wir erkennen, dass der »Rest der Welt« uns technisch und läuferisch ziemlich überlegen ist, wobei uns insbesondere ein gegnerischer Stürmer vor etliche Probleme stellt. Der trickst sich fintenreich durch unsere Reihen und kommt fast im Minutentakt brandgefährlich vor unser Tor. Okay, ich muss zugeben, dass auch ich das ein oder andere Mal nicht gut aussehe und das leider nicht auf das kaum vorhandene Profil meiner Sneaker zu schieben ist. Aber der Einsatz stimmt und mit ein wenig Glück und etwas Unvermögen des Gegners retten wir ein 2:2 in die Halbzeitpause.

In der Pause komme ich mit dem gegnerischen Starstürmer ins Gespräch und erfahre, dass er Carlos heißt und aus Kolumbien kommt. Nachdem wir die kolumbianischen Klassiker René Higuita, Carlos Valderrama und Andrés Escobar abgehakt haben, fragt er mich: »Wer ist denn dein Lieblingsfußballer?« Ich sag: »Dieter Eilts!« Carlos zuckt nur mit den Schultern. »Na, der Ostfriesen-Alemão! Lord Eilts! Der, der uns den Weg zur Europameisterschaft 1996 geebnet hat!« Er schaut mich weiterhin völlig ahnungslos an. Ich versuch es mit dem bekanntesten Bonmot von Dieter Eilts: »Wenn meine Oma ein Bus wäre, dann könnte sie hupen!« If my grandma was a bus, she could honk! Carlos schaut mich an, als hätte ich nicht mehr alle Sänger im Chor. Aber warte nur, ich zeig dir gleich mal seinen Spielstil.

Für die zweite Halbzeit hat sich »Team Europa« fest vorgenommen, den jungen Schnöseln aus der weiten Welt anständig Paroli zu bieten. Wir dürfen uns nicht so auf der Nase rumtanzen lassen. Da muss man auch mal ein Zeichen setzen. Ich versuche David zu überzeugen, dass wir hinten sauber rausspielen. Er scheint nicht wirklich überzeugt, lässt sich aber auf den Versuch ein. Zehn Minuten später – es steht inzwischen 2:4 – müssen wir erkennen, dass mein Plan Scheiße war. Die nicht vorhandene Fitness in der Abwehr und die begrenzten technischen Fertigkeiten unseres Mittelfeldes eignen sich nun mal nicht für die feine Feder. David ändert kurzerhand die Strategie auf das gute alte britische Kick'n Rush der 90er Jahre. Also fackeln wir nicht mehr lange und hauen die Bälle nur noch weit nach vorne. Hoch und weit bringt Sicherheit. Und siehe da, nach zwei klassischen Abstaubertoren unseres portugiesischen Altmeisters kommen wir kurz vor Schluss zum völlig unverdienten Ausgleich.

Dieser entfacht wiederum den Ehrgeiz vom »Rest der Welt«, der das Spiel in den wenigen verbleibenden Minuten wieder zu seinen Gunsten drehen will. Wir sind stehend k. o. und können uns den wütenden Attacken kaum noch erwehren. Beim wahrscheinlich letzten Angriff wird der flinke Carlos steil geschickt. Mit einer eleganten Körpertäuschung lässt er David ins Leere laufen und nur noch ich kann ihn auf dem Weg zu unserem Tor aufhalten. Jetzt zählt es. It's crunchtime. Die Ehre des europäischen Spitzenfußballs steht auf dem Spiel. Es wird Zeit für eine gepflegte Fluggrätsche.

Nun gut, man sollte sich vielleicht auch die Meinung von Carlos und dem leicht erregten »Rest der Welt« anhören, aber ich bin mir sicher, dass ich mindestens zu zwei, drei Prozent auch den Ball gespielt hab. Aus meiner Sicht eigentlich die perfekte Grätsche! Und außerdem hat der Fummel-Carlos das mit seinem Rumgehampel ja geradezu provoziert. Carlos reibt sich schmerzverzerrt das Schienbein und man einigt sich kurzerhand auf das Ende des Spiels. Nicht, dass noch was passiert. Ich reiche Carlos die Hand und helf ihm hoch. Dabei kann ich mir nicht verkneifen, ihm augenzwinkernd ein »Dieter Eilts« zuzuraunen.

Zurück im Hostel spring ich unter die wohl verdiente Dusche. Mir tut alles weh und schon morgen geht mein Flieger in die »Alte Welt«. Den heutigen Abend will ich ganz entspannt im Hostel verbringen und die Reise Revue passieren lassen.

# Was bleibt...

Ich sitze auf einem Sofa in meinem Hostel in Los Angeles und denke über die letzten Monate nach. Mir gegenüber sitzt eine kleine Gruppe junger Backpacker beim Kartenspielen. Rechts daneben versucht sich einer an der Gitarre. Und hinten in der Ecke spielen zwei Typen Billard. Aus den Lautsprechern schallt Queen: »Don't stop me now!«. Um mich herum ist es laut, aber irgendwie nehm ich das alles nicht sonderlich wahr. Ich rutsche noch etwas tiefer ins Sofa und höre in mich rein, durchlebe im Geiste die letzten Monate meiner Reise...

Und wie ich mich an jede einzelne Station erinnere, schießen mir Tausende von Bildern und Tausende von Eindrücken durch den Kopf. Und es ist alles dabei: vom grauen, heruntergekommenen Vorstadtwohnblock in Istanbul bis zum schönsten Sonnenuntergang am perfekten Palmenstrand in Goa. Von entsetzlich entstellten Bettlern auf den Straßen Mumbais bis hin zu den Reichen und Schönen in Hollywood. Von maßloser Wut bis zum puren Glück. Es ist fast unglaublich, wie viel man in nur so kurzer Zeit erleben kann. Da wundert es mich im Nachhinein nicht mehr, dass ich auf dieser Reise hin und wieder eine Pause brauchte. Eine Pause zum Zurücklehnen. Zum Nachdenken...

Es ist schwer, wenn nicht gar unmöglich, eine so lange Reise in nur wenigen Sätzen zusammenzufassen. Es kommt mir wie eine Ewigkeit vor, als ich meinen Vater am Bahnhof in Oldenburg zum Abschied gedrückt habe. Als ich mitten in der Nacht in Istanbul ankam und mein Hostel gesucht hab. Als ich am Strand von Schardscha eingeschlummert bin. So viel hab ich nach diesen ersten Tagen noch gesehen. So viel habe ich danach noch erlebt. So viele interessante Menschen kennengelernt. Und so viele neue Gedanken gedacht...

Auf dieser Weltreise hab ich in knapp vier Monaten zehn Länder auf vier Kontinenten bereist. Einige Länder nur für einen Tag, andere für einen ganzen Monat. Dabei habe ich unglaubliche Entfernungen zurückgelegt. Zehntausende Kilometer im Flugzeug, Tausende auf Rädern und Hunderte zu Fuß. Die dabei bereisten Orte sind nicht mehr emotionslose Wörter auf meiner Landkarte, sondern bunte Bilder mit gelebten Geschichten.

Insgesamt bin ich auf dieser Reise 18 Mal in den Flieger gestiegen. Die Kosten für diese Flüge beliefen sich lediglich auf etwa 1.500 Euro. Das hat zwar erfordert, dass ich viele Stunden am Rechner verbracht habe, aber es hat sich gelohnt. Von den insgesamt 110 Tagen sind einige aus meinem Gedächtnis völlig verschwunden. Wie weggeblasen. An andere erinnere mich ganz genau. An jedes noch so kleine Detail. Jeden gemachten Schritt. Jedes gesprochene Wort...

Die 109 Nächte hab ich in 70 verschiedenen Betten geschlafen. Die teuerste Unterkunft auf dieser Reise war mit knapp zwanzig Euro ein Hostel auf Hawaii. In Indien hab ich dagegen nur zwei Euro für meine kleine Strandhütte zahlen müssen. In sehr vielen Nächten musste ich überhaupt nichts bezahlen. Denn ganze 26 Nächte, also fast vier Wochen, hab ich im Auto oder Bus, im Zug oder Flugzeug, auf dem Flughafen oder dem Segelboot verbracht. Meistens hab ich in diesen Nächten nicht mehr als zwei oder drei Stunden am Stück geschlafen. Manchmal auch gar nicht. Das hat natürlich nicht gerade zu meiner körperlichen Erholung beigetragen – Reisen auf diese Art und Weise ist und bleibt nun mal anstrengend. Aber ich habe es so gewollt und bereue es keineswegs. Denn ich habe jeden einzelnen Tag auf dieser Reise richtig gelebt.

Grob geschätzt habe ich auf dieser Tour etwa 500 Leute kennengelernt. Und wahrscheinlich mit mehr als doppelt so vielen kurz geschwatzt. Klar, in vielen Gesprächen blieb es oberflächlich, aber mit einigen habe ich über Dinge gesprochen, über die ich in meinem Leben noch nie zuvor nachgedacht hab. Und oft sind dabei meine kleinkarierten Denkweisen und felsenfesten Einstellungen dann ganz schnell zerbröselt.

Diese Zahlen klingen irgendwie nach sehr viel, aber je mehr ich reise, desto mehr habe ich irgendwie das Gefühl, dass ich noch so wenig von dieser Welt kenne und es noch so viel mehr zu entdecken gibt. Fast jeden Tag hör ich von weiteren, mir unbekannten Orten, die auch ich sehen und erleben will. Und so wird – so paradox es klingen mag – durch das Reisen die Liste mit den begehrten Reisezielen nicht kürzer, sondern länger.

Ich habe auf dieser Reise traumhaft schöne Landschaften gesehen. Schöner, als ich es mir in meinen Fantasien ausgemalt habe. So beeindruckend, dass es mir die Sprache verschlagen hat und ich nur so staunend dastand. Als hätte jemand die Zeit angehalten. Ich habe Naturphänomene erlebt, die ich nur aus dem Fernsehen kannte und die »live« noch viel beeindruckender sind.

Die Vulkane in Neuseeland und auf Hawaii haben mir gezeigt, wie alt diese Erde doch ist. Wie viele Tausende von Jahren es braucht, bis ein Berg gewachsen ist. Und gleichzeitig, dass ich in der Lebensgeschichte der Erde weniger als ein Fingerschnippen bin. Ein Nichts. Sie war so lange vor mir da und wird lange nach mir sein. Wahrscheinlich wird sie nicht mal gemerkt haben, dass ich für eine Weile auf ihr rumspaziert bin. Bei diesen Gedanken fällt es mir doch schwer zu glauben, wie wichtig und ernst wir unser Leben häufig nehmen. Dass wir glauben, dass die Erde sich um uns dreht. Dass unsere Probleme die wichtigsten sind. Wie vermessen...

Irgendwie habe ich das Gefühl, dass viele in unserer Gesellschaft verlangen, dass das Leben seinen festen Ablauf hat. Dass Karrierestufen erklommen und Ziele zwingend erreicht werden müssen. Familien gegründet und Vermögen angehäuft werden sollen. Erfüllt man diese Erwartungen, folgen stets neue, noch anspruchsvollere. Und immer so weiter. Gibt's da ein Ende? Besteht da nicht die Gefahr, dass man laufend nur die Erwartungen anderer erfüllt, bevor man an seine eigenen Wünsche und Träume denkt?

Wenn mir eins auf dieser Reise klar geworden ist, dann das, dass jeder versuchen sollte, sich *seine* Wünsche und Träume zu erfüllen. Dass man das macht, was man wirklich will und nicht das, was andere von einem verlangen. Und zwar besser heute als morgen. Denn unser Leben ist kurz und es kann jeden Tag zu Ende gehen. Jede Minute unseres Lebens läuft nur einmal. Sollten da nicht zumindest einige Minuten wertvoll gefüllt werden!? Mit Erlebnissen, die man sein ganzes Leben nicht vergisst!?

Vielleicht ist es manchmal nicht so einfach, seinen Wünschen und Träumen nachzugehen. Sie alle Wirklichkeit werden zu lassen. Und irgendwie gibt es ja auch immer Gründe, es nicht zu tun. Aber ich bin fest davon überzeugt, dass man sich zumindest einige Träume erfüllen kann. Wenn man es denn nur versucht. Natürlich wirkt der Weg auf den ersten Blick häufig sehr steinig. Oder wie ein Umweg. Aber jeder weiß: Wenn man mit seinem Herzen läuft, fällt es viel leichter, als wenn man gezogen oder geschoben wird. Da kann der Weg ruhig länger sein. Von alleine wird jedoch nichts geschehen. Man muss sich halt drum kümmern und manchmal muss man auch dafür kämpfen...

Für einige meiner Reisen musste ich »kämpfen«: Urlaub aufsparen, im Semester mehr lernen (statt in den Semesterferien) oder die stumpfeste Arbeit der Welt annehmen. Trotzdem bin ich froh, dass ich es so gemacht habe, wie ich es gemacht habe. Für jede einzelne Reise bin ich unendlich dankbar. Ich weiß, für einige ist das nur schwer zu verstehen. Sie können nicht nachvollziehen, warum ich so viel reise. Wo ich doch in Deutschland alles hab! Und es stimmt; es gibt Momente, da wünsche ich mich augenblicklich zurück nach Hause, in die geliebte Heimat. Momente, in denen irgendwas gehörig schiefgeht und ich einfach nur die Schnauze voll habe. Warum bin ich trotzdem immer noch unterwegs? Warum packe ich immer wieder meinen Rucksack? Was ist das Besondere am Reisen? Was soll ich denen antworten, die mich nach dem Sinn des Reisens fragen!?

Ich habe viel darüber nachgedacht und trotzdem kann ich keine eindeutige Antwort geben. Klar, es hat irgendwas mit dem Fremden zu tun. Mit fremden Kulturen, fremden Sprachen und fremden Menschen in fremden Ländern. Aber was ist es genau!? Sind es die völlig anderen Sichtweisen auf scheinbar normale Dinge des Lebens? Ist es das Erkunden dieser beeindruckenden Monumente der Weltgeschichte? Ist es das Erkennen der Schönheit dieser Erde, die einen zum Nachdenken bringt? Sind es die auf Reisen unzähligen Entscheidungen, die einen reifen lassen? Oder ist es, dass man nach einer entbehrlichen Reise wieder die einfachen Dinge des Lebens zu schätzen weiß? Eine warme Dusche, ein sauberes Bett.

Einfache Dinge, die einen aber doch dankbarer und zufriedener werden lassen. Die einen dieses unfassbare Glück erkennen lassen, zufällig in einem Wohlstandsland wie Deutschland geboren worden zu sein.

Ehrlich, ich weiß es immer noch nicht so genau. Vielleicht ist es eine Mischung aus allem. Vielleicht ist es aber auch gerade die Kunst, das Reisen an sich nicht zu analysieren, sondern es einfach so zu nehmen, wie es ist. Gewähren zu lassen, dass es einen verändert, berührt oder inspiriert. Ohne die genauen Gründe dafür zu kennen. Ohne zu wissen, wie es genau »funktioniert«...

Eines weiß ich aber ganz sicher: Ich werde bis an mein Lebensende an diese Reise zurückdenken. Sie ist für ewig. Und gewiss wird mir dabei hin und wieder ein Lächeln ins Gesicht huschen. Ich kann wirklich zufrieden sein, wie alles gelaufen ist. Bestimmt hätte ich einige Entscheidungen besser treffen können, aber mit Sicherheit auch viele schlechter. Es ist eigentlich genau so gekommen, wie ich es mir erhofft habe. Ja, meine Zweifel in der einsamen Nacht in Cairns sind unberechtigt gewesen. Der Rucksack ist doch nicht so schwer. Und auf die Fragen in dieser Nacht gibt es Antworten. Auf jede einzelne. Reisen ist und bleibt etwas Besonderes. Mit allen Problemen, die sich ergeben. Mit allen Fehlern, die man macht. Und mit allen Dingen, die man verliert.

Die Welt ist nicht so schlecht und nicht so gefährlich, wie viele Medien es einen immer glauben lassen wollen. Sei einfach du selbst! Lächle und du wirst ein Lächeln ernten! Zeig

Respekt und auch du wirst respektvoll behandelt! Sei freundlich und du wirst Freunde finden. Vielleicht sogar fürs Leben. Jeder, der sich mal den Rucksack aufgeschnallt hat, weiß, wovon ich spreche. Alle anderen sollten es mal versuchen. Es ist nicht so schwer, wie viele immer sagen. Es braucht nicht den großen Mut, wie viele glauben. Eigentlich ist es ganz simpel: Flug buchen, Sieben Sachen packen und schauen, wohin der Wind dich trägt...

# Danksagung

Hätte mir vorher jemand gesagt, wie viel Arbeit so ein Buch macht, dann wäre ich wahrscheinlich gar nicht erst angefangen. Als mir das klar wurde, war ich froh, die folgenden Personen an meiner Seite gehabt zu haben. Denn ohne deren Unterstützung hätte ich das Buch sicher nicht zu Ende gebracht. Ich danke euch von Herzen!

Nina Wedig. Dir gebührt der allergrößte Dank! Du hast immer an das Buch geglaubt und mir mit deinem ständigen Zuspruch enorm Kraft geschenkt. Ich kann dir gar nicht genug danken, dass du mich von Anfang an in allen Bereichen so sehr unterstützt hast! Ich versuch es trotzdem: Danke, danke, danke!

Meine Familie. Danke, dass auch ihr mir unentwegt Mut zugesprochen habt. Ein ganz besonderer Dank geht an meinen Bruder Daniel, der in all den Jahren nicht müde wurde, meine Texte zu korrigieren.

Carola Kendall. Danke, dass du mir mit deinem scharfen Verstand und stets ehrlichem Wort in unzähligen Sofastunden bei den vielen kleinen und großen Fragen geholfen hast.

Renzo Müller. Danke für deine stets brutal ehrliche Meinung und die große Unterstützung bei der neuen Homepage.

Dirk Sasse. Danke für deine wertvollen Ratschläge.

Judith Kummer. Danke, dass du mit deinem unglaublichen Auge in dem eigentlich fertigen Text dann doch noch tausende Fehler und Verbesserungsmöglichkeiten aufgespürt hast.

Ansbert Bodensiek. Danke für den finalen Feinschliff.

Zé do Rock. Danke für die große Inspiration deiner fantastischen Bücher.

Vielen Dank auch an Maren Brockmann, Jasmine Noost, Angelica Panzetta, Annalena Peters, Susanne Scharbau und Manuela Zimmer fürs Testlesen der ersten Kapitel und dem Ermutigen, weiterzuschreiben!

Und nicht zuletzt ein großes Danke an alle, die ich auf dieser Reise getroffen hab. Ihr habt diese Reise zu einer ganz besonderen gemacht.

Fotos zu dieser Reise findest du
auf meiner Homepage:

www.WieWeers.de

Da findest du auch noch mehr Geschichten
zu anderen Reisen mit unzähligen weiteren Fotos.

Printed in Poland
by Amazon Fulfillment
Poland Sp. z o.o., Wrocław

67468671R00211